마르셀 프루스트

잃어버린 시간을 찾아서

활짝 핀 아가씨들의 그늘에서

스완 부인의 주변에서 – 고장의 이름: 고장

각색 및 그림

스테판 외에

번역

정재곤

열화당

차례

부록

일러두기

· 이 책은 원작 소설 『잃어버린 시간을 찾아서』의 두번째 권 『활짝 핀 아가씨들의 그늘에서』를 구성하는 만화본 네 권, 『스완 부인의 주변에서 I』(7권) 『스완 부인의 주변에서 II』(8권) 『고장의 이름: 고장 I』(2권) 『고장의 이름: 고장 II』(3권)의 합본 개정판으로, 일부 표기법과 표현을 바로잡고 관련 자료를 부록으로 통합해 정리했다.

· 본문에서 노란색 바탕의 지문 부분은 프루스트 소설의 원문을 인용한 것이며, 주로 인물들의 대화를 담은 풍선 부분은 만화가 스테판 외에가 각색하거나 창작한 것이다.

· 본문이나 상자 바깥에 있는 ◈는 만화본 원서의 어휘풀이, *는 역자의 주석으로, 각각 책 끝의 「어휘풀이」와 「역주」와 연결되어 있다.

스완 부인의 주변에서

드 노르푸아 씨*를 처음으로 우리 집 저녁 식사에 초대하기로 한 일이 화제에 올랐을 때, 엄마는,
전직 대사라!
코타르 교수가 여행 중이라 애석하네요.
또 제가 스완 씨네와 완전히 관계를 끊은 것도 그렇고요.

코타르 같은 명망 높은 학자라면 우리 집 저녁 식사 자리에 초대한다 해도 별 탈 없겠지만…
스완은, 안 될 말이지!

어찌나 거만한지, 게다가 별 인맥도 아닌 걸 가지고 지붕 위에 올라가 소리소리 지르는 저속한 사기꾼이니,
드 노르푸아 후작이 자신의 말마따나 스완을 '악취 풍기는' 사람이라 생각할 공산이 클 테지….

아버지가 이렇게 대답하기까지엔 약간의 설명이 필요한데, 왜냐하면 독자들 중에는 코타르를 저속하기 짝이 없는 인물로, 또 스완은 겸양과 신중한 태도를 극도로 드러내는 인물로 기억하는 이들도 있을 것이기 때문이다.

우리 집안 어른들의 오랜 벗인 스완 씨는 '아들 스완'과

'조키 클럽'◈ 회원으로서의 스완이란 이미지에,

오데트의 남편이라는

새로운 정체성을 덧붙이게 되었다.

스완 씨는 평소 자신이 품고 있던 본능과 욕망, 열의를 이 여인의 변변찮은 열망에 보탬으로써, 과거 자신이 쌓아 왔던 이미지의 바탕 위에 자신의 뇌리를 떠날 줄 모르는 반려자에게 맞춘 새로운 지위를 구축하려 애를 썼다. 그럼으로써, 그는 마치 다른 사람이 된 듯한 면모를 보이게 된 것이다.

스완 씨가 비루한 공무원들이나 관공서 무도회 따위에 따라온 세련되지 못한 부인들과 친교를 맺으려 하는 것을 접하고,

예전에도 그랬지만 여전히 트위크넘*이나 버킹엄 궁전*으로부터 초대를 받을 때마다 능수능란한 태도로 이런 사실을 감추려 들면서도, 행정부 차관의 부인이 자기 아내를 방문했다는 사실은 목청 높이 떠들어대는 데에 사람들은 놀라지 않을 수 없었다.

그러한 변화는, 우리의 미덕이 우리 자신의 정신세계 안에서 바로 그 미덕을 의무적으로 수행해야 할 행동과 대단히 긴밀하여 한 몸이 되어 버리기 때문이며, 행여 또 다른 차원의 행동을 취해야 할 경우엔 우리가 궁지에 내몰리고 또 이같은 우리 자신의 미덕을 제대로 발휘한다는 생각조차 하지 못한다는 점에 주로 기인한다.

스완 씨는 이를테면 말년에 요리나 정원 일 따위에 탐닉하게 된, 겸손하거나 너그러운 대예술가들을 연상시켰다. 이들은 자신의 걸작에 퍼붓는 비판이라면 얼마든지 수긍할 수 있지만, 자신이 만든 요리나 화단을 비난하는 것은 받아들이지 않으며, 반대로 이에 쏟아지는 찬사에는 천진난만한 자부심을 나타낸다. 아니면, 자신의 대작은 헐값에 쉽사리 넘겨주면서도 도미노 게임에서 사십 전만 잃어도 몹시 기분을 상해하기도 한다.

코타르 교수로 말할 것 같으면, 그가 참석했던 베르뒤랭네 사교 모임에 스완 씨가 발을 들였던 초창기로부터 이미 상당한 시간이 흘렀고, 또 그동안 여러 차례 명예를 거머쥐고 공식적인 직함을 축적하게 되었다. 그밖에, 그가 비록 무식하고 저급한 말장난을 거듭하긴 하지만,

제아무리 교양있는 이들도 보여주지 못하는 특별한 재능, 이를테면 놀라운 책략가로서의 자질을 가졌고 위대한 임상의였다는 점만은 틀림없었다.

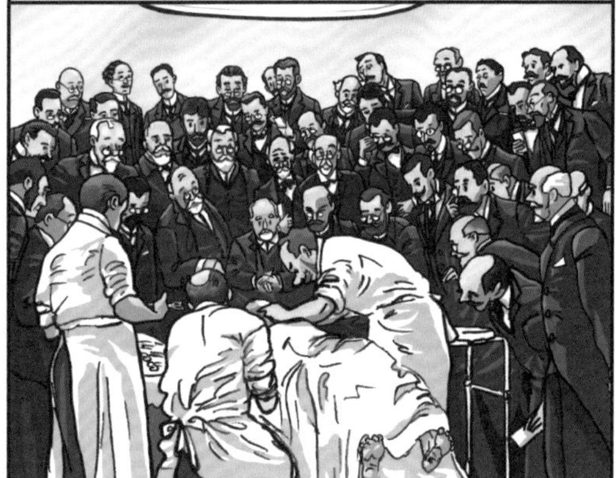

젊은 의사들 중에서도 가장 영민한 이들은 만일 병이 난다면 코타르야말로 자기 몸을 맡길 수 있는 단 한 명의 명의란 말을 공공연히 하곤 했다. (적어도 몇 년 동안은 그랬다. 왜냐하면 변화하려는 욕구로 인해 탄생하는 유행이란 또다시 변하기 마련이니 말이다.)

물론 이들이 니체나 바그너에 대해 함께 대화를 나눌 수 있는, 좀더 교양있고 예술적인 대가를 선호했을지도 모른다.

B
AMPHI 2

하지만 신속하고 깊이있고 정확한 코타르의 눈썰미와 진단을 높이 평가하지 않을 수 없었다.

대체 어떤 자비로운 친구가 그에게 냉정하게 보이라고 조언했던가?

그는 높아진 지위에 힘입어 차가운 태도를 꾸미기가 좀더 수월해졌다. 본능적으로 원래 모습대로 되돌아가는 베르뒤랭네 사교 모임을 제외한 여타의 모임에서 그는 냉랭한 태도를 취하고, 기꺼이 말수를 줄였으며, 필히 입을 열어야 할 때는 엉뚱한 말을 내뱉으면서도 단호한 태도를 취하곤 했다.

그는 얼빠진 말장난으로 병원의 고참 의사에서부터 햇병아리 통근 조수들에 이르기까지 모든 이의 웃음보를 터뜨리게 했는데, 수염과 구레나룻을 기르지 않게 된 이후론 얼굴 표정 하나 바꾸지 않으면서 이를 해냈다.

마지막으로 드 노르푸아 후작*에 대해 말할 것 같으면, 그는 전쟁* 전에 특명전권공사를, 5월 16일 헌정위기 시기엔 대사*를 역임했다. 그럼에도 불구하고, 그 후 그는 급진적인 정부가 제안한 여러 특별한 직책들을 맡아 나라를 대표했는데, 대단치 않은 반동적 부르주아라도 마다할 법하고, 또 그의 과거 혹은 가치관이나 견해에 비추어 봐서도 의문이 드는 자리였다.

급진 정부의 고위직 인사들은 이같은 지명이 곧 프랑스의 국익을 위한 일인 까닭에 자신들이 넓은 아량을 나타내는 셈이라 여기는 듯했다.

드 노르푸아 씨로 말하자면, 그에게는 외교관으로 지내면서 부정적이고 틀에 박히고 보수적인 사고방식, 이른바 '친정부 성향'이 깊이 배어 있었는데, 이는 사실상 모든 관리들이 가지는 태도였으며 특히 그 어떤 정권이 들어서든지 간에 공통적으로 나타나는 행정조직 중심의 사고방식이었다.

드 노르푸아 씨는 아버지와 함께 위원회*를 이끌면서 찬바람이 쌩쌩 부는 인사란 평판을 얻었는데, 그럼에도 사람들은 전직 대사가 아버지한테는 다정하게 말을 건넨다는 점을 부러워했다.

그의 호의에 가장 먼저 놀란 사람은 아버지였다.
드 노르푸아 씨가 나를 또 저녁 식사 자리에 초대했다오. 극히 예외적인 일이지.
드 노르푸아 씨가 위원회에서 개인적으로 친분을 맺은 사람이 전무한 까닭에 모두들 놀라워하지.

그 양반한테서 1870년 전쟁에 대한 비화를 들을 수 있을 게요.

드 노르푸아 씨가 황제에게 프로이센이 점점 더 강성해지고 있으며 전쟁을 도발할 수 있는 호전적인 왕국이라거나, 비스마르크가 폐하의 지적 역량을 높이 평가한다는 따위의 사실을 고했다는 사실을 아는 사람은 어쩌면 아버지가 유일할지도 몰랐다.

얼마 전, 테오도즈 왕*을 위해 오페라에서 거행된 갈라 쇼에서,

…신문들이 전하는 바에 따르면, 테오도즈 전하가 드 노르푸아 씨와의 환담에 오랜 시간을 할애했다고 한다.
AMPHITHEATRE
BAIGNOIRES · ORCHESTRE

테오도즈 왕의 방문이 정말로 중요했는지 따져 봐야겠군.

드 노르푸아 영감이 좀처럼 입을 여는 사람이 아니거든.◈ 그런데 나한텐 쉽게 이야기를 털어놓는단 말이지.

엄마의 말에 의하면, 전직 대사는 엄마가 높이 사는 종류의 지성을 가지지는 못했던 듯하다.

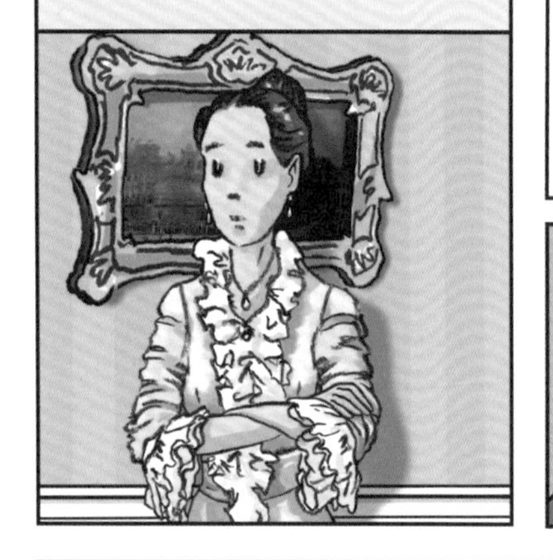

그리고 나는 드 노르푸아 씨의 어투가 특정한 직업과 계급, 또한 한 시대 특유의 낡은 언어 형태를 고스란히 간직한 보고(寶庫)란 생각이 들었는데, 그 시대란 그가 속한 직업이나 계급의 관점에서 볼 때 아직은 완전히 사라져 버렸다고 말할 수는 없을 터였다.

나는 당시에 내가 들었던 말투를 그대로 옮길 수 없다는 사실이 이따금씩 애석할 따름이다.*

그럴 수만 있다면, 나는 지난 시대의 철 지난 효과를 자아낼 수 있었을 텐데,

이를테면, 그런 기발한 모자들을 어디서 구했느냐는 물음에 이렇게 대답하는 팔레 루아얄* 소속 배우◈마냥 말이다.

이 모자들을 구하려고 찾아 나선 게 아닙니다.
그냥 갖고 있었죠.
요컨대, 나는 엄마가 드 노르푸아 씨를 '구닥다리'라고 여겼으리라 생각한다.

드 노르푸아 씨가 처음으로 우리 집에 초대되어 저녁 식사를 하던 날은 내가 아직 샹젤리제에 가서 놀던 시절로 내 기억 속에 생생히 남아 있는데, 그 까닭은 그날 오후 내가 마침내 라 베르마가 「페드르」에 출연하는 '낮 공연'◈을 보러가기도 했거니와, 내가 드 노르푸아 씨와 대화를 나누면서 느닷없이, 그것도 이제와는 다른 생경한 방식으로 질베르트 스완 양과 그녀의 부모님에 관련된 모든 것이 내 안에서 얼마나 많은 감정을 불러오는지, 또 그 감정은 그 가족이 다른 사람들에게 일깨우는 감정과 얼마나 다른지를 내가 느끼게 되었기 때문이기도 하다.

어느 날, 엄마는 내가 질베르트를 만날 수 없는 신년 연휴가 다가옴에 따라 낙담에 빠져 있는 모습을 지켜보면서,
?
네가 아직 라 베르마 공연을 그토록 보러 가고 싶어 한다면, 아마도 아버지가 허락해 주실 거란 생각이 드는구나. 할머니와 함께 가면 될 테지.

할머니는 놀란 표정이었다….
자네 정말 경솔하구려….
네? 이번엔 장모님께서 안 가시겠다고요! 아니, 여태껏 그 연극이 아이한테 유익할 거라고 그렇게 주장하시더니, 이제 와서 어떻게….

드 노르푸아 씨는 아버지한테 그 공연이 젊은이의 가슴에 오래 간직될 만한 기억이 되리라고 말했다. 그러자 이제까지 당신의 눈에는 허튼짓으로 보이는 일에 내가 시간 낭비하는 셈이라고 그토록 반대하던 아버지는 그 공연이 성공적인 미래를 담보하는 소중한 기회가 될 수도 있지 않을까 생각하게 되었다. 나아가, 드 노르푸아 씨는 나에게 훨씬 더 중요한 문제에 관하여 아버지의 생각을 바꿔 놓았다.

아버지는 내가 외교관이 되기를 언제나 희망했지만, 나는 질베르트가 살지 않는 다른 나라의 수도에 대사로 보내질 수도 있다는 생각을 견디지 못했다. 그러던 차에, 지체 높은 계층에 속하지 못하는 외교관들을 고운 눈으로 바라보지 않았던 드 노르푸아 씨가 아버지에게, 작가라면 외교관 못지않은 존경심을 불러일으키고 그에 못지않은 활동을 펼칠 수도 있으며, 상대적으로 더욱 많은 자율성을 유지할 수 있다는 말을 했다.

글쎄, 그렇다니까! 믿기 힘들지만, 드 노르푸아 영감이 네가 문학가가 되는 것에 반대하지 않더구나.

조만간 위원회가 끝나고 나서 드 노르푸아 씨를 우리 집 저녁 식사에 모실 생각이란다. 그때 네가 그분의 고견을 좀 여쭤보려무나.
그날 보여드릴 그럴 듯한 걸 좀 써 놓거라. 그분이 『르뷔 데 되 몽드』◈ 편집장하고도 친분이 깊단다. 너를 데뷔시켜 줄 수도 있을 거야. 워낙 능력이 출중한 양반이니까.
글쎄! 그 양반 말이, 오늘날 외교관들이….

나는 질베르트와 떨어져 있지 않아도 되어 다행이란 생각이 들었지만,
드 노르푸아 씨한테 내밀 멋들어진 글은 써지지 않았다.

오로지 내가 라 베르마의 연극을 보러 가도 좋다는 허락이 떨어지리란 사실만이 우울한 내 마음을 달래 주었다. 하지만 나는 태풍을 구경하더라도 가장 격렬하게 몰아치는 연안에서 구경하고 싶어 했던 것처럼, 대배우의 공연을 보더라도 스완 씨 말처럼 그녀가 가장 비범해 보이는 작품에서 열연하는 모습을 보고 싶었다.

RACINE
Phèdre

왜냐하면 우리가 자연이나 예술작품으로부터 어떤 특정한 인상을 얻길 원하는 까닭은 소중한 무언가를 발견할 수 있으리란 기대에서 비롯하는 것인바, 우리는 애를 태우는 나머지 우리의 영혼으로 하여금 본연의 인상보다 못한 인상을 받아들이게 함으로써 미의 정확한 가치를 왜곡할 수도 있기 때문이다.

「앙드로마크」◈에서의 라 베르마, 「마리안의 변덕」◈에서의 라 베르마, 「페드르」◈에서의 라 베르마…. 내가 행여 라 베르마가 시 구절을 낭송하는 걸 듣게 된다면, 그건 이를테면 곤돌라가 나를 프라리 성당의 티치아노 그림◈이나 산 조르조 델리 스키아보니에 있는 카르파초의 대작◈ 발치에 내려놓았을 때와도 같은 황홀경을 맛보는 셈일 것이다.

"…그대가 갑작스레 우리 곁을 떠나게 됐다는 말을 들었습니다, 왕자님…."

나는 시 구절을 속속들이 알고는 있었지만, 그건 어디까지나 인쇄된 책에 흑백으로 재현된 것일 따름이었다.

내가 암송하는 고전 작품은 이를테면 미리 예약해 놓았거나, 라 베르마가 무대를 채워 나가는 모습을 마음껏 향유해 볼 수 있는, 이미 준비가 되어 있는 넓은 공간처럼 느껴졌다.

불행히도, 그녀는 몇 해 전 큰 무대를 저버리고 대로변 극장◈에 주연으로 출연하여 흥행에 성공하게 된 이래, 당시 인기를 끌던 작가들이 그녀를 위해 집필한 최신 작품들에만 출연했었다.

그러던 어느 날 아침, 나는 신년 주간의 낮 공연을 알리는 광고탑에서 처음으로 라 베르마의 공연 소식을 접하게 되었다.

Première matinée:
Lever de rideau
« Les Forchambault »
d'Émile Augier
Deuxième partie :
deux actes de
« Phèdre »
de Jean Racine
avec Mme Berma
Le Demi-Monde
de Dumas Fils
suivi de :
d'Alfred
ROUE

그러니까, 그 대배우는 어떤 배역들은 새 작품이나 성공을 거둔 재공연 작품에 출연하는 것보다 생명력이 길다는 사실을 알고 있다는 얘기였다.

기껏해야 하룻밤이면 생명이 다할 연극들 사이에 끼어 있는 '페드르'란 제목은 다른 제목들보다 더 길지도 않을뿐더러, 특별히 눈에 띄는 활자로 인쇄돼 있지도 않았다. 이를테면 그 제목은 어느 한 가정의 안주인이 식탁으로 자리를 옮기면서 여러분한테 함께 초대한 다른 손님들을 소개할 때, 마치 여느 사람들을 소개할 때와 똑같은 어조로 이렇게 소개하는 격이었다.

아나톨 프랑스* 씨입니다.

내 주치의(나에게 그 어떤 여행도 안 된다고 했던 바로 그 의사이다)는 부모님께 내가 연극을 보러 가지 않는 편이 낫겠다고 했다. 만일 내가 연극을 보고 오면, 아마도 꽤나 오랫동안 병석에 누워 있어야 할 거라고 했다. 결국, 연극을 보러 감으로써 얻을 수 있는 기쁨보다 고통이 더 클 거란 거였다.

하지만 내가 이 낮 공연에서 기대했던 것은 기쁨과는 전혀 상관없는 것이었다. 바로 내가 몸담고 살고 있는 이 세계보다 훨씬 더 생생한 세계의 진실이었다. 나는 「페드르」를 보러 가도 좋다고 허락하지 않는 부모님한테 매달려 애걸복걸했다.

나는 쉼 없이 작품의 시 구절을 읊조렸다.

"…그대가 갑작스레 우리 곁을 떠나게 됐다는 말을 들었습니다…."

나는 라 베르마가 어떤 독창적인 방식으로 낭송할지 좀더 잘 가늠하기 위해 갖은 종류의 어조를 적용해 봤다.

베르고트의 표현에 따르자면, 가장 고귀한 성물인 양 은닉하고 있으면서 매 순간 새로운 면모를 드러낼 법한 미지의 커튼 뒤로,

"…조형적 고귀함이며 기독교적 고행, 장세니스트*의 창백함, 트리지나* 왕녀와 클레브의 공작 부인*, 미케네*의 드라마, 델포이*의 상징, 태양의 신화…."
Phèdre

내 정신의 깊숙한 곳에 자리잡고 있으면서 밤낮으로 활활 타오르는 제단 위에, 라 베르마의 낭송이 나에게 드러낼 지고의 미(美)가 군림하고 있을 터였다.

나는 아침부터 저녁까지 식구들이 들이미는 장애물에 맞서 싸웠다. 하지만 그 장애물이 무너지고, 또 엄마가(공교롭게 낮 공연이 있던 바로 그날은 위원회가 열리는 날이기도 했는데, 위원회가 파하고 나서 아버지가 드 노르푸아 씨를 우리 집에 모셔 오도록 되어 있었다) 이런 말을 했을 때,

그래, 엄마와 아버지는 네가 슬퍼하는 걸 원치 않는단다.
네가 그렇게 연극을 보고 싶어 한다면, 봐야 할 테지.

이제까지 금지됐던 연극 관람은 오직 나 혼자만의 의시에 좌우되게 되었고,

처음으로 부모님의 뜻을 꺾으려 애를 쓸 필요가 없게 되자, 이번엔 나에게 과연 그럴 만한 가치가 있는 일인지 하는 의심이 들었다.

부모님 뜻을 거스르면서까지 연극을 보러 가고 싶지는 않아요.

그리고 내가 연극을 보고 와서 병이라도 난다면, 연휴가 끝나고 나서 질베르트가 샹젤리제에 다시 나왔을 때 곧바로 병석에서 일어나 보러 갈 수 있을까?

나는 저울질해 봤다. 저울의 한쪽에는,
'엄마가 슬퍼하는 표정을 봐야 하고,
또 샹젤리제에 못 갈 수도 있다.'

다른 쪽에는,
'장세니스트의 창백함,
태양의 신화.'

그러다가 일순간 상황이 급변했다. 라 베르마의 공연을 보러 가고 싶은 욕망에 다시금 불이 붙는 일이 생겨난 것이었다. 내가 매일같이 가서 보는 연극 공연 광고탑에서 방금 전에 붙여 풀이 채 마르지도 않은 「페드르」의 상세한 포스터를 봤기 때문이었다.

Location ouverte de 10h. à midi et de 2h. à 6h.
« Phèdre »
Deux Actes de la Tragédie
de Jean Racine
Mlle Giselle PICARD
Du Théâtre National de l'Odéon
Aricie
M. CHARPIN
Du Théâtre Antoine
avec dans le rôle de Phèdre
Mme Berma
dans 3 représentations exceptionnelle
les 1er, 2, et 3 janvier

포스터는 그때까지 내가 마음을 정하지 못하고 망설이던 공연 관람의 이유 중 하나에 좀더 구체적인 형태를 부여하여 관람이 거의 실현되는 쪽으로 치닫게 했다. 나는 바로 그날 좌석에 앉아 라 베르마의 공연을 볼 수 있으리란 생각에 어찌나 기뻤던지 펄쩍 뛰기까지 했다.

행여 부모님께서 할머니와 내가 앉아서 편안하게 관람할 수 있는 좋은 좌석을 예약할 수 있는 시간적 여유가 없으면 어쩌나 하는 염려에 집까지 한달음에 달려갔고,

dans 3 représentations exceptionnelles
les 1er, 2, et 3 janvier
Les dames ne seront pas reçues à l'orchestre en chapeau
Les portes seront fermées à deux heures
Un seul Entr'acte

'모자를 착용한 여성은 일등석에 입장할 수 없습니다'란 말이나 '출입구는 두시에 닫힙니다' 따위의 말들이 또 내 머릿속에서 '장세니스트의 창백함'이며 '태양의 신화'와 같은 마법의 말을 쫓아 버리면 어떡하나 하는 조바심이 들었다.

아버지는 위원회에 참석하는 길에 우리를 극장 앞에 내려 주겠다고 했다.

저녁 준비 잘하구려. 드 노르푸아 씨를 모시고 올 거란 걸 잊진 않았을 테지요?

물론 엄마는 잊지 않고 있었다. 그리고 이미 그 전날부터, 프랑수아즈는 자기가 가진 남다른 요리 솜씨를 뽐낼 수 있는 기회에 기뻐하며, 쇠고기 젤리 요리를 선보이면 어떨까 하는 등, 흥분을 감추지 못했다.

그녀는 몸소 시장◈에
나가기까지 했다….

미켈란젤로가 교황 율리우스 2세를 위한 기념 건축물에 쓸 최고급 대리석을 구하려고 카라라 산에서 여덟 달을 지냈던 것처럼,◈ 소의 엉덩이 살, 관절 부위, 송아지 다리 고기를 구하기 위해서였다.

그 전날, 프랑수아즈는 빵집에 사람을 보내, 그녀가 다음과 같이 부르는 것에 마치 붉은색 대리석이라도 되는 듯이 빵가루를 묻혀 화덕에 굽게 했다.

…네브요크◈ 햄이요.

그날, 프랑수아즈가 대예술가의 확신을 가지고 활활 타오르고 있었다면, 나는 연구자로서의 불안감에 노심초사해야만 했다. 나는 실제로 라 베르마의 공연을 보지 않는 한 기쁨을 느낄 수 있었다.

마치 병아리가 알을 깨고 나올 때 껍질 아래로부터 들려오는 소리처럼, 아래로 늘어뜨린 커튼 뒤에서 들리는 어렴풋한 소음을 식별하기 시작하면서 내가 느끼는 기쁨도 증폭되었다.

그러다가 일순간,
쿵
쿵
쿵

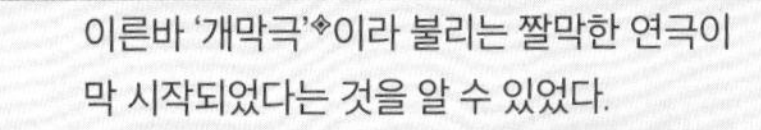

이른바 '개막극'◈이라 불리는 짤막한 연극이 막 시작되었다는 것을 알 수 있었다.

개막극이 끝나고 나서 막간이 오래 지속되자, 자기 자리로 복귀한 관객들이 조바심을 나타내고 발을 굴렀다.

나는 공포감에 사로잡혔다. 라 베르마가 이토록 버릇없는 관객들이 보이는 무례한 행동에 분개하여, 연기를 소홀히 함으로써 불만을 표시하고 경멸을 나타내진 않을까 겁이 난 것이다.

결국, 내가 마지막으로 느낀 기쁨의 순간은 「페드르」의 처음 몇 장면 동안뿐이었다.

페드르 역을 맡은 배우는 2막이 시작될 때도 무대에 나타나지 않았다. 하지만 막이 올랐을 때,

라 베르마의 것이라 들은 바 있는 용모와 목소리를 가진 여배우가 무대에 등장했다.

그러나 또 다른 여배우가 등장하여 조금 전의 여배우에게 대꾸를 했다. 내가 그 여배우를 라 베르마로 잘못 본 것이었다.

왜냐하면 나중에 등장한 여배우가 오히려 처음 등장한 여배우보다 라 베르마에 더 가깝고 낭송법도 그녀의 낭송법이라 느껴졌기 때문이었다.

그러다가 갑자기, 마치 무대배경에 묻혀 있는 듯이 보였던 한 여인이 모습을 드러냈고,

이내 나는 몇 분 동안 혹해 있던 두 여배우가 실상 내가 이날 보러 온 여배우와 조금도 닮지 않았다는 사실을 깨달았다.

하지만, 동시에 나의 기쁨은 멈춰 버렸다.

나는 그녀를 찬미해야 할 이유를 조금도 놓치지 않기 위해 라 베르마 쪽으로 눈과 귀를 기울여 봤지만 헛일이었다. 그렇게 한다고 해도 그녀를 찬미해야 할 이유를 전혀 찾을 수 없었기 때문이었다.

…그대의 고통에 나의 눈물을 보태기 위해 왔다오. 아들을 위한 이 어미의 불안한 심정을 그대에게 말하기 위해 왔다오. 내 아들에게 이제 더 이상 아비는 없고, 그가 나의 죽음을 목격해야 할 날도 멀지 않았다오….

…이 몸의 잘못으로 인해 내 아들의 울부짖음이 그대의 귀에 들리지 않게 되었을까 봐 걱정이라오. 내 아들을 향한 그대의 정당한 분노로 인해 그대가 이내 이 흉한 어미의 뒤를 잇게 되진 않을까 몸을 떤다오….

나는 글자로 적힌 「페드르」를 읽듯이 낭송을 들었다. 또는 라 베르마의 탁월한 연기 덕분에 보태어지는 것은 아무것도 없는 양, 페드르 자신이 지금 이 순간 내가 듣고 있는 대사를 말하고 있는 듯했다.

나는 바로 내 눈앞에서 낭송되는 예술가의 대사 하나하나, 그녀가 짓는 표정 하나하나를 오랫동안 붙들고 싶었다.(그녀의 연기가 어떤 아름다움을 간직하고 있는지 알기 위해서였다.)

…설령 그대가 나를 증오한다 하더라도, 나는 불평하지 않으리오, 왕자님. 그대는 내가 그대를 끊임없이 해하는 것만 봐 왔지, 내 마음 깊은 곳을 헤아리지는 못했다오….
…나는 그대가 나에게 품는 적대감의 표적이 되려 애를 썼다오. 내가 머무는 곳에 그대가 있다는 것을 견딜 수 없었다오….

나는 한 시구가 낭송되기 전에 이미 모든 주의력을 기울여 대기하면서, 단어 하나하나, 동작 하나하나도 놓치지 않으려 했고, 마치 시간의 여유가 있어서 최대한 깊숙이 파고들 듯이 임하려 애썼다.

…나는 공개적으로 또는 은밀하게 그대를 적대한다고 선언함으로써, 바다를 사이에 두고 그대와 떨어져 지내길 바랐다오….

하지만 간격이 어찌나 짧던지! 음절 하나가 내 귀에 닿자마자 이내 다른 음절로 바뀌었다.

여배우는 이미 장소를 옮겼고, 내가 탐구하고 싶었던 장면은 이미 사라지고 없었다.

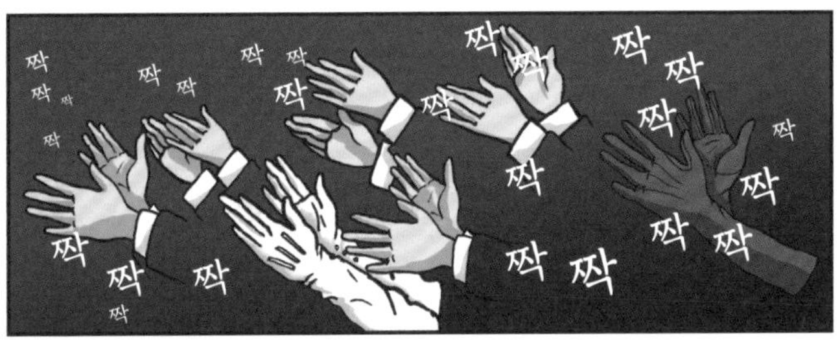

짝 짝

여기선 잘 안 보여요.
내 오페라글라스로 보렴.

생생한 현실과 마주하기를 기대한다면, 인공적인 도구를 통해 보는 방법은 실제로 그러한 현실에 근접하는 것이 아니다.

내가 본 것은 라 베르마가 아니라, 그저 확대경을 통해서 본 그녀의 이미지일 따름이었다.

하지만 멀리 떨어져 있어 작아진 가운데 맨눈으로 포착하는 이미지가 더 정확하다고 할 수는 없을 터였다. 그렇다면 라 베르마의 두 이미지 중 어느 쪽이 진짜일까?

이폴리트에게 하는 사랑 고백에도 라 베르마는 대패질을 해 놓은 듯 굴곡 없이 밋밋한 장광설만을 늘어놓았는데, 실력 없는 비극 배우, 심지어 시시한 고등학생이라도 놓치지 않을 법한 대조법도 마구 뒤섞여 있었다.

아, 매정한 자요! 그대의 그릇된 생각을 바로잡아 보려고 그토록 많은 것을 털어놨건만! 그렇다면 이 페드르의 분노가 어떤 것인지 알려 줄 테요….

…그대를 사랑하오. 그대를 사랑하는 이 순간 내 마음은 순수하기 그지없지만 번민으로 괴로워하지 않는다고는 생각지 마시오….

…내 정신을 잃게 만드는 광란의 사랑이란 독약이 비겁한 마음에서 생겨났다고 생각지 마시오….

게다가, 그녀가 대사를 어찌나 빨리 낭송하던지, 나는 마지막 구절에 이르러서야 비로소 앞의 대사들이 의도적으로 단조롭게 낭송되었다는 걸 알 수 있었다.

마침내 찬미하고픈 생각이 처음으로 들었다. 바로 관객들이 미친 듯이 박수갈채를 보낼 때였다. 나도 덩달아 박수갈채를 보냈는데, 라 베르마가 관객들에게 보답하는 마음에서 더욱더 신들린 연기를 보여주길 바라는 마음에서였다. 그녀의 가장 멋진 공연 중 하나란 확신이 들었다.

흥미로운 건 관객들이 열광적으로 반응했던 순간이 라 베르마가 최상의 연기를 보여주는 바로 그 순간이란 점을 내가 처음 깨달았다는 점이다. 어떤 초월적인 현실은 그 주변으로 대중들도 감지할 수 있는 특별한 광선을 내뿜는 듯하다.

아무튼, 내가 박수갈채를 보내는 동안, 어쩐지 라 베르마가 더욱 멋진 연기를 보여준 듯한 느낌이 들었다.

적어도 그녀는 혼신을 다 바쳐 연기했어요.

자신을 소진시켜 가며 연기한 거죠. 제가 보기에, 저게 바로 연기입니다.

나는 라 베르마의 연기가 탁월한 이유를 접하게 되어 너무나 기쁜 나머지, 열광하는 관객들이 쏟아내는 값싼 포도주에 맘껏 취했다.

그러나 일단 막이 내리자, 내가 그토록 원했던 기쁨이 이 정도뿐이었을까 하는 생각에 실망감이 드는 동시에 그 기쁨이 지속되길 바랐고, 또 공연장을 떠나는 와중에 앞으로도 연극에 대한 관심을 절대 놓지 않기로 결심했다.

행여 내가 「페드르」를 보러 가도 좋다는 허락을 받게 해 준 라 베르마의 숭배자로 하여금 나에게 그녀에 대해 좀더 많은 얘기를 들려줬으면 좋겠다는 기대를 품지 않았다면, 집으로 돌아오는 길에 나는 망명을 떠나는 듯한 박탈감을 느꼈을 테다.

…드 노르푸아 씨.

아버지는 저녁 식사 직전에 나를 그에게 소개했다.

그는 대사직을 수행하던 시절, 방문한 외국인들을 소개받을 때마다 그들 대부분이 격이 높은 사람들이었던 까닭에 공손한 태도를 취하면서, 접견하게 되어 영광임을 나타내는 습관을 갖게 되었다.

그런가 하면, 그는 상대하는 사람이 어떤 부류의 사람인지 알기 위해 새로운 인물을 접할 때마다 날카로운 관찰자로서의 면모를 드러냈다.

그가 정부로부터 더 이상 해외 대사직을 맡게 되지 않은 지도 오래되었건만, 여전히 그는 누군가를 소개받을 때마다 대사 시절 때와 같은 날카로운 관찰력을 발휘했다.

마찬가지로, 그는 나한테 상냥한 말을 건네면서도 끊임없이 나를 예리한 눈초리로 관찰했다.

그는 『르뷔 데 되 몽드』와 관련하여 나에게 약속한 것은 아무것도 없었지만, 나의 생활이며 학업, 취미 등에 대해 적잖이 질문을 던졌다.

이같은 면면은 내가 문학을 지향하고 있음을 가리키는 까닭에, 그는 내가 문학 얘기를 하도록 내버려 뒀다. 하지만 그가 사용하는 용어만 보더라도, 그가 보여주는 문학관과 내가 콩브레에서 문학에 대해 쌓았던 이미지는 너무나 달랐다.

이제껏 나는 글 쓰는 재주를 갖지 못했다고만 생각했는데, 지금은 드 노르푸아 씨가 문학에 대한 욕망조차 앗아갔다.

그러니까, '무타티스 무탄디스,'◈ 자네와 비슷한 처지에 있는 친구 아들이 한 명 있다네.
그 젊은이가 외무부를 떠나고 싶어 했지. 그러고 나서 글을 쓰기 시작했다네. 외교관 생활을 그만둔 걸 결코 후회하지 않았지.

이 년 전, 그는 빅토리아니안자호(湖) 서안이 불러일으키는 영원성에 관한 책을 출간했지.
그리고 같은 해, 그 작품보다 중요성은 덜하지만, 활기차고 때론 신랄하기까지 한 어조로 쓴, 불가리아군의 연발총에 관한 소책자도 출간했지. 완전히 독보적인 작품이었다네.

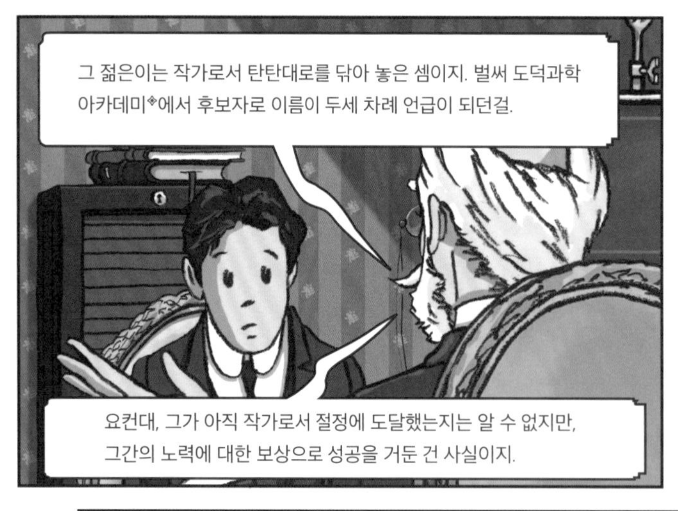
그 젊은이는 작가로서 탄탄대로를 닦아 놓은 셈이지. 벌써 도덕과학 아카데미◈에서 후보자로 이름이 두세 차례 언급이 되던걸.
요컨대, 그가 아직 작가로서 절정에 도달했는지는 알 수 없지만, 그간의 노력에 대한 보상으로 성공을 거둔 건 사실이지.

아버지는 몇 년 후면 내가 이미 아카데미 회원이라도 돼 있을 것처럼, 드 노르푸아 씨가 부추기는 가운데 도취감에 휩싸여 있었다.
내가 보냈다고 말하고, 한번 찾아가 얘기를 들어 보게나.

레오니 이모는 나를 유산 상속자로 지명했을 뿐만 아니라, 수많은 물품과 가구, 그리고 거의 대부분의 현금을 물려줬다. 이 유산을 내가 성인이 될 때까지 대신 관리해야 하는 아버지는 어디에 투자하면 좋을지 드 노르푸아 씨에게 조언을 구했다. 그는 수익은 낮지만 안전성이 특별히 뛰어난 채권, 예컨대 영국 영구공채나 사 퍼센트 수익률의 러시아 공채◈에 투자할 것을 권했다.

그 정도 특급 가치의 채권이라면,
비록 수익률이 아주 높진 않지만, 원금을 잃어버릴 염려는 없습니다.

한편, 아버지는 매입하여 보유 중인 증권이 어떤 것인지 드 노르푸아 씨에게 얘기하고 또 직접 보여주기까지 했다.
포트폴리오를 아주 잘 짜셨구려.
안정성도 아주 뛰어나고, 매우 탁월한 선택일 뿐만 아니라 세심하기까지 합니다….
나는 증권에 매료되었다. 동시대의 것들은 서로 비슷해 보였다. 증권의 모습은 특정 시대의 시에 예술가들이 그려 넣은 그림과 같았다.

동일한 예술가들이 재정계의 요청에 부응한 것이다.
ИМПЕРАТОР
РОССІЙСКОЕ
РОССІЙСКІЙ ЧЕТЫРЕХПРОЦЕНТНЫЙ
ШЕСТОЙ ВЫПУСКЪ 188
ПЯТЬ
ОБЛИГАЦІЯ
ШЕСТЬСОТЪ ДВАДЦАТЬ ПЯТЬ РУБЛЕЙ

이거 한번 봐 주시죠. 저희 아이가 예전에 콩브레에서 산책하고 돌아오면서 썼던 겁니다.
그 글은 내가 고양된 상태에서 쓴 글이었기에 읽는 사람에게도 그런 기운이 전달되리라 생각했다.

하지만 내 글은 드 노르푸아 씨를 감복시키지 못했다. 그는 내 글을 돌려주면서 아무 말도 없었다.

저녁 차리라 할까요?

한데, 낮 공연은 마음에 들던?

방금 전 제 아이가 라 베르마 공연을 보러 갔었죠.
선생하고 그 얘기를 함께 나눴던 거 기억하시죠?

그 공연을 처음 가서 본 거라니, 감동하지 않을 수 없었겠지?
나는 라 베르마의 「페드르」는 못 봤지만, 듣기론 정말 대단하다고 하더군.
물론, 감동했겠지?
지적으로 나보다 천 배는 더 뛰어난 드 노르푸아 씨야말로 내가 라 베르마의 공연을 보고서도 이끌어내지 못한 진실을 알고 있을 터였다. 그가 그걸 나에게 말해 줄 것이었다. 나는 드 노르푸아 씨가 던지는 질문에 대답하면서, 그 진실이 어떤 것인지 알려 달라고 간청할 참이었다.

나는 말을 더듬었다. 그리고 마침내 나는 도발적인 태도를 취해, 그로 하여금 라 베르마가 어째서 뛰어난지 털어놓게 할 심산으로,
솔직히 고백하면
전 실망했습니다.

아니, 뭐라고?
네가 전혀 감동을 받지 못했다고?
!
네 외할머니 말씀으론 네가 라 베르마가 하는 대사를 한 마디도 놓치지 않으며 그녀를 뚫어져라 쳐다봤고, 극장에 모인 관객들 중에서 너처럼 열심히 연극을 본 사람은 없었다고 하시던걸?

그렇긴 해요. 사실 전 어째서 그녀가 뛰어난지 알려고 최선을 다해 공연을 지켜봤어요. 그녀가 아주 빼어난 배우란 건 틀림없는 사실이에요….
그녀가 그토록 빼어난 배우라면서,
뭘 또 바라는 거지?

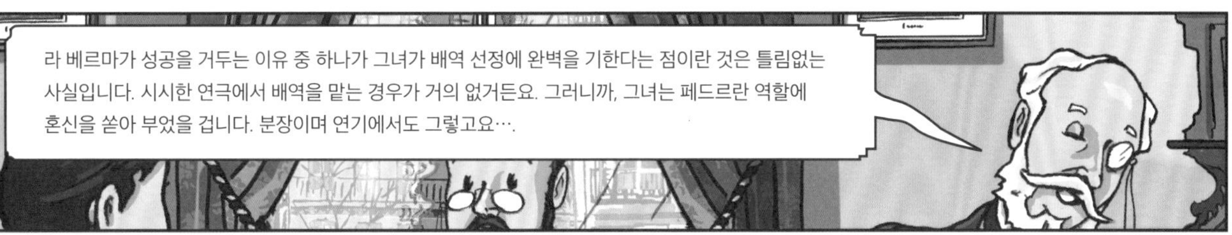
라 베르마가 성공을 거두는 이유 중 하나가 그녀가 배역 선정에 완벽을 기한다는 점이란 것은 틀림없는 사실입니다. 시시한 연극에서 배역을 맡는 경우가 거의 없거든요. 그러니까, 그녀는 페드르란 역할에 혼신을 쏟아 부었을 겁니다. 분장이며 연기에서도 그렇고요….

비록 라 베르마가 영국이며 미국에도 수차례 건너가서 성공리에 해외공연을 마치기는 했지만, 영국의 빅토리아 시대를 이렇게 폄하하는 게 부당할지언정, 존 불 류의 저속성이랄까, 또는 엉클 샘* 류의 저속성으로 인해 그녀의 명성이 퇴색되었다고는 할 수 없을 테지요. 너무 노골적인 색채를 쓰지도 않고, 또 과장되게 고함을 내지르는 법도 없었으니까요. 라 베르마는 놀라운 목소리를 가졌고 또 그걸 자기 연기에 기가 막히게 잘 활용합니다. 음악적인 견지에서 보더라도 말입니다!

공연이 끝나고 나서도 라 베르마를 향한 나의 관심은 커져만 갔다. 그녀의 단아함이나 세련미에 대한 찬미에 합리적인 이유를 찾을 수 있어서 기뻤다.

그래 맞아, 빼어난 목소리며 깔끔한 낭송법, 단아한 의상, 그리고 「페드르」 같은 작품을 선별할 줄 아는 지적 역량하며! 난 결코 실망하지 않았어.

당근을 곁들인 차가운 쇠고기 요리가 서빙되었고,

우리 집 부엌의 미켈란젤로가 준비한 커다란 크리스털 젤리는 투명한 석영 덩어리처럼 보였다.

부인, 이 댁은 특급 요리사를 두셨네요. 아니, 그 정도가 아니죠. 제가 해외에서 근무할 때 집안일을 거들길 좋아했는데, 수석 요리사*를 구하는 일이 여간 어려운 일이 아니란 걸 알게 되었지요. 오늘 대접해 주신 요리들이 정말 훌륭합니다.

귀댁의 바텔*이 만든 전혀 다른 요리도 맛보고 싶군요. 예를 들자면 스트로가노프 쇠고기 요리* 말입니다.

사실 프랑수아즈는 우리 식구들만 있을 때와는 달리, 심혈을 기울여 요리를 준비했었다.

엄마는 파인애플과 트러플을 넣은 샐러드에 큰 기대를 걸었다. 하지만 전직 대사는 이 샐러드를 맛보면서도 외교관다운 언사만을 반복할 따름이었다.

드 노르푸아 씨는 식사 자리에 풍미를 더하기 위해 각양각색의 이야기를 선보였다. 비록 내가 그 뉘앙스를 제대로 포착하지는 못했지만, 그가 폭소를 터뜨리며 들려주는 여러 이야기들은 실상 본인이 훌륭하다고 여기는 이야기와 크게 다르지 않은 듯했다.

내가 제대로 알아들은 딱 한 가지는 모든 사람들이 생각하는 바를 거듭 말하는 것이 정치계에서는 저급함이 아니라 우월성의 표식이라는 점이었다.

'신문' 보도를 보니, 대사님께서 테오도즈 왕과 꽤 긴 환담을 나누셨던 모양입니다.

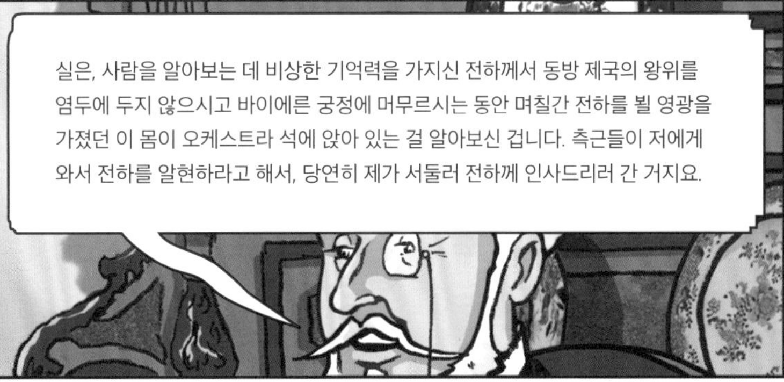
실은, 사람을 알아보는 데 비상한 기억력을 가지신 전하께서 동방 제국의 왕위를 염두에 두지 않으시고 바이에른 궁정에 머무르시는 동안 며칠간 전하를 뵐 영광을 가졌던 이 몸이 오케스트라 석에 앉아 있는 걸 알아보신 겁니다. 측근들이 저에게 와서 전하를 알현하라고 해서, 당연히 제가 서둘러 전하께 인사드리러 간 거지요.

테오도즈 왕의 프랑스 체류가 만족스러우셨나요?

무척이나요!
저로선 전하의 정치적 감각을 무한 신뢰했지요.
전하께서 엘리제궁에서 했던 축배 제의는 전하가 곳곳에 불러일으킨 관심의 연장선상에 있는 겁니다. 대가다운 수법이지요. 어느 정도 대담함이 느껴지긴 하지만, 작금의 상황을 고려해 볼 때 충분히 정당화될 수 있는 대담함입니다. 저로선 쌍수를 들어 환영할 일입니다.

벌써 여러 해 전부터 양국의 우호 증진을 위해 애써 오신 대사님의 친구분 보구베르 씨도 기뻐하겠네요.

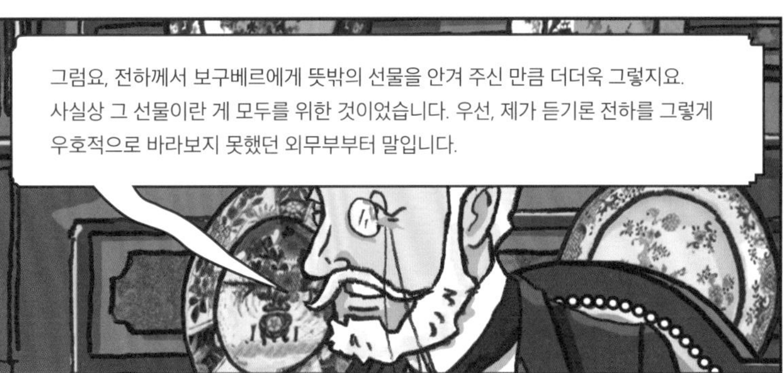
그럼요, 전하께서 보구베르에게 뜻밖의 선물을 안겨 주신 만큼 더더욱 그렇지요. 사실상 그 선물이란 게 모두를 위한 것이었습니다. 우선, 제가 듣기론 전하를 그렇게 우호적으로 바라보지 못했던 외무부부터 말입니다.

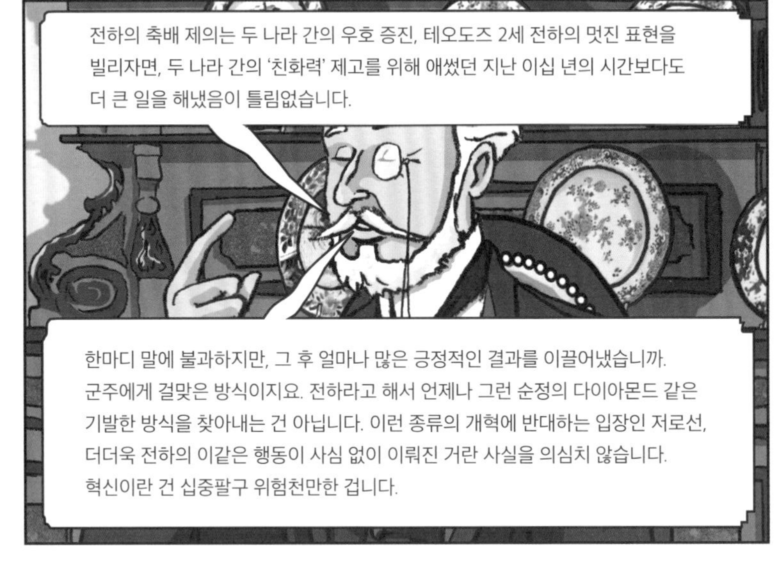
전하의 축배 제의는 두 나라 간의 우호 증진, 테오도즈 2세 전하의 멋진 표현을 빌리자면, 두 나라 간의 '친화력' 제고를 위해 애썼던 지난 이십 년의 시간보다도 더 큰 일을 해냈음이 틀림없습니다.
한마디 말에 불과하지만, 그 후 얼마나 많은 긍정적인 결과를 이끌어냈습니까. 군주에게 걸맞은 방식이지요. 전하라고 해서 언제나 그런 순정의 다이아몬드 같은 기발한 방식을 찾아내는 건 아닙니다. 이런 종류의 개혁에 반대하는 입장인 저로선, 더더욱 전하의 이같은 행동이 사심 없이 이뤄진 거란 사실을 의심치 않습니다. 혁신이란 건 십중팔구 위험천만한 겁니다.

네, 맞아요. 최근 독일 황제가 보낸 전보도 대사님 취향엔 맞지 않을 거란 생각을 해 봤습니다.

대사님, 저희 남편이, 대사님께서 어쩌면 올 여름이나
머지않은 여름에 저이를 스페인에 데려갈 수도 있다고
하더군요. 그럼 참 좋겠어요.

네, 그렇습니다. 아주 멋진
프로젝트가 진행 중이라서 기쁩니다.
부인께서도 함께하시면
참 좋겠습니다.

그런데, 부인, 부인께서는 연휴를
어떻게 보내실지 생각해 놓으신
게 있나요?

어쩌면 저희 아이와 함께 발벡*에 가게 될 것 같아요.
아직 확실하진 않아요.

아, 발벡이라! 아주 멋진 곳이죠. 저도 몇 해 전에
그곳에 갔었습니다.
요사이 그곳에 아주 멋진 별장들이 들어서기 시작하던데…. 발벡이 마음에
드시리라 생각합니다. 한데, 어떤 분이 발벡을 권유했는지 여쭤봐도 될까요?

제 아들이 그 고장의 몇몇 성당, 특히나 발벡 성당을 굉장히 가 보고
싶어 해요. 하지만 저는 아이 건강이 걱정스러웠죠. 그러던 차에, 불과
얼마 전 발벡에 근사한 호텔이 들어섰다는 걸 알게 되어서 거기 머물면
시설이 좋으니 아이 건강에도 괜찮을 것 같아요.

아! 부인께서 말씀하신 걸 전해 주면 반길 만한 여성이
한 사람 있습니다.

발벡 성당은 정말 멋지겠지요?
그렇죠, 대사님?

그리 나쁘진 않네, 그런데…
발벡 성당은 그 고장에 머무른다면 한번 가 볼 만하네. 흥미로운 성당이지. 비가 와서
딱히 할 일이 없는 날이라면 한번 성당 안에 들어가 투르빌 묘소를 구경할 만하다네.

대사님께선 어제 있었던 외무부 만찬에 가셨지요? 저는 참석하지 못했습니다만.

아니요, 다른 성격의 야회에 참석하느라 못 갔습니다. 어쩌면 이름을 들어 보셨는지도 모르겠지만, 어떤 여인의 집에서 있었던 저녁 식사 자리에 대신 갔습니다.
아리따운 스완 부인이요.

네? 그곳에서 대사님은 누굴 만나셨나요?

저런… 그 집은 그러니까, 신사들이 주로 찾는 그런 종류의 집입니다…. 기혼 남성들도 몇몇 있었지요. 공교롭게도 엊저녁엔 그들의 부인들은 아파서 불참했습니다만.

사실, 좀더 정확하게 하자면, 거기엔 여성들도 옵니다. 그렇긴 하지만… 이 여성들은… 뭐랄까, 스완이 교제하는 부류가 아니라 공무원 세계에 속한 사람들이라고나 할까요. 어쨌든 그 자리에 참석한 사람들은 나름 만족해하는 듯 보이더군요. 스완이 좀 지나치다 싶을 정도로 참석자들 자랑을 하던걸요.

오, 네셀로데 푸딩*이 또 나왔네! 루쿨루스* 뺨치는 호사스러운 만찬으로부터 원상복귀하려면, 칼스바트*에 가서 치료를 받아야 한다고 해도 무리가 아니겠군….

예전부터 스완과 알고 지내던 저로서는, 최고급 사교계에서도 가장 인기를 끄는 그가 기껏 체신부 국장에게 와 주셔서 고맙다고 숨넘어갈 정도로 공손하게 감사 인사를 하고, 또 그에게 스완 부인이 그 사람의 아내를 찾아봬도 되느냐 '허락을 구하는' 걸 보면서 재밌기도 했지만 놀라운 광경이 아닐 수 없더군요.
스완으로서는 낯선 경험일 겁니다. 그 사람이 접하던 세계와는 다를 테니까요.
그렇다고 스완이 불행해 보이지도 않던걸요.

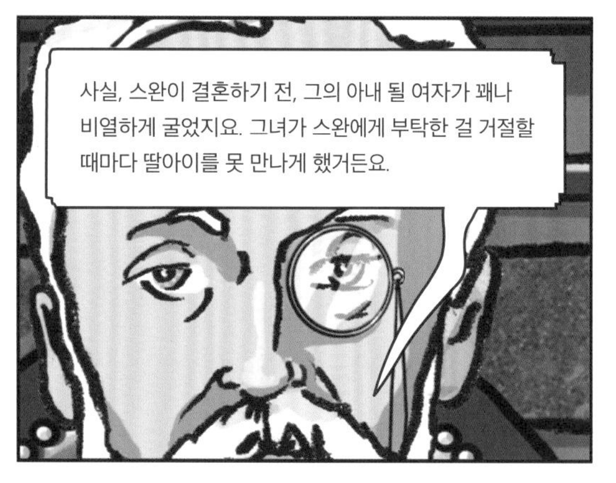
사실, 스완이 결혼하기 전, 그의 아내 될 여자가 꽤나 비열하게 굴었지요. 그녀가 스완에게 부탁한 걸 거절할 때마다 딸아이를 못 만나게 했거든요.

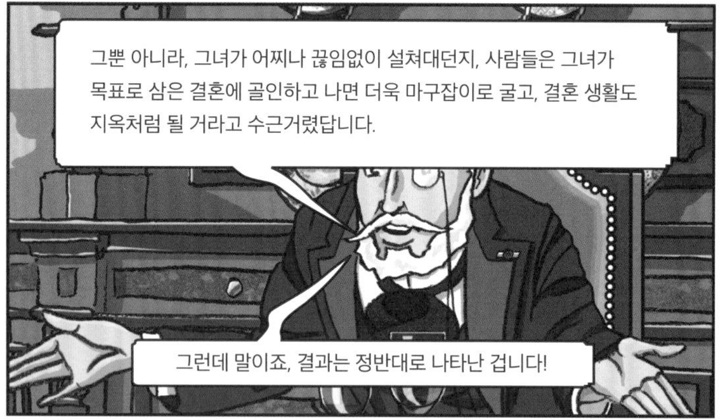
그뿐 아니라, 그녀가 어찌나 끊임없이 설쳐대던지, 사람들은 그녀가 목표로 삼은 결혼에 골인하고 나면 더욱 마구잡이로 굴고, 결혼 생활도 지옥처럼 될 거라고 수근거렸답니다.
그런데 말이죠, 결과는 정반대로 나타난 겁니다!

사람들은 스완이 자기 아내를 훌륭한 사람이라고 평할 때 과장된 말이라고 생각들을 합니다. 한데 말이죠, 그 말이 거짓이 아니에요. 세상의 모든 남편들과는 다른 스완의 관점에서는 스완 부인이 나름 그에게 애정을 품고 있는 듯 보인다는 건 부정할 수 없는 사실입니다. 하지만 우리들끼리 얘긴데, 그녀를 오래전부터 알고 있는 스완이 어찌 해야 좋을지 모른다고 보기는 어렵지요.

세간에 떠돌고 있는 말을 믿는다면, 스완 부인이 바람기가 없다거나 스완 자신도 자신의 바람기를 자책하지 않는다고는 말할 수 없습니다. 하지만 스완 부인은 자기 남편이 자기를 위해 헌신한다는 점만큼은 고마워하고 있어요.
그리고, 모든 사람이 염려했던 것과는 달리, 스완 부인이 천사처럼 착해진 듯합니다.

두 사람의 결혼이 잘못된 것이라 여기고, 또 스스로,

'만일 내가 드 몽모랑시 여식과 결혼한다면, 게르망트 공은 어떻게 생각하고 또 브레오테 씨*는 무슨 말을 할까?'

라고 자문하면서, 이같은 사회적 이상을 품고 있는 사람들 중, 이십 년 전이라면 스완 씨 자신도 껴 있었을 터였다.

당시였더라면, 스완 씨는 자신이 파리를 통틀어 가장 멋진 인사들 중 한 사람으로 각인될 법한 요란스러운 결혼식을 거행했을 것이다. 다만 당사자가 보기에, 그런 식의 결혼식은 바깥으로부터 자양분을 제공받는 종류의 것이라 비춰졌을 테지만….

스완 씨가 오데트와 결혼하면서 사교적 야망을 포기한 것은 아니었다. 다만 그런 야망은 그가 오데트와 사귀게 된 이래 이미 한참 전부터 관심에서 멀어졌을 따름이다. 만일 그가 사교계에 대한 야망을 포기했더라면 그 보상은 더욱 컸을 터인데,

왜냐하면 순전히 내밀한 감미로움을 얻으려면 그같은 그럴듯한 상황을 버려야 하며, 또 일반적으로 불명예스러운 결혼은 가장 존중받기 마련이기 때문이다.

스완 씨가 오데트와의 결혼을 고심할 때마다 뇌리에 떠오른 유일한 사교계 인사는 게르망트 공작부인이었다. 속물근성 때문은 아니었다.

우리의 결심에 따른 이미지가 그 결심에 동기를 부여하는 것처럼,

스완 씨가 오데트와 결혼하기로 마음을 먹었다면, 그건 다른 사람들은 헤아릴 수 없는 어떤 필요성이 생길 때를 기회로 그가 그녀와 질베르트를 게르망트 공작부인한테 소개하고픈 욕망에서일 것이다.

이제 앞으로 우리가 보게 되겠지만, 스완 씨가 자기 아내와 딸아이를 위해 마련해 주고자 하는 이같은 단 하나의 사교적 야망은 그 실현이 금지되었을 뿐만 아니라 절대적인 반대에 부딪히게 됨으로써, 그는 공작부인이 자기 아내와 딸아이를 만나게는 될지 가늠조차 하지 못한 채 세상을 떠난다.

하지만 실제로는 이와 반대로, 게르망트 공작부인은 스완 씨가 죽은 뒤에 오데트와 질베르트와 친교를 맺는다.

스완 씨는 이런 사실을 스스로는 알지 못했다. 스완 씨가 열렬히 사랑했던 바로 그 오데트와의 결합을 더 이상 그녀를 사랑하지 않게 되었을 때, 즉 스완 씨 내면의 존재, 오데트와 함께 평생토록 살기를 그토록 염원했던 바로 그 존재가 죽어 버렸을 때에야 이루게 된 바로 그 결혼은, 이를테면 스완 씨 생전에는 사후의 행복이라고 불러야 하지 않았겠는가?

파리 대공*이 스완 씨와 친구 사이 아닌가요?

나는 대화가 다른 곳으로 흘러갈까 봐 두려웠다.

그래, 맞네.
저런, 그러고 보니 사 년이 채 안 됐을 걸세. 파리 대공이 동유럽의 어느 작은 역에서 스완 부인을 알아봤다네.
물론 측근 중 그 누구도 대공이 어떻게 스완 부인을 알아보게 되었는지 물어본 사람은 없었지.
점잖지 못한 태도였을 테니 말일세.

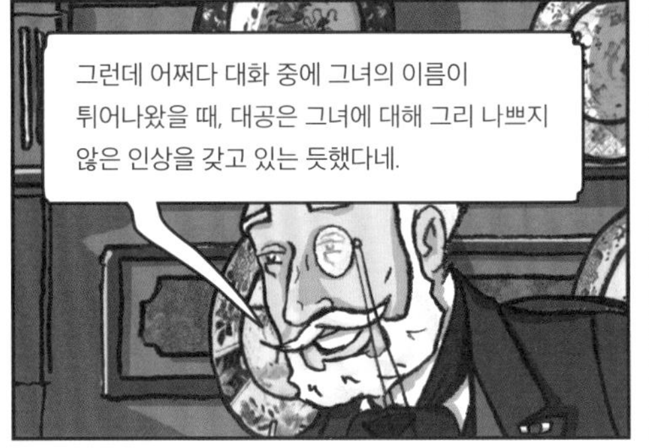
그런데 어쩌다 대화 중에 그녀의 이름이 튀어나왔을 때, 대공은 그녀에 대해 그리 나쁘지 않은 인상을 갖고 있는 듯했다네.

대사님은요? 대사님께선 어떤 인상을 품으셨나요?

아주 훌륭한 여성이라 생각했지!
아주 멋진 여성이었지!

혹시 베르고트란 이름의 작가도 식사 자리에 있었나요, 대사님?

그래, 그 사람도 함께 있었지.
자네도 그 사람을 아는가?

제 아들은 알진 못하지만, 무척 존경하죠.

글쎄요, 전 다른 견해를 가지고 있습니다. 베르고트는 뭐랄까, 플루트 연주자에 비견될 만하달까요. 물론 듣기 좋게 연주하는 건 사실이지만, 매너리즘이며 겉치레*가 너무 심합니다.
사실 그뿐입니다. 별것 없죠.
액션이 없어요. 거의 없다시피 합니다. 특히 추구하는 목표가 없습니다.

그 사람 소설은 기초가 부실합니다. 차라리 기초가 없다고나 할까요.
제 개인적인 견해가 이 사람들이 신봉하는 '예술을 위한 예술'이라는 신성불가침한 학파에 맞서는 견해란 것은 잘 알고 있습니다. 하지만 우리 시대엔 그처럼 단어들이나 멋들어지게 나열하는 것보단 훨씬 시급한 책무가 있는 것 아닐까요?

이제 보니, 자네가 조금 전 나에게 보여준 글을 좀더 잘 이해할 수 있겠구먼. 내가 군데군데 삭제하란 말을 하지 않는다면 무성의하단 비판을 피할 수 없을 테지.
자네 스스로 단도직입적으로 고백하지 않았던가. 그 글이 그저 어린애가 긁적거린 글이었다고.
(내가 그런 말을 했던 건 사실이지만, 정말로 그렇게 생각한 것은 아니었다.)

자네 글에서 베르고트로부터 받은 나쁜 영향이 느껴진다네.
그럼에도, 그의 작품은 작가 자신보다 훨씬 낫지.
참! 그 사람은 작가를 작품으로만 평가해야 한다고 주장하는 재담꾼의 말에 동의하는 사람일세.*

방금 드 노르푸아 씨가 내가 건넨 글에 대해 했던 말에 아연실색한 나는
문학적 재능을 타고나지 못했다는 걸 다시 한번 실감하지 않을 수 없었다.
몇 해 전, 제가 대사로 나가 있을 때 베르고트가 오스트리아 빈에 여행 온 적이 있습니다.
메테르니히 공주*로부터 그를 소개받았는데, 그 사람은 공주가 주최하는 만찬에 초대받고 싶어 했었지요.

제가 외국에서 프랑스를 대표하는 자리에 있었고 또 그 사람은 이를테면 글로써 영예를 기리는 역할을 해야 했던바, 저는 그 사람의 야릇한 사생활에 대해선 입을 다물었습니다.
그런데 그 사람이 빈에 혼자 온 게 아니었어요. 만찬회에 동반녀까지 초대해 달라고 요구하는 거였습니다.

제 자신이 딱히 점잔 빼는 사람은 아니라고 믿고 있지만, 베르고트의 사생활이 무분별하고 반듯하지 못한데도,
자기 책에서는 지나치게 도덕군자연하는 어조를 취하는 덴 도저히 적응이 안 된답니다.
더 이상 말하진 않으렵니다.

공주님도 그 사람을 공격하고 나섰지만, 별무신통이었죠. 그런데 스완이 그 사람을 나와 함께 초댈했으니, 그 사람으로선 얼마나 고마워했겠습니까.
자, 이제 거실로 자리를 옮기시죠.

스완 씨 따님도 식사 자리에 함께 있었나요?

아, 열네 살에서 열다섯 살쯤 먹은 어린 아가씨? 그렇지.
그러고 보니, 마치 앙피트리옹*의 딸마냥, 저녁 식사 전에 그 여식을 소개받은 일이 생각나는군. 일찍 잠자리에 들러 먼저 일어났다네.

자네가 스완네 사정에 훤하구먼.

스완 양하고 샹젤리제에서 같이 놀거든요. 아주 매력적이에요.

저런! 저런! 그래, 맞아, 그 아이가 아주 매력이 많지. 내가 자네 기분을 너무 상하게 하지 않는다면, 그 아이가 자기 엄마를 조금도 닮지 않으리라곤 생각지 않는다고 고백해야겠군.
저는 스완 양이 얼굴은 더 예쁜 거 같아요. 하지만 스완 부인도 못지않게 좋아합니다. 그저 부인이 지나가는 모습을 볼 수 있을까 하는 희망에서 불로뉴 숲에 가서 산책을 할 참입니다.

그 집 모녀한테 전해 주지. 아주 좋아할 걸세.

스완 부인에게 커다란 영향력을 가졌을 드 노르푸아 씨가 질베르트와 그녀의 모친에게 내 이야기를 해 줄 수 있다는 말을 들으니 어찌나 고맙던지, 허옇고 쭈글쭈글한 그의 손에 입 맞추고 싶은 욕망을 억제하느라 무진 애를 썼다.

아! 대사님께서 스완 부인에게 제 얘기를 해 주신다면 평생의 은인이 되는 셈입니다. 기꺼이 이 한 목숨, 대사님께 바치겠습니다!
말이 나왔으니 말인데, 제가 아직 스완 부인을 모릅니다. 아직 인사를 못 드렸거든요.
이내 나는 대사님이 나를 위해 수고해 줘야겠다고 결심케 만들어야 할 이 말이 어쩌면 정반대의 결과를 초래하는 말일 수도 있다는 생각이 들었다.

나를 스완 부인에게 소개하고 또 그 집에 발을 들이게 하는 일이 너무도 쉬운 일임을 알고 있는 드 노르푸아 씨는, 이같은 맹렬한 나의 욕망이 다른 불순한 목적을 감추고 있는 것은 아닌지 의심했다.

그리고, 나는 그가 결코 나를 위해 수고해 주지 않으리란 생각을 하게 됐다.

드 노르푸아 씨가 떠나고 나서…
여기, 신문에 바로 오늘 낮 공연에 관한 기사가 실렸네.

"비중있는 예술계와 비평계 인사들이 관람하는 가운데, 열기로 가득한 극장에서 행해진 페드르 공연은 페드르 역을 맡은 베르마 여사에게는 그간의 화려했던 배우로서의 경력 중에서도 보기 드물게 눈부신 성공을 거둔 무대였다. 엄청난 연극적 성과를 보여준 이번 공연에 대해 좀더 상세한 기사가 뒤를 이을 예정이다. 우선, 명망 높은 비평가들도 이번 공연이 사실상 라신의 인물 중에서 가장 아름답고 완성도가 높은 역할인 페드르 역을 완전히 새롭게 해석했으며, 오늘날 관람할 수 있는 가장 순수하고도 고귀한 예술을 구현해냈다는 점에서 만장일치의 견해를 보였다는 점을 지적하고자 한다."

정말 굉장한 배우예요!
Le Siècle

솔직히 당신 말마따나 드 노르푸아 영감이 좀 '진부'*하긴 하지.
파리 대공에게 질문을 던지는 게 "점잖지 못하다"란 말을 그 영감이 했을 때, 당신이 폭소라도 터뜨리지 않을까 조마조마했다오.

저는 정반댄걸요. 대사님처럼 연배도 있는 명망가가 그런 류의 순진함을 아직 간직하고 있다는 것이 성품이 솔직하고 교양있는 사람이란 걸 증명해 줘서 오히려 좋은걸요.

그런 사람이 스완네 식사 자리에 참석하고 관리들처럼 그저 그런 사람들과 어울린다는 게 놀랍소. 대체 스완 부인은 사람들을 어떻게 끌어모았을까?
당신도 대사님이 "그 집은 신사들이 주로 찾는 그런 종류의 집입니다"라고 비꼬는 투로 말하는 걸 눈치챘어요?

프랑수아즈는 마치 자신의 예술에 대해 하는 말을 듣는 예술가인 양, 기쁘면서도 깜찍한 표정을 지으며 드 노르푸아 씨가 칭찬하더란 말을 무덤덤한 투로 받아들였다.
대사님께서 어딜 가도 우리 집 쇠고기 요리며 수플레 같은 요리는 먹어 볼 수 없다고 하네요.

대사님도 저처럼 뭘 좀 아는 늙다리 거죠.

나는 날씨가 좋은 날에는 샹젤리제에 다시 나갔다.
하지만 질베르트는 계속 보이지 않았다.
나는 그녀를 꼭 봐야만 했다. 질베르트의 얼굴이 잘 기억나지도 않았으니.

사랑하는 사람을 잃었건만, 꿈속에서도 만날 수 없게 된 사람들이 아무리 애를 써도 싫어하는 얼굴만 마주치는 격이었다. 이들은 자신에게 고통을 안겨 주는 존재를 떠올릴 수 없는 까닭에 고통조차 못 느끼는 건 아닌가 생각하며 자책한다. 나 역시도 질베르트의 얼굴이 기억나지 않는 탓에 혹시 그녀를 더 이상 사랑하지 않게 된 건 아닌가 하는 의심이 들었다.

마침내 그녀가 거의 매일 놀러 나왔다.

하지만 한 가지 사실이 또다시 변해 버렸다. 내가 질베르트한테 그녀의 부모님을 얼마나 좋아하는지에 대해 털어놓자, 그녀가 갑자기,

이 사실은 알아 둬. 우리 부모님은 너를 별로라고 생각한다는 걸!
스완 씨 부부는 내가 질베르트와 함께 노는 걸 고운 눈으로 바라보지 않았고, 내가 품성이 좋다고 여기지도 않았으며, 내가 당신들의 딸에게 좋지 못한 영향만을 끼칠 뿐이라고 생각했다.

스완 씨 부부가 내가 속하리라 여겼을 법한, 조신하지 못한 젊은이들 부류는 자신들이 좋아하는 여자애의 부모를 혐오하는 부류일 거란 생각이 들었다. 하지만 내 마음은 이와는 정반대로, 스완 씨를 열렬히 좋아하는 감정을 가진 존재로 그렸다.

나는 스완 씨에 대해 품고 있던 바를 장문의 편지에 쓴 뒤, 용기를 발휘하여 질베르트에게 건네며 부친께 전해 달라고 부탁했다. 그녀는 그러겠다고 대답했다.

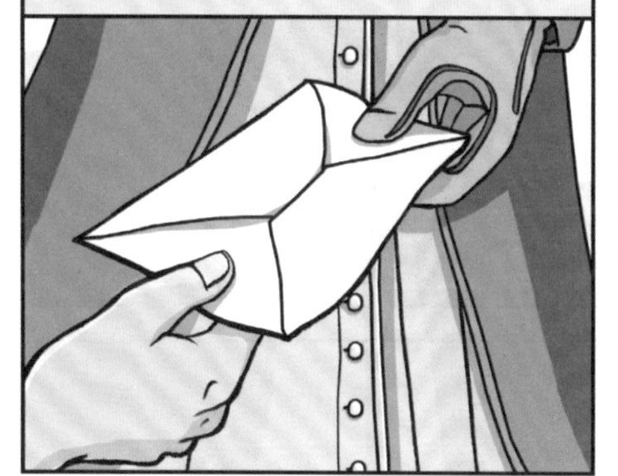

안타깝도다! 그다음 날, 질베르트는 자기 아버지가 내 편지를 읽다가 이런 말을 하며 어깨를 들썩였다고 전했다.

"이 편지엔 아무런 뜻도 담겨 있질 않아. 내 생각이 옳았다는 걸 입증해 줄 따름이야."

아, 이만 가 봐야 해. 잠시 기다려 줘.

프랑수아즈가 나를 부른 까닭에, 나는 그녀의 뒤를 따라 예전 파리의 폐쇄된 입시세 납부소◈를 연상케 하는 작은 건물 안으로 들어가야만 했다.

안에는 영국에선 세면대라 부르고, 프랑스에서는 그릇된 영어 열풍에 의해 '워터 클로셋'*이라 불리는 설비가 불과 얼마 전부터 마련돼 있었다.

WATER
CLOSETS
DRESSING
ROOMS
LADIES
CABINETS
D'AISANCES
ENTRÉE
des
DAMES

주인은 그곳을 운영하기 전에 인생의 쓴맛을 본 기색이 역력했다. 반면에 프랑수아즈는 그녀가 생페레올 가문에 속하는 후작부인 출신이라고 우겼다.

습기 차고 노후된 벽에선 시큼한 곰팡내가 풍겼는데, 나에겐 뭔가 일관되면서 달콤하고 평화로운가 하면, 설명할 수 없으면서도 지속적이면서 확실한 진리를 전해 주는 듯한 기분 좋은 감각을 불러왔다.

CABINET de TOILETTE
Palais
de Glace

이처럼 나를 사로잡은 인상이 발산하는 매력의 정체를 밝히고 싶었다.

하지만 그곳을 운영하는 여인이 나에게 말을 걸었다.

그렇게 바깥에 있으면 안 좋아요.

후작부인은 나에게 화장실 문을 열어 주기까지 했다.

좀 들어오지 않겠소? 아주 깨끗해요.
돈은 받지 않겠소.

어쨌든 젊은 남성 애호벽이 있는 '후작부인'은 남성들이 마치 스핑크스처럼 쭈그리고 앉아 있어야만 하는, 사각의 석재로 된 지하로 통하는 문◈을 열어 주었는데, 그녀 주변으로 늙은 정원지기 말고는 다른 손님의 모습은 볼 수 없었다.

우리는 숨바꼭질 놀이를 하곤 했다.

네 아버지를 직접 뵙고 말씀드릴 방도는 없을까?

안 그래도 그런 제안을 했었는데, 아빠가 그럴 필요 없다고 했어.
자, 이 편지 도로 가져가. 이젠 다른 애들한테 가 봐야 해. 날 못 찾는 모양이야.

그때 내가 편지를 도로 낚아채기 전에 스완 씨가 와서 이 장면을 목격했더라면, 자기 생각이 맞았다고 생각할 터였다. 왜냐하면 내가 질베르트의 몸에 닿는 것이 그렇게 좋았으니까….
내가 편지를 못 뺏게 방해해 봐. 어디 누가 힘이 더 센가 한번 볼까?

우리는 뒤엉킨 채 몸싸움을 벌였다. 내가 편지를 뺏으려 하면, 그녀는 못 빼앗게 버텼다. 그녀는 마치 내가 간지럼을 태우기라도 한듯 웃었다….

이렇듯 내가 한창 몸싸움에 열중하고 있는 동안,
무슨 영문인지 제대로 따져 볼 짬도 없이 기분 좋은 감정이 느껴졌다.

그때 질베르트는 고맙게도 이런 말을 했다.

네가 더 하고 싶으면, 조금 더 해도 돼.

어쩌면 그녀는 어렴풋이 내가 한 장난이 애초에 말했던 바와는 다른 목적을 가졌다는 사실을 감지했는지도 몰랐다. 하지만 그녀는 내가 이미 목표에 도달했단 사실은 알지 못했다. 나는 그녀가 눈치챘을까 봐 두려워하면서도 몸싸움을 그치지 않았다.

귀갓길에, 나는 그 정체는 알지 못하면서도 격자망이 쳐진 정자에서 풍기던, 거의 그을음 냄새와도 같은 신선한 냄새의 이미지가 엄습하던 걸 기억해냈다.

그 이미지는 콩브레에 있는, 아돌프 외종조부가 기거했던 작은 방의 이미지였다. 그 방에서도 똑같이 축축한 냄새가 풍겼었다.

하지만 나는 어째서 별 의미도 없는 이미지가 되살아난다고 해서 그토록 커다란 희열이 느껴지는지 이해할 수 없었다.

나는 드 노르푸아 씨로부터 그야말로 조롱받아 마땅하단 생각이 들었다. 나는 이제껏 그 어떤 작가보다도 '플루트 연주자'를 더 좋아했으니 말이다. 게다가 곰팡이 냄새에서 지고의 쾌락을 느끼지 않았던가.

신경증 환자*는 공인된 표현과는 달리, '자기 자신의 목소리에 가장 귀를 기울이지' 않는 사람일 것이다.

이들은 자신의 내면에서 공연히 경계심을 발동했다고 여기는 목소리를 너무나 많이 듣는 탓에, 너무나 많이, 급기야는 깡그리 무시하고 만다….

어느 날 아침 내가 식탁에 앉았을 때, 병이 시작되려는지 짐짓 무관심의 거울로 증상을 감추려 했음에도 불구하고, 소화시키지 못할 음식물이 줄곧 역겹게 느껴지고, 구토가 나면서 어지러웠다. 그 순간 내가 병이 났을 경우 어른들이 바깥에 못 나가게 하리란 생각 때문에,

억지로 기운을 내 방에 도착해 체온을 재 본 결과, 무려 사십 도로 몸이 펄펄 끓었지만 샹젤리제에 나갈 채비를 했다.

내 머릿속엔 질베르트와 함께 바르 놀이*를 하며 맛볼 짜릿한 감각에 대한 기대로 가득했다. 한 시간이 지나고, 나는 간신히 서 있을 수 있었지만 질베르트 곁에 있어서 좋았기 때문에 그렇게 한 시간을 더 버티며 짜릿함을 맛봤다.

도련님이 몸이 불편하세요. 오한이 나는 모양이에요.

폐울혈을 동반하는 이런 고열의 위급함이나 맹렬함은
짚에 붙은 불처럼 일시적인 증상에 그칠 따름입니다.
은밀한 잠복성의
질환보다는 낫습니다.

난 오래전부터 천식을 앓고 있었다. 우리 집 주치의는 내가 술에 절어 죽어 가는 광경을 상상하는 외할머니의 반대에도 불구하고 발작이 일어나려 할 때마다 카페인뿐 아니라 맥주나 샴페인, 코냑 등을 마시라고 권고했다.

발작이 알코올에 의한 '도취감'으로 인해
수그러들 겁니다.

내가 술 마시는 걸 할머니가 허락하지 않을 수 없도록 발작 상태를 고의로 드러낼 때가 한두 번이 아니었다.

그밖에, 나는 발작이 시작될 것 같을 때마다 그게 어느 정도일지 알지 못해 항시 염려하면서,

발작으로 인한 고통보다도 슬퍼하는 할머니 때문에
더욱더 괴로웠다.

한편 내 육신은, 자신의 비밀을 홀로 간직하기엔 너무나 위약해서일 수도 있고, 또는 자기 병의 원인에 대해 알지 못하는 가운데 어쩌면 스스로 감당 못할 위험한 조치를 강요당할 수도 있는 탓에,

나로 하여금 내가 느끼는 바를 그대로 정확하게 할머니한테
털어놓게 만들었다.

때론 내가 선을 넘어서는 경우도 있었다. 그럴 때마다 할머니의 얼굴은 가엾다는 표정을 짓거나 고통스런 표정을 드러내곤 했다.

나는 그렇게 날 가엾게 여길 필요가 없다고 항변했다.

내 몸은 딱 필요한 만큼의 동정심만 받고자 했다.

어느 날 저녁, 할머니가 내 방에 들어와 내가 숨이 가빠하는 걸 보곤,

저런! 가엾어라, 얼마나
고통스러울까!

이내 방을 나가 직접 코냑을 사서 들고 왔다.

잠시 후,

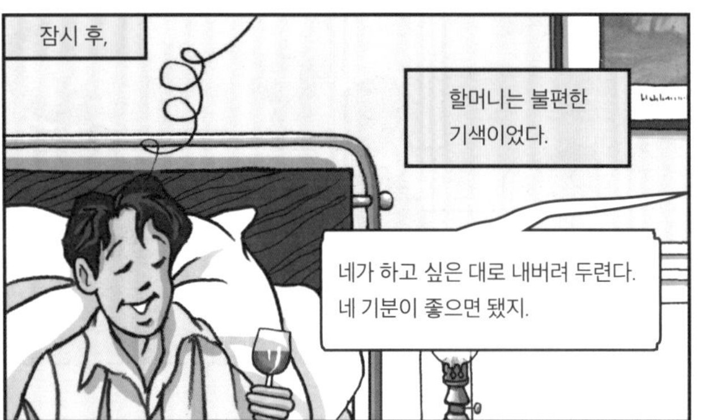
할머니는 불편한
기색이었다.
네가 하고 싶은 대로 내버려 두련다.
네 기분이 좋으면 됐지.

다음 날, 할머니는 저녁 무렵이 되어서야 내 방에 들렀다.

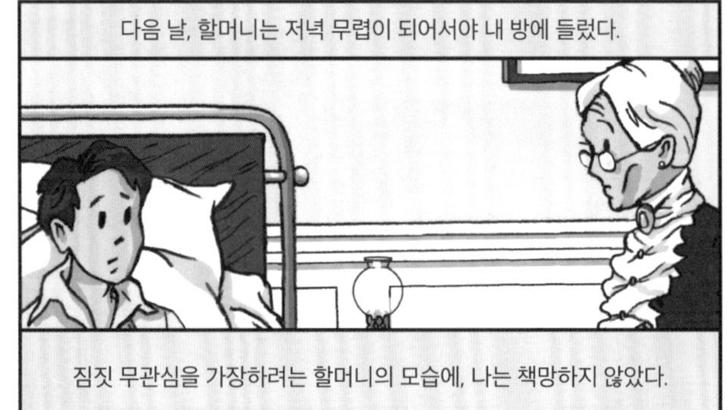
짐짓 무관심을 가장하려는 할머니의 모습에, 나는 책망하지 않았다.

천식 증세가 나아지질 않자, 마침내 우리 부모님은 코타르 교수한테 진찰을 부탁했다.

코타르는 잠시 주저하는 기색을 보이더니,
이내 단호하게 처방을 내렸다.
강력하고 독한 하제*와
우유를 며칠간 먹이세요.
오로지 우유만 먹이고,
고기나 술은 절대 안 됩니다.

하지만, 선생님, 저 아이는 기운을 차려야만 합니다. 말에게나 맞을 강력한
하제며 이런 식단 조절로는 기운이 많이 상할 텐데요.
?!
나는 코타르의 눈에서 타고난 자신의 유약한 성격을 드러낼 것인가 망설이는
기미를 읽었다. 그는 냉랭한 가면을 써야 하는지 기억을 더듬었다.

미심쩍은 태도로, 그는 거칠게 대꾸했다.
전 한번 내린 처방은 바꾸지 않습니다.
펜 좀 주세요.
우유만 먹일 것, 명심하세요.

나중에 발작 증세와 불면증*이 잦아들면, 그때 가서 수프를, 그러고 나서는 퓨레를
먹습니다. 하지만 그때도 우유, 항시 우유를 기반으로 만든 것*이어야 합니다.
마음에 들 겁니다. 요즘
스페인풍이 유행이니,
올레*! 올레!

코타르가 어째서 그런 처방을 내렸는지 자세히 설명도 해 주지 않고 떠난 후, 우리 부모님은 그의 처방이 내 경우에 적합하지 않을뿐더러 쓸데없이 몸이나 축나게 만들 거란 생각 때문에 그대로 따르지 않았다.

그 후 내 상태는 더욱 나빠졌고, 급기야 어른들은 코타르가 내린
처방을 철저하게 지켰다. 그로부터 사흘 후, 헉헉대던 증세와
기침이 사라지고 숨 쉬기가 편해졌다.
우리는 그 멍청해 보이는 인간이 사실은 위대한
임상의란 사실에 동의하지 않을 수 없었다.

마침내 나는 병석에서 일어날 수 있었다. 하지만 어른들은
나를 샹젤리제에 내보낼 수 없다는 말을 했다.
대기 상태가 고르지 못하기 때문이라고 했다.

어느 날, 우편물이 배달되는 시각에,
엄마는 내 침대 위에 편지 한 통을 놔 뒀다.

?

질베르트.

친구, 네가 많이 아파서 샹젤리제에 나올 수 없다는 말을 들었어. 나도 주변에 병이 난 사람들이 너무 많아서 못 가고 있어. 대신 친구들이 매주 월요일과 금요일이면 간식 먹으러 우리 집엘 온단다. 엄마가 내게 이르길, 너도 병이 낫는 대로 우리 집에 놀러 오면 좋겠단 말을 전하라고 했어. 그럼 우리가 샹젤리제에서 못다 한 이야기를 나눌 수 있을 거야. 안녕, 친구, 네 부모님도 네가 간식 먹으러 우리 집에 자주 올 수 있게 허락하셨으면 좋겠어. 우정을 듬뿍 담아,

질베르트.

나는 행복했다.

우리의 삶은 사랑에 빠진 사람이라면 언제든지 기대할 수 있는 이같은 기적들로 가득하다. 어쩌면 이러한 기적은 엄마가 얼마 전부터 삶의 의지를 몽땅 잃어버린 내 모습을 지켜보던 끝에 질베르트에게 부탁해 나에게 보내는 편지를 쓰게 한, 인위적으로 만들어진 기적일지도 모른다.

그로부터 얼마 전, 코타르 교수가 내 방에 왕진을 와 있는 동안 블로크가 나를 찾아온 일이 있었다. 블로크는 스완 부인이 나를 무척 좋아한다는 얘기를 들었다는 말을 했지만, 나는 그 말이 뜬소문이라고 고쳐 줄 용기가 없었다.

한편, 스완 부인의 주치의이기도 한 코타르는, 자기와도 잘 아는 사이인 내가 참한 젊은이란 말을 그녀에게 하면 자신에게 득이 될 거라고 판단해, 적당한 기회에 오데트에게 내 얘길 해야겠다고 마음먹었다.

이리하여, 나는 스완 씨네 집에 출입할 수 있게 되었다.

그 집의 계단에선 스완 부인이 사용하는 향수뿐 아니라, 질베르트의 삶으로부터 뿜어져 나오는 특별하면서도 고통스런 매력이 밴 내음이 풍겼다.

무뚝뚝하기 짝이 없던 경비원도 친절한 에우메니데스*로 변모하여, 내가 계단을 올라도 좋느냐고 물을 때마다 내 부탁을 들어줬다.

Défense
de se servir
de l'ascenseur
pour descendre

잘 지내죠?

잘 지냈소?
질베르트도 군이 온 걸 알고 있소?
난 이만 실례해야겠군.

날씨가 좋은 계절엔 오후 내내 질베르트의 방에서 그녀와 함께 시간을 보내곤 했는데, 어떤 땐 환기를 위해 내가 직접 방 창문을 열기도 했고, 또 스완 부인이 사람들을 초대한 날에는 누가 참석하는지 보기 위해 질베르트의 곁에 서서 창문 밖을 내다보기도 했다.

그럴 때마다 질베르트의 땋은 머리가 내 뺨에 닿았다.

질베르트의 머리 타래는 마치 천국의 잔디밭에나 까는 독특한 자재인 듯 보였다. 아, 그녀의 사진이라도 한 장 가질 수 있다면! 나는 그녀의 사진 한 장이라도 가질 수 있을까 하여 스완 씨 친구들이며 심지어 사진사들에게까지 비굴하게 굴었지만, 원하던 바를 얻지도 못했을뿐더러, 평생토록 너절한 이들과 관계를 유지하며 지낼 수밖에 없었다.

간식을 먹는 날이면 모두들 질베르트의 자그마한 거실에 모였다.
근데, 아침 먹고 나서 시간이 너무 많이 지났어. 저녁은 여덟시는 돼야 먹거든.
뭘 좀 먹고 싶은데, 너희들은 어때?

나는 케이크를 허겁지겁 삼켜 버린 탓에 소화가 다 될 때까지는 오랜 시간이 필요할 터였다.
아직도 많이 기다려야 할 것 같았다.

그 사이에, 질베르트는 '자기가 직접 만든 차'를 대접했다.
나는 그 차를 연거푸 마셨다. 차를 한 잔만 마셔도 무려 스물네 시간 동안 잠을 이루지 못하는 내가 말이다.

엄마는 매번 이런 말을 하곤 했다.
정말 성가시네. 이 아이가 스완 씨네만 가면 병이 들어 돌아오니 말이야.

개중엔 차를 마시지 않는 아이들도 있었다.
내가 만든 차 인기가 별로네!
저런, 맛있는 걸 먹고 있는 모양이네. '케이크'*를 먹는 걸 보니 나도 먹고 싶은걸.
엄마도 초대할게.
아니다, 얘야. 내가 여기 붙잡혀 있으면 손님들이 뭐라 하시겠니.
트롱베르 부인,
코타르 부인,
봉탕 부인이 아직 계셔.
너도 알다시피 봉탕 부인은 엉덩이가 꽤나 무겁잖니. 그리고 이제 막 도착했는걸.

더 올 사람도 없고 손님들이 모두 떠나고 나면, 그렇게만 된다면 더 바랄 것이 없겠지만, 다시 와서 너희에게 합류할게.

조만간 한번 와서 질베르트와 함께 차 한잔 해요. 군이 좋아하는 식으로 질베르트가 차를 내올 거예요. 마치 자기 '스튜디오'*에서 마시는 식으로요.
내가 사는 곳이 과연 '스튜디오'인지 아닌지 알 수 없었다.

언제 오겠어요? 내일?
'콜롱뱅'의 토스트*만큼 맛난 토스트를 준비할게요.
안 된다고요? 못된 사람.
오데트는 자신의 사교 살롱을 가지게 된 이래, 베르뒤랭 부인의 말버릇이기도 한, 아양 떨며 횡포 부리는 어조를 띠게 됐다.

나에겐 토스트란 말이 '콜롱뱅'이란 말만큼이나 생소했다. 스완 부인이 무슨 말을 하고 싶어 하는지 바로 알아듣지 못한다는 게 몹시도 기이했다.
군을 따라다니는 나이 든 '너스'*가 참으로 군에게 헌신적이고 또 심성이 곧다는 걸 느낄 수 있답니다….
나는 영어를 할 줄 몰랐다. 하지만, 이내 이 말이 프랑수아즈를 가리키는 말이란 걸 알아차렸다.

나는 대번에 프랑수아즈에 대한 생각을 완전히 바꿔 버렸다. 나아가, 여자 가정교사라 하더라도 반드시 고무장화를 신고 깃털 장식을 달 필요는 없을 듯했다.

스완 부인이 식당을 떠나자, 이번엔 방금 외출에서 돌아온 그녀의 남편이,

질베르트, 네 엄마가 혼자 있니?
아니요, 아직 손님들이 다 안 갔어요, 아빠.
뭐라고, 아직까지? 벌써 일곱시인걸! 좀 심하군. 가엾은 네 엄마가 피곤할 텐데.

집에 돌아오는 동안에는 오늘이 네 엄마 살롱이 있는 날이란 걸 생각지 못했단다. 그리고 또, 집 앞에 마차들이 잔뜩 서 있는 걸 보고 우리 집에서 결혼식이 벌어지는 줄 알았단다.
내가 잠시 서재에서 책을 읽는 동안에도 초인종 소리가 그치질 않더구나.

엄마 주변에 아직도 사람들이 많이 모여 있니?
아니요, 두 사람뿐이에요.
누군데?

코타르 부인하고 봉탕 부인이요.
아! 건설부 국장의 아내!
전 그냥 그분 남편이 무슨 부 직원인 것만 알고 자세히는 모르고 있었어요.

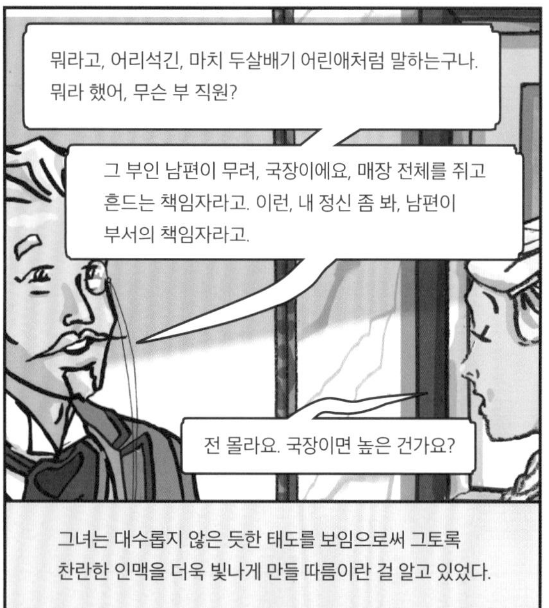
뭐라고, 어리석긴, 마치 두살배기 어린애처럼 말하는구나. 뭐라 했어, 무슨 부 직원?
그 부인 남편이 무려, 국장이에요, 매장 전체를 쥐고 흔드는 책임자라고. 이런, 내 정신 좀 봐, 남편이 부서의 책임자라고.
전 몰라요. 국장이면 높은 건가요?
그녀는 대수롭지 않은 듯한 태도를 보임으로써 그토록 찬란한 인맥을 더욱 빛나게 만들 따름이란 걸 알고 있었다.

뭐라고? 국장이 높은 거냐고? 장관 다음이라고!
어쩌면 장관보다 더 높다고도 볼 수 있지. 모든 걸 관장하는 사람이니까.
아무튼, 굉장히 높은 사람이란다. 고위직이지.
레지옹 도뇌르* 훈장도 받았다지.
이 사람들이 현 정부를 위해 일한다는 게 나로선 무척이나 흥미롭단다. 왜냐하면 이들은 반동적이고, 성직자 지상주의적이고, 편협한 사고방식을 가진 부르주아의 전형인 봉탕 슈뉘 가문 사람들이니 말이다.

가엾은 네 할아버지도, 당시 거부였으면서도 마부들한테 팁으로 일 전만 던져 주는 슈뉘 영감을 잘 알고 있었지. 그리고 브레오 슈뉘 남작은,
그땐 네가 너무 어려서 몰랐겠지만, 전 재산을 위니옹 제네랄 사태* 때 모두 날려 버렸단다….
그 사람이 바로 제 아랫반에서 저희 수업을 들으러 오는 여자애의 삼촌이에요. 나름 유명한 아이예요. '알베르틴'*이란 아이죠. 나중에 아주 '패스트'*할 거예요. 지금은 좀 특이하지만요.

우리 딸이 놀랍네. 모르는 사람이 없으니.
사실 저도 그 앨 잘 몰라요. 그저 스쳐 지나가는 것만 봤을 뿐이에요. 여기저기서 알베르틴이란 이름이 들려오거든요. 하지만 봉탕 부인은 알아요. 그 부인도 제 마음에 안 들어요.
네가 잘못 생각하고 있단다. 그 부인이 얼마나 매력적이고 어여쁘고 지적인데. 재치도 있고. 조만간 인사하러 갈 작정이란다. 가서, 그녀의 남편에게 우리나라가 전쟁에 참전할 건지, 테오도즈 왕은 믿을 만한지 물어볼 참이란다. 그 사람은 알고 있을 거야, 신들의 비밀을 꿰고 있는 사람이니까.

예전에 스완 씨는 이런 식으로 말하지 않았다.

스완 부부는 사람들이 거의 찾지 않는 부류에 속했다. 조금이라도 이름이 알려진 사람으로부터 초대를 받거나 방문을 받는 일은 이들 부부에게 목청 높여 떠들지 않곤 배기지 못할 사건이었다.

봉탕 부인으로 말할 것 같으면, 나 또한, 그녀 얘기를 끊임없이 입에 올렸던 스완 씨기에, 그녀가 자기 아내를 방문했다는 게 행여 우리 부모님 귀에 들어간다 하더라도 꺼림칙한 기분이 들지는 않으리라 생각한다.

트롱베르 부인이란 이름이 튀어나오자, 엄마는 이렇게 말했다.

아! 신참 회원이로군.
앞으로 사람들이 줄줄이 뒤를 잇겠네.

엄마는 스완 부인이 인맥을 넓혀 가는, 신속하면서도 격식 없고 과격한 방식을 식민지 전쟁에 비견하기라도 하듯이 이렇게 덧붙였다.

트롱베르 부부가 정복당했으니, 이제 머잖아 인근 부족들이 항복해 올 테죠.

엄마가 길에서 스완 부인과 마주친 날은, 집에 돌아와 이런 말을 했다.

출정 준비를 마친 듯한 스완 부인을 봤어요.
마세쉬토스 부족이나 신할리즈* 부족
또는 트롱베르 부족을 정복하러 나서는 것
같던걸요.

내가 처음 본 부인들을 언급할 때마다 엄마는 그녀들이 어떤 맥락에서 오게 되었는지 대번에 알아맞혔고, 마치 스완 부인이 비싼 값에 손에 넣은 전리품인 양 말했다.

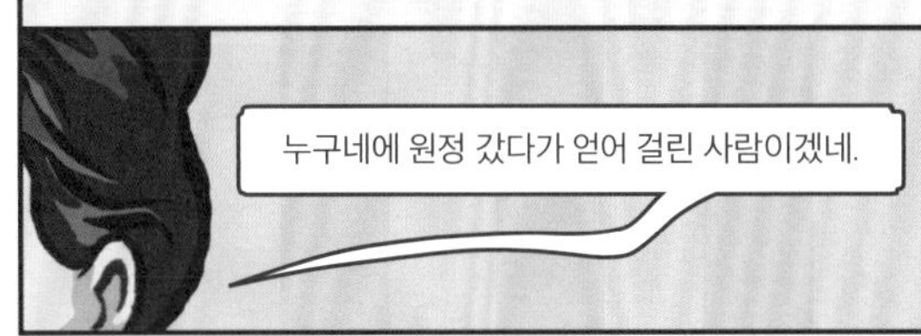
누구네에 원정 갔다가 얻어 걸린 사람이겠네.

코타르 부인으로 말할 것 같으면, 아버지는 스완 부인이 어떻게 그토록 매력 없는 부르주아 여자를 끌어들일 생각을 했는지 의아해했다.
코타르가 명성 높은 의대 교수이긴 하지만,
도저히 이해가 안 돼.

이와는 반대로, 엄마는 그런 상황을 너무나 잘 이해하고 있었다. 엄마는 한 여인이 이전에 지내던 환경과 다른 환경에 발을 들일 때 느끼는 기쁨을, 만일 자신이 예전에 알던 사람들한테 새롭게 접하게 된 사람들, 상대적으로 지위가 높은 사람들이 누구인지 알릴 수 없다면, 상당 부분 잃어버리게 된다는 사실을 잘 알고 있었다.

그러려면, 새롭고 달콤한 세계에 증인을 끌어들일 필요가 있는 것이다….

…마치 꽃 속의 날벌레가 붕붕거리며 날아다니다가 이 꽃 저 꽃을 다니면서 이를테면 시샘과 찬사를 자아낼 종자를 훔쳐 와 퍼뜨리듯이 말이다.

바로 이같은 역할을 맡아서 수행해야 할 코타르 부인은 특별한 손님 부류에 드는데, 이를 두고 엄마는 다음과 같이 말했다.

'여행자들이여, 스파르타에 가서 전하시오!'◈

스완 부인은 공장 노동자 출신의 활동적인 이 부르주아 여성이 오후 나절에 방문할 수 있는 부르주아 꽃받침이 엄청난 수에 달한다는 사실을 알고 있었다. 또한 그녀는 코타르 부인이 엄청난 꽃가루 전파력을 가졌으며, 확률 계산에 근거를 둘 때 베르뒤랭네에 출입하는 고정 회원이라면 십중팔구 이틀 후에는 파리 총독이 그녀의 집에 명함을 놔뒀다◈는 소문을 들을 수 있으리라 확신할 수 있었다.

한편, 스완 부인은 이른바 '공직자 세계'에서만 성과를 거뒀다. 우아한 사교계 여성들은 스완 부인네에 출입하지 않았다.

스완 부부는 공화국 명사들과 자리를 함께해도 상관하지 않았다.

내가 아주 어릴 때만 하더라도 점잖은 사교계엔 공화국 인사들이 발을 들이지 못했다. 그같은 환경에 젖어 사는 이들은 '기회주의자'는 물론이고 하물며 끔찍한 '급진주의자'는 초대할 수 없다는 전통이 마치 석유램프나 말이 끄는 버스가 그럴 것처럼 영원히 지속될 거라고 믿었다.

하지만 시시각각으로 형태가 달라지는 만화경처럼, 우리가 몸담고 살고 있는 사회도 이제껏 변치 않는다고 믿었던 요소들을 연이어 다양한 방식으로 자리바꿈하게 한다.

내가 첫 영성체를 치르기 전까지만 해도 점잖은 부인이라면 우아한 유태인 여성으로부터의 방문을 좀처럼 받아들이지 않았다. 그러던 중, 기준이 바뀜에 따라 만화경이 새로운 광경을 보여주게 되었다.

드레퓌스 사건*도 새로운 변화를 초래했다. 이로 인해 만화경 속 작은 마름모꼴 색종이의 위치도 뒤바뀌었다.

LIBRE PAROLE
Le Traître condamné
Dix ans de Détention et la Dégradation
Dreyfus condamné
J'Accuse...!
LETTRE AU PRÉSIDENT DE LA RÉPUBLIQUE
Par ÉMILE ZOLA
JUIF DREYFUS
LA FRANCE SAUVÉE

교양 넘치는 여인이더라도 유태인이면 밑바닥으로 추락했고, 대신 그 자리는 미심쩍은 민족주의자가 올라서며 차지했다.

Dix ans de Détention et
Le Traître
A BAS LES JUIFS

파리에서 가장 촉망받는 사교계는 열성 가톨릭 성향의 오스트리아 대공의 사교계였다.

만일 드레퓌스 사건이 터지지 않고 대신 독일과의 전쟁이 발발했더라면, 만화경은 다른 방향으로 움직였을 것이다.

ORDRE
DE MOBILISATION GENER

모든 이들의 놀라움 속에, 유태인들은 스스로 애국주의자임을 표방해 이전의 지위를 유지했을 것이다.

또한, 그 누구도 오스트리아 대공이 주관하는 사교 모임에 가려 하지도 않고 설사 갔었다 하더라도 그런 사실을 고백하려 들지도 않았을 것이다.

그럼에도 불구하고, 사회가 일시적으로 변함없는 듯이 보일 때마다 그 속에 살고 있는 구성원들은 마치 전화의 상용화를 목격한 사람이라도 비행기 시대가 도래할 것이란 사실을 믿으려 들지 않듯, 아무런 변화도 일어나지 않으리라 믿는다.

변치 않는 단 한 가지 사실은 아마도 "프랑스에서 뭔가가 변했다"란 말인 듯하다.

내가 스완 부인의 사교계에 드나들던 때는 아직 드레퓌스 사건이 터지기 전이었고, 몇몇 유태인들이 엄청난 영향력을 가지고 있었다. 그중에서도 가장 큰 힘을 발휘했던 건 뤼퓌스 이스라엘스 경이란 유태인이었는데,

그의 아내인 레이디 이스라엘스가 바로 스완 씨의 숙모였다. 하지만 스완 씨는 자기가 그녀의 상속자였음에도 불구하고 좋아하지도 않았고 그녀와 가까워지려 애쓰지도 않았다

엄청난 거부인 레이디 이스라엘스는 커다란 영향력을 가지고 있었는데, 그녀는 그 영향력을 자기가 아는 모든 사람들로 하여금 자신의 사교계 모임에 오데트가 발붙이지 못하도록 하는 데 썼다.

그 후로 오데트는 실은 전혀 들어가고 싶지 않은 사교계 모임으로라도 진출할 수 있으련만, 그럴 만한 용기를 잃어버렸다.

오데트에게는 전혀 관심도 두지 않는 생제르맹 사교계에서, 그녀는 여전히 무식한 화류계 여성일 따름이었다.

한편 스완 씨는 자기의 옛 애인이 가진 이같은 특성을 오히려 기분 좋게 또는 대수롭지 않게 여기는 정부(情夫)로서의 입장을 고수했는데, 스완 씨의 아내가 사교계에서 완전히 금기시하는 언사를 내뱉어도 그가 한 번도 제재를 가하는 걸 못 봤다고 하는 얘기가 들리곤 했으니 말이다.

요컨대, 스완 씨는 오데트의 형편없는 지적 능력을 보지 못하는 장님이나 매한가지였다.

게다가, 오데트가 어리석은 말을 할 때마다

스완 씨는 자기 아내가 하는 말을 호의적이고도 유쾌하게, 심지어 관능의 부스러기가 뒤섞인 존경 어린 마음으로 경청했다.

반면에 스완 씨가 세련되고 심오한 말을 해도 오데트는 무관심하게, 건성으로, 심지어 짜증 섞인 태도로 들었다.

때론 심한 말로 반박하기도 했다.

결론적으로 볼 때 이처럼 엘리트가 저속성 앞에 무릎 꿇는 현상은 사실상 수많은 가정에서 벌어지고 있는 현상이다. 이와는 반대로, 수많은 뛰어난 여성 중에 자신이 더할 나위 없는 멋진 말을 해도 가차 없이 깎아내리는 상스런 남성에게 현혹되는 경우도 적지 않다. 이런 여성들은 남성의 진부하기 짝이 없는 농담을 애정 어린, 무한히 너그러운 마음으로 황홀해하며 경청한다.

당시 오데트가 생제르맹 사교계에 진입하는 것을 방해했던 이유들을 돌이켜 보면, 아주 최근 사교계의 만화경이 일련의 스캔들에 의해 위치를 바꾸게 되었다는 점을 언급하지 않을 수 없다.

사람들이 마음 놓고 출입하던 사교계를 이끌었던 여인들이 창녀이거나 영국 스파이였던 것으로 드러난 일이 있었다.

오데트는 이제 막 사람들이 관계를 끊고자 했던 모든 면모를 집약하고 있었다. 오데트는 그런 사교계를 이끌다 '화형당한' 여인들과 너무도 비슷했다.

내가 오데트의 사교 모임에 출입하기 시작할 때만 하더라도 반유태주의는 문제되지 않았다. 하지만 그녀는 사람들이 일정 기간 피하고 싶어 하는 모습과 닮아 있었다.

한편, 스완 씨는 종종 예전의 인맥, 즉 최고급 사교계 인사들을 찾아가곤 했다.

더군다나 스완 씨는 사교계에서 문학이나 예술적으로 충족되고자 하는 단순한 쾌락을 추구할 뿐만 아니라, 이질적인 요소들을 한데 모으고 곳곳에서 인기를 끄는 인사들을 한자리에 끌어모음으로써 이를테면 사회적 꽃다발을 만들어내고자 하는 저속한 취향을 가지고 있었다. 이같은 흥겨운 사회학(스완 씨 자신이 찾아낸 표현이다)적 경험은 그의 아내의 모든 친구들에게 똑같은 반향을 일으키지는 않았다.

코타르 부부와 방돔 공작부인을 함께 초대할 생각이오.
?

이같은 스완 씨의 구상에 봉탕 부인은 화가 나지 않을 수 없었다. 그녀는 얼마 전 스완 부부 덕분에 방돔 공작부인과 인사를 나눌 수 있었고, 또 이런 사실을 자연스럽고 자랑스레 여겼다. 그녀는 이 일을 코타르 부부에게 이야기하면서 적잖이 뿌듯함을 느꼈다.

하지만 새로이 서훈된 사람들이 훈장을 수여받는 즉시 다른 이들이 서훈받을 수 있는 길이 막혀 버리길 희망하듯, 봉탕 부인은 그녀 이후로 자기 그룹의 그 누구도 공작부인과 인사를 나눌 수 없기를 바랐다.

그녀는 속으로 스완의 비뚤어진 취향을 저주했는데,

그는 자신의 가련하고 야릇한 미학적 취미를 실현하기 위해,

그녀가 코타르 부부에게 방돔 공작부인과 면식을 텄다고 말하며 뻐겼던 영광을 일시에 날려 버리지 않았던가.

맞소, 코타르 부부와 방돔 공작부인을 함께 말이오, 재밌지 않겠소?
그리 좋은 생각이 아닌 것 같은데요. 그럼 문제가 발생할 거예요. 화약을 불 가까이에 두는 격이니까요.

스완 씨는 사교계 모임에 갔다가 저녁 식사 직전에 귀가하곤 했다. 예전에 혼자일 때는 스스로 불행하다는 생각에 잠기곤 했던 저녁 여섯시경, 그는 이제 더 이상 오데트가 뭘 하고 있는지 탐문해야 할 필요도 없어졌고, 그녀가 손님들을 초대했건 외출했건 간에 괘념치 않게 되었다.

그는 몇 해 전 어느 날엔가 오데트가 포르슈빌한테 보내는 편지를 불에 비춰 봤던 일을 종종 떠올리곤 했다.

물론 그에게 좋은 기억은 아니었다.

무척이나 심한 가슴앓이를 하던 시절에 그는, 자기가 오데트를 사랑하지 않게 되고, 또 더 이상 그녀의 심기를 건드리거나 너무 좋아하는 티를 내는 건 아닐까 하고 전전긍긍하지 않게 되면, 그저 진실을 밝히거나 있었던 사실 그대로를 알고자 하는 마음에서 그녀와 함께 찬찬히 되짚어 보겠다고 다짐했었다.

예컨대 자기가 오데트의 집 초인종을 누르고 창문을 두드려도 인기척이 없던 날, 그녀가 포르슈빌에게 보내는 편지에서 자기 삼촌이 방문했었다고 밝힌 바로 그날, 실은 그녀가 포르슈빌과 잤는지 아닌지에 대해서 말이다.

그토록 흥미로웠던 문제의 진상을 규명하기 위해 질투심이 어서 사라지길 바랐건만, 정작 더 이상 오데트를 사랑하지 않고 두려워하지도 않게 되자, 그는 그 문제에 아무런 관심도 두지 않게 되었다.

애를 태웠던 오데트의 사생활에 대해서 언젠가 밝혀 봐야겠다는 다짐뿐만이 아니었다. 스완 씨는 더 이상 오데트를 사랑하지 않고 두려워할 필요가 사라지면, 그들에게 복수하고야 말겠다는 속셈도 갖고 있었다.

한편, 스완 씨가 다른 여성을 사랑하게 됨으로써 드디어 복수할 기회가 찾아왔다. 그러나 그 여인은 어떤 질투심을 유발하는 행동은 하지 않았지만 그를 질투하게 만들었다. 왜냐하면 스완 씨가 예전의 사랑법을 바꿀 수는 없었고,

그가 이전에 오데트를 대하던 때와 똑같은 방식으로
새로운 연인을 대했기 때문이다.

스완 씨의 질투심에 불이 지펴지기 위해 문제의 여성이 반드시 한눈팔 필요는 없었다. 단지 그 여성이 홀로 어떤 야회에 가서 즐기는 등, 모종의 이유 때문에 스완 씨와 떨어져 있기만 해도 충분했다. 그렇게 되면, 스완 씨의 내면에서 예전의 불안감을 일깨울 수 있는데, 오데트에게 뿌리를 두고 있는 그 불안감이 예전처럼 수많은 의심을 낳을 테니 말이다. 나이 든 정부는 지금의 애인을 바라보되, 그가 임의로 새로운 사랑을 싹트게 한, '질투심을 자극하는 여인'이라는 과거의 집단적 유령을 통해서만 바라볼 따름이기 때문이다.

하지만 스완 씨는 과거에 자신이 언젠가 결혼하게 되리라곤 짐작하지 못한 여인을 더 이상 사랑하지 않게 된다면, 가차 없이 무관심을 보여줌으로써 오랫동안 수모를 겪어야 했던 자존심을 일으켜 세우겠다는 다짐을 했건만 이제 그는 복수를 원치 않았다.

왜냐하면 사랑의 감정이 사라지자, 자기가 더 이상 사랑하지 않는다는 걸 보여주고 싶은 욕망 또한 사라져 버렸기 때문이다.

오데트로 인해 그토록 고통받았던 그가, 언젠가 자기가 다른 여자를 사랑하게 되었다는 걸 그토록 보여주고 싶어 했던 그가, 정작 그럴 수 있는 상황이 주어지자 자기 아내가 이런 사실을 눈치채지 못하도록 무진 애를 썼다.

나는 질베르트에게 커다란 영향력을 끼치는 친구라는 새로운 지위를 획득함으로써, 이를테면 중학교에서 왕자와 친구라는 이유 때문에 언제나 특별 대우를 받는지라 궁전에도 무시로 출입하고 접견실에서 왕도 알현하는, 그런 특권을 누리는 셈이었다.

내 서재에 들어와 보겠소?

스완 씨가 던지는 질문에 너무나 흥분한 나머지 무슨 말인지 도무지 정신을 차릴 수 없는 가운데, 수줍어서 말을 더듬다가 침묵으로 일관했지만, 그는 무한한 관대함으로 한 시간이나 내 대답을 기다려 줬다.

그는 내가 관심을 보일 만한 예술품과 책 들을 보여줬다.

나는 그것들이 루브르박물관이나 국립도서관의 소장품들보다 훨씬 더 값진 것들이라고 믿어 의심치 않았다.

게다가, 스완 씨의 소장품들이 있는 그의 집에서 점심 식사 전에 달콤한 시간을 보내리란 생각만으로도 족했다. 설사 〈모나리자〉를 눈앞에 두고 있었다 하더라도, 나에겐 스완 부인의 실내복이나 그 집의 소금통보다도 덜 매력적으로 비쳤을 것이다.

그때부터 나는 간식 시간뿐 아니라, 질베르트가 자기 엄마를 동반하는 산책이나 낮 공연에도 따라다닐 수 있게 되었다. 이런 외출은 스완 씨와 스완 부인이 내게 허락한 것이었다. 나는 그들의 마차에 고정석이 있었고, 두 사람은 나에게 극장에 가고 싶은지, 질베르트의 놀이 친구네에 가고 싶은지,

조촐한 '미팅'에 말이에요.

아니면 스완 부부의 친지네에서 열리는 사교 모임에 가고 싶은지 묻기까지 했다.

아니면, 생드니 묘소에 가 보고 싶어 하는지를….

내가 스완 씨네와 외출하기로 되어 있는 날에는 점심 식사 시간에 맞춰 그 집으로 가곤 했다.

'런치'해요.

대개 우리는 집에 머물러 있지 않고, 산책을 나가곤 했다. 가끔씩 스완 부인은 외출복으로 갈아입기 전 피아노 앞에 앉았다.

오데트가 스완 씨가 그토록 좋아했던 소악절이 담긴 뱅퇴유의 소나타를 나에게 들려준 게 바로 그 시절이었다.

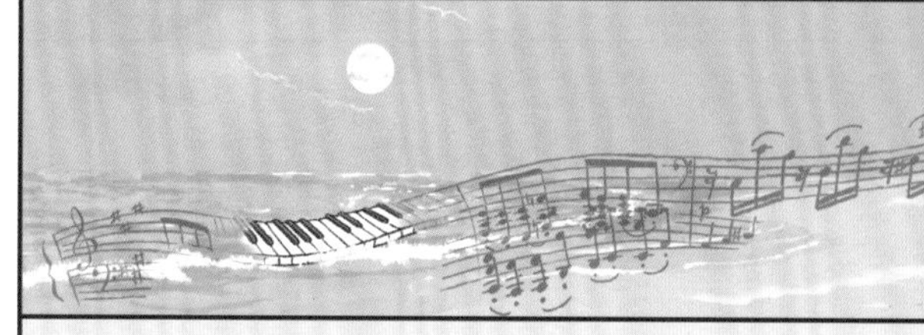

하지만 음악이 처음 듣는, 좀 복잡한 곡일 때는 거의 귀에 들어오지 않았다.

아마도 처음 접하는 음악을 들을 때 부족한 것은 이해력이 아니라 우리의 기억력일 것이다.

왜냐하면 음악을 듣는 동안 복잡한 인상들에 직면한 우리의 기억은 미미할뿐더러, 어린 시절의 추억에 절반쯤 젖어 있어 방금 들은 말도 일 분 후에 잊어버리는 사람의 기억처럼 단편적이기 때문이다. 이처럼 우리의 기억은 다양한 인상을 대번에 제공하질 못한다. 그러나 우리가 어떤 작품을 두세 차례 듣게 되면 그것에 대한 기억이 조금씩 조금씩 형성된다. 이를테면 잠들기 전, 무슨 소린지 모를 학습 내용을 여러 차례 읽은 나머지 다음 날 아침이 되면 줄줄 외우는 중학생처럼 말이다.

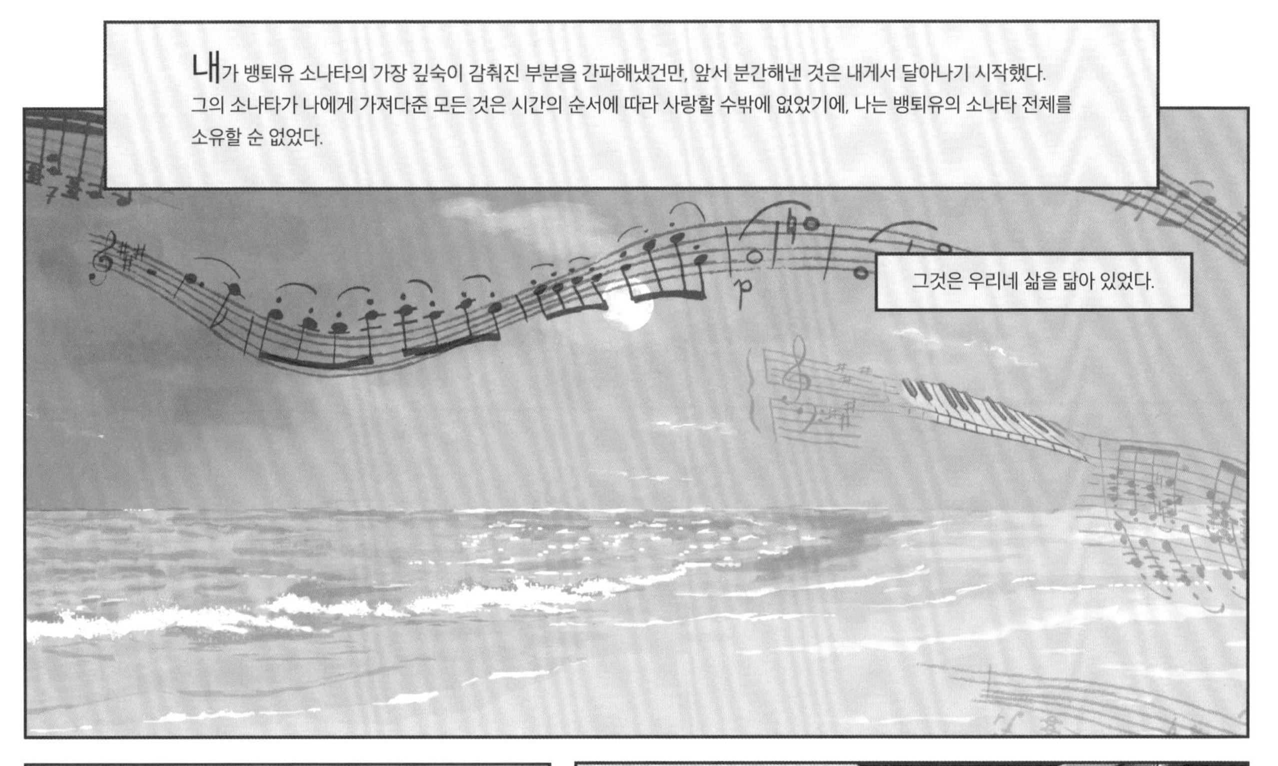
내가 뱅퇴유 소나타의 가장 깊숙이 감춰진 부분을 간파해냈건만, 앞서 분간해낸 것은 내게서 달아나기 시작했다. 그의 소나타가 나에게 가져다준 모든 것은 시간의 순서에 따라 사랑할 수밖에 없었기에, 나는 뱅퇴유의 소나타 전체를 소유할 순 없었다.
그것은 우리네 삶을 닮아 있었다.

아무튼 한 개인이 어느 정도 심오한 작품을 꿰뚫어 보는 데 필요한 시간은 일반 대중이 진정 새로운 걸작을 사랑하기에 이르기까지 흐르는 수년간을 상징하는 셈이다.

마찬가지로, 회화작품을 너무 가까이에선 제대로 평가하기 곤란하듯이, 아마도 천재적인 예술가는 속으로, 후대를 위해 씌어진 작품은 당대인들이 올바로 평가하기 위한 거리를 두지 못했으며, 오로지 후대에 가서야만 제대로 이해될 수 있으리라 여길 것이다. 하지만, 실제론 천재적인 작품이 당대에 존중받기 힘든 까닭은 그 작품을 쓴 사람이 굉장히 비범해서 당대엔 그와 같은 사람이 거의 없기 때문이다.

물론, 지평선 언저리에서 어른거리는 모든 것을 동일한 것으로 착각하기 쉽듯이, 이제껏 회화와 음악의 영역에서 있었던 모든 혁명적인 성과들은 특정한 법칙을 따랐지만, 우리 시대 바로 전에 있었던 인상주의며 불협화음의 추구, 중국식 음계의 배타적인 사용, 입체주의, 미래주의 등이 그보다 이전의 예술과 완전히 다르다고 여기기 십상이다.

이같은 사고방식은, 앞선 시대에서 우리가 오랜 동화작용으로 인해, 실제론 다양하지만 위고와 몰리에르가 동류로 취급되는 그런 동질적인 마티에르가 됐다는 사실을 간과해서 그런 것이다.

다만 모든 점성술적 예언이 사실은 아니며, 어느 특정 예술작품이 아름답다고 여기기 위해 시간이란 요소를 개입시키는 것은 우리의 판단력에 일종의 대담함을 덧붙이는 것인데, 이는 어떤 예언가의 예측이 빗나갔다고 해서 그가 평범한 사람임을 의미하는 건 아니라는 것과 같다. 왜냐하면 가능성을 예측게 한다거나 배제하는 일이 반드시 천재적 예술가가 재능을 가졌느냐 그렇지 않느냐를 결정짓는 기준은 아니기 때문이다. 비록 천재적인 예술가라 하더라도 기차나 비행기가 장래에 어떻게 발전하게 될지 예측할 순 없는 노릇 아닌가.

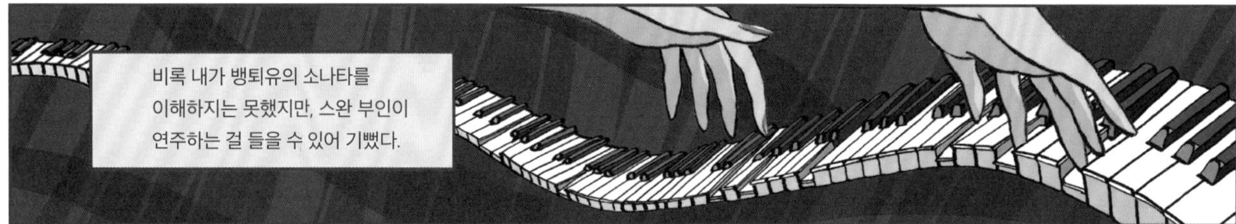
비록 내가 뱅퇴유의 소나타를 이해하지는 못했지만, 스완 부인이 연주하는 걸 들을 수 있어 기뻤다.

부인이 건반을 누르는 모습은 흡사 그녀의 목욕 가운, 그 집 계단에서 풍기는 향수 냄새, 그녀의 외투, 그녀가 좋아하는 국화꽃처럼, 인간의 재능이 이성에 의해 분석되는 그런 세계를 무한히 뛰어넘는 개별적이고도 신비한 전체인 양 느껴졌다.

뱅퇴유의 소나타가 아름답지 않소?
나무 아래로 밤이 깃들고 바이올린의 아르페지오 연주가 서늘함을 자아내는 바로 그 순간, 정말 아름다운 곡이지 않소?
핵심은 이 소나타가 달빛의 정적인 면을 온전히 구현해낸다는 겁니다.
달빛으로 인해 나뭇잎들이 꼼짝달싹 못 하거든요.

이 소나타에서 기막히게 묘사되는 건 바로 강경증*에 빠져 버린 불로뉴 숲이라오.
이 곡을 바닷가에서 듣는다면 더욱 실감이 날 텐데, 왜냐하면 모든 것이 움직이지 않고 고요한 가운데 아무리 나지막한 파도 소리라도 너무나도 명확하게 들려올 테니 말이요.
파리에서라면 정반대일 거요.

하늘이라고 해 봐야 색채도 없고 위협적이지도 않은 불길처럼 환하기만 하고 기껏해야 기념물 위로 야릇하고 희끄무레한 빛이나 보일 테니 말이오.
반면에 뱅퇴유 소나타의 소악절은, 아니 소나타 전체에 걸쳐 그렇소만,
전혀 다르다오.

그 소나타는 불로뉴 숲에서 벌어진다오.
?

스완 씨의 이 말은 나중에 내가 뱅퇴유의 소나타를 제대로 이해하는 데 방해가 될 수도 있을 터였다.

'돈꾸밈음'*을 듣고 있노라면, "거의 신문을 읽을 수 있을 정도다"라고 외치는 목소리가 명확하게 들린다오.
하지만 나는 이 말이 그저 야간의 나뭇잎들이

짙게 드리운 파리 근교의 무수히 많은 레스토랑에서 스완 씨가 여러 날 저녁 식사를 하며 이 소악절을 들었다는 뜻이라고 이해했다.

그러나 스완 씨는 뱅퇴유의 소나타가 발산하는 매력이 어떤 것인지에 대해 늘 그 소악절을 함께 들었던 오데트에게 물어볼 수는 없었다. 오데트는 그저 스완 씨 곁에 앉아 있었을 뿐이다(뱅퇴유 소나타의 모티프처럼 스완 씨의 내면에 스며들지 않고).

그러니까, 그 음이 수면처럼, 거울처럼 반사한다는 점이 멋지다오. 그렇지 않소?

나에겐 뱅퇴유의 악절이 당시 내가 주의를 기울이지 못했던 것만을 보여준다오. 반면에, 당시의 근심 걱정이며 사랑의 감정 따위는 전혀 일깨워 주질 않지.

샤를, 당신이 지금 하는 얘기가 나한텐 썩 듣기 좋은 말은 아닌 것 같아요.

썩 듣기 좋은 말은 아니라! 참, 여자들은 대단해!
나는 다만 이 젊은이한테 뱅퇴유의 소나타가 적어도 내겐 '의지 그 자체'나 '무한함의 총체' 따위완 전혀 무관하단 걸 말하고 싶었던 거요.
대신, 이를테면 아클리마타시옹 공원◈의 팔마리움◈에 연미복을 입고 서 있는 베르뒤랭 영감 같다고나 할까.

이 소악절을 듣고 있노라면, 이 살롱에 가만히 앉아 있어도 오데트와 함께 아르므농빌◈로 저녁 식사를 하러 가는 듯한 기분이 들 때가 부지기수라오.
아무렴, 그렇고말고. 차라리 그 편이 캉브르메르 부인을 대동하고 거길 갈 때보다 훨씬 덜 지루하지.

아니, 캉브르메르 부인은 당신한테 홀딱 빠져 있다고 소문이 난걸요.
그렇지 않아요, 샤를?

캉브르메르 부인에 대해 잘못된 말을 삼가시오.

전 그저 들은 말을 옮길 따름이에요.
어쨌든, 굉장히 똑똑한 여잔 거 같아요. 저야 부인을 전혀 모르지만요.
사람들 말이, 부인이 당신한테 완전히 미쳤다고 하던걸요. 저는 아무렇지도 않아요.

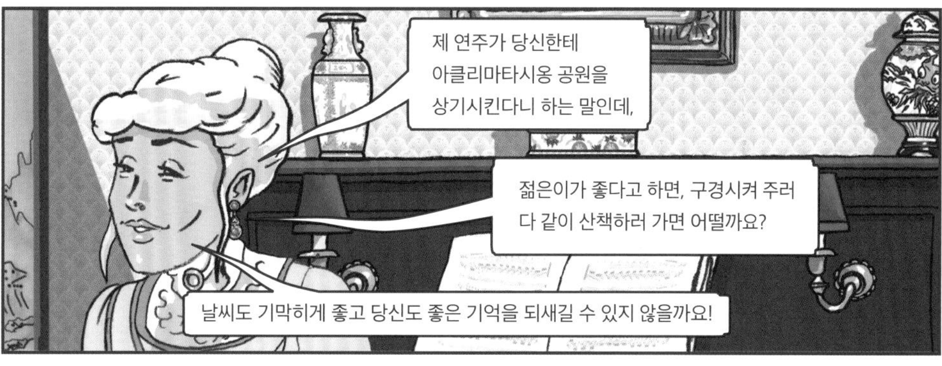
제 연주가 당신한테 아클리마타시옹 공원을 상기시킨다니 하는 말인데,
젊은이가 좋다고 하면, 구경시켜 주러 다 같이 산책하러 가면 어떨까요?
날씨도 기막히게 좋고 당신도 좋은 기억을 되새길 수 있지 않을까요!

아클리마타시옹 공원 얘기가 나와서 생각났는데, 글쎄, 이 젊은이는 우리가 가급적이면 '끊어내려는' 블라탱 부인을 꽤나 좋아하는 줄 알고 있더라니까요.
부인이 우리와 친한 사이라니, 정말 창피해요. 좀처럼 남 험담하는 법이 없는 사람 좋은 코타르 선생도 그 부인이 끔찍한 사람이라고 말할 정돈데요.

끔찍하군! 부인이 내세울 만한 거라곤 그저 사보나롤라◈를 그대로 빼닮았다는 것뿐인데 말이오. 프라 바르톨롬메오◈가 그린 사보나롤라 초상화 그대로라오.
회화작품 속 인물에서 유사성을 찾는 스완 씨의 기벽은 영 엉뚱하기만 한 건 아닌데, 왜냐하면 우리가 흔히 개별적 표현이라 부르는 것은 사실상 보편적인 어떤 것으로, 여러 시대에 걸쳐 나타날 수도 있기 때문이다.

그렇긴 하지만, 〈동방박사의 행렬〉은 베노초 고촐리◈가 메디치가(家) 사람들을 작품에 등장시킴으로써 이미 시대착오적이라 할 수 있는데, 스완 씨의 말을 듣고 있노라면 더하면 더했지 결코 덜하지 않았다. 왜냐하면 작품 속 인물들은 고촐리가 아니라 스완 씨의 동시대인들, 다시 말해 예수 탄생 후 십오 세기가 지난 정도가 아니라 바로 그 이탈리아 화가가 탄생한 이후로도 사 세기가 또 훌쩍 지난 인물의 초상화를 담고 있기 때문이다.

그런데 그 부인이 아클리마타시옹 공원과 무슨 상관이란 말이오?

전부 다요!

뭐라고요? 부인 엉덩이가 원숭이마냥 하늘색이기라도 하단 말이오?

샤를, 점잖지 못한 말이네요!
아니죠, 전 신할리즈인이 부인한테 했다는 말을 생각했어요.

부인한테 그 얘길 해 보세요. 정말 '멋진 말'이거든요.

한심한 일이지.
블라탱 부인이 자기 딴에는 상냥하다고 여기는 말투, 특히 자기가 무슨 보호자이기라도 한 듯한 말투로 사람들한테 접근한다는 걸 당신도 알고 있을 거요.
템스강 유역에 사는 우리 이웃들은 '패트로나이징'*이라고 부른다지요?

최근에 부인이 아클리마타시옹 공원엘 갔는데, 마침 흑인 전시회가 벌어지고 있었다오.
나보다 민속학에 훨씬 조예가 깊은 아내 말로는 신할리즈인들이라 하더군요.

저런, 샤를, 놀리지 마세요.

놀리다니. 전혀 그렇지 않소.
하여튼, 블라탱 부인이 그들 중 한 사람한테 이렇게 말을 걸었다오. "안녕, 깜둥이!"
아무 얘기도 아닌 걸 갖고서!

그런데, 흑인은 그 말이 마음에 들지 않았던 모양이오. 그 흑인이 블라탱 부인한테 화를 내며 이렇게 대꾸했지.
"내가 깜둥이면, 너는 낙타야!"

너무 웃겨요!
전 이 얘기가 너무 재밌어요.
'멋진' 얘기 같지 않아요? 블라탱 할망구의 모습이 눈앞에 선해요. "난 깜둥이고, 너는 낙타!"

나는 너무도 간절히 신할리즈인들을 보러 가고 싶다고 말했다. 실은 신할리즈인들에게는 조금도 관심이 없었다. 다만, 스완 씨 부부와 함께 아클리마타시옹 공원을 오갈 때 아카시아 오솔길을 관통할 테고, 코클랭*과 친구 사이라는 흑백 혼혈인에게

무개 사륜 마차 안쪽에 스완 부인과 함께 앉은 나의 모습과

내가 스완 부인에게 인사하는 모습을 보여줄 수 있을 거란 생각이 들었다.

우리가 아클리마타시옹 공원에 당도하여 마차에서 내릴 때,
나는 스완 부인 바로 곁에서 걷는 게 얼마나 자랑스러웠는지 모른다!

우리를 멀리서 알아보고 인사하는 질베르트의 친구와 마주치면,
이번엔 내가 그토록 갈구하던 인물 내지는 그녀의 가족과 알고 지내는
질베르트의 친구로 그들 눈에 비칠 터였다.

우리가 스완 씨네 가족과 친구 사이인
지체 높은 귀부인에게서 인사를 받는
일이 종종 있었다.
샤를, 저 사람이 몽모랑시 부인이죠?

이따금씩 귀부인이 걸음을 멈추고 기꺼이 스완 부인한테 깍듯한 인사를 건네기도 했다. 그렇다고 해서 이러한 친절이 장차 이렇다
할 진전으로 이어질 정도는 아니었는데, 그만큼 귀부인이 스완 씨와 교류하면서 한발 물러서는 태도에 익숙해져 버렸기 때문이다.

귀부인이 제아무리 우아하고 기품있게 차려입었다 하더라도,
그 점에서 스완 부인도 결코 뒤지는 법이 없었다. 그래서 스완
부인과 지나가는 귀부인 중 진정 누가 지체 높은 귀부인인지
도무지 분간하기 힘들 정도였다.

우리가 신할리즈인들을 보러 갔던 바로 그날, 돌아오는
길에 나이는 지긋하지만, 여전히 미모를 간직한 부인이
우리 쪽으로 걸어오는 모습을 보았다.

아! 그대가 관심을 가질 법한
사람이 오는군요.

아니, 괜찮으니 모자는 쓰세요.

공주마마를 소개해 드리죠.

마틸드 공주*십니다. 잘 아시겠지만,
플로베르며 생트뵈브, 뒤마와 친구 사이시고,
나폴레옹 1세의 조카따님 되시지요.
나폴레옹 3세와 러시아 황제로부터
청혼을 받으셨지요. 흥미롭지 않나요?
대화를 좀 나눠 보시죠.
하지만 우릴 한 시간 동안
서 있게 하진 말고요.

텐*을 만난 적이 있는데,
자기와 공주마마 사이가
틀어졌다고 하더군요.

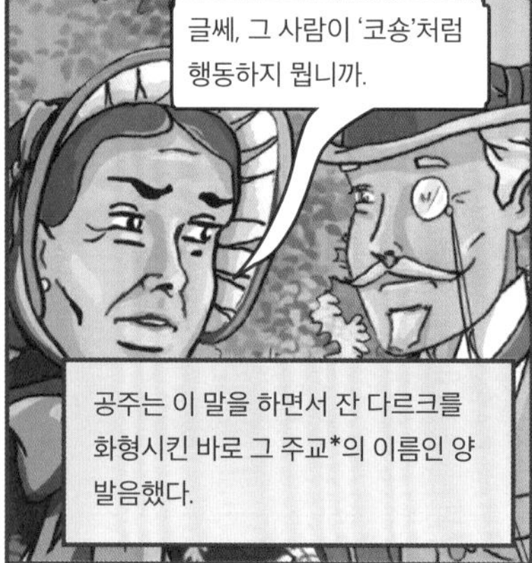
글쎄, 그 사람이 '코숑'처럼
행동하지 뭡니까.
공주는 이 말을 하면서 잔 다르크를
화형시킨 바로 그 주교*의 이름인 양
발음했다.

저는 그 사람이 황제 폐하에 대해 쓴
글을 읽고서, 그 사람한테 '페페세'가
적힌 명함을 남겼답니다.*

나는 스완 씨한테 공주가 뮈세*를 알았는지 물어봐 달라고 부탁했다.
잘 모릅니다. 저녁 식사에 딱 한 번 초대한 것 말고는요.
글쎄, 저녁 일곱시에 식사 초대를 했는데, 일곱시 반이 되어도 안 나타나는 거예요. 그래서 모두들 식탁으로 자리를 옮겼지요.
근데, 그 작자가 여덟시에 도착한 거예요. 저한테 인사를 하더니,

그러고 나선, 자리에 앉아, 한마디 말도 없는 거예요. 저녁 식사를 마치고 나선, 저한테 일언반구도 없이 가 버렸어요.
엄청 취해 있었죠.
그 후론, 다시 그 사람을 초대하고 싶지 않았어요.

이 대화가 얼른 끝났으면 좋겠군요. 발바닥이 아파 오네요.
제 아내가 무슨 이유로 이렇게 대화를 질질 끄는지 모르겠군요. 분명, 나중에 고단하다고 할 텐데 말이죠. 저도 오랫동안 서 있기가 힘드네요.

사실 스완 부인은 봉탕 부인에게 들은 정보에 입각하여, 정부가 공주의 책략가와 같은 성격을 알고, 그녀한테 이틀 후 니콜라이 황제가 앵발리드에서 주최하게 될 행사 초대장을 보내기로 결정했다는 사실을 얘기하는 중이었다.

하지만 뜻밖에도 공주는 주로 예술가며 문인 들에게 둘러싸여 지내는 사람임에도 불구하고, 행동을 취할 때면 영락없는 나폴레옹의 조카딸이었다.

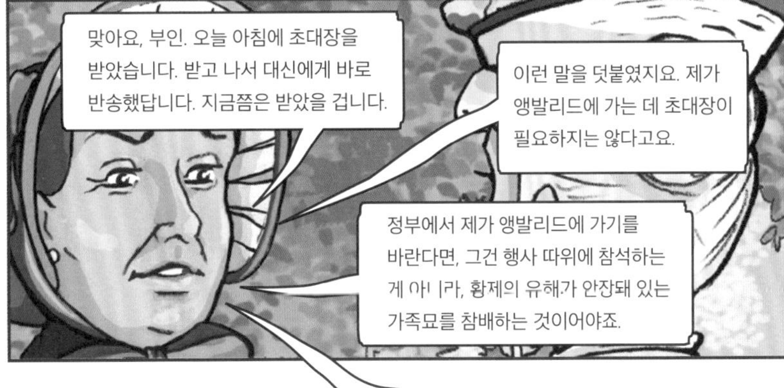
맞아요, 부인. 오늘 아침에 초대장을 받았습니다. 받고 나서 대신에게 바로 반송했답니다. 지금쯤은 받았을 겁니다.
이런 말을 덧붙였지요. 제가 앵발리드에 가는 데 초대장이 필요하지는 않다고요.
정부에서 제가 앵발리드에 가기를 바란다면, 그건 행사 따위에 참석하는 게 아니라, 황제의 유해가 안장돼 있는 가족묘를 참배하는 것이어야죠.
그러니, 초대장일랑 필요 없습니다. 가족묘 열쇠를 가지고 있는걸요. 저는 언제고 원할 때마다 거길 들어갈 수 있습니다. 정부의 방침은 그저 제가 거길 갈지 말지 알려 주면 되는 겁니다. 하지만, 제가 가고 싶으면 가고, 아니면 아닌 거죠.

바로 그 순간, 한 젊은이가 연신 공주에게 인사했는데, 스완 부인과 나도 그 인사를 받았다. 바로 블로크였다. 나로선 공주가 그를 알고 있는지 어떤지 알 수 없었다.

스완 부인은 봉탕 부인을 통해 그 젊은이를 소개받았다고 했다. 정부 부처에서 일한다고 했는데, 그건 내가 모르는 사실이었다.

게다가 스완 부인이 블로크를 여러 차례 만난 건 분명 아니었는데, 왜냐하면 그녀는 그의 이름을 모뢸로 잘못 알고 있었기 때문이다.

나는 스완 부인에게 그녀가 잘못 알고 있으며, 그의 이름은 블로크라는 점을 주지시켰다.

공주는 뒤로 길게 끌리는 드레스 자락을 되잡았고,
이 광경을 스완 부인은 감탄하며 쳐다보았다.

러시아 황제가 보내온 모피랍니다.* 제가 가끔씩 걸치는데, 그러면 이걸 외투로 입는 걸 보여줄 수 있죠.

루이 황태자가 러시아군에 입대한 것 같던데, 그럼, 공주마마께서 많이 적적하시겠어요.

당연히 그래야지요!
그 아이한테도 그렇게 말했지요. 가족 중에 군인이 있었기 때문에 입대하는 건 아니라고 말이죠.
그녀는 이처럼 당돌하면서도 솔직하게 나폴레옹 1세를 암시했다.

스완 씨는 더는 가만히 있을 수 없었다.
공주님, 이번엔 제가 폐하마냥 행동해야겠습니다. 부디 이 자리를 뜨는 저를 용서해 주십시오. 그게, 제 아내 몸이 몹시 안 좋아서요. 너무 오랫동안 서 있지 않았으면 합니다.

이번 주 내로 공주마마 댁에 가서 이름을 적어 두고 와야 할 거요. 영국인들이 흔히 말하듯, 저 부인 정도의 '로열티'*에게는 명함의 귀퉁이를 접어둘 필요는 없어요.*
그대가 이름을 남기면, 공주께서 초대할 겁니다.

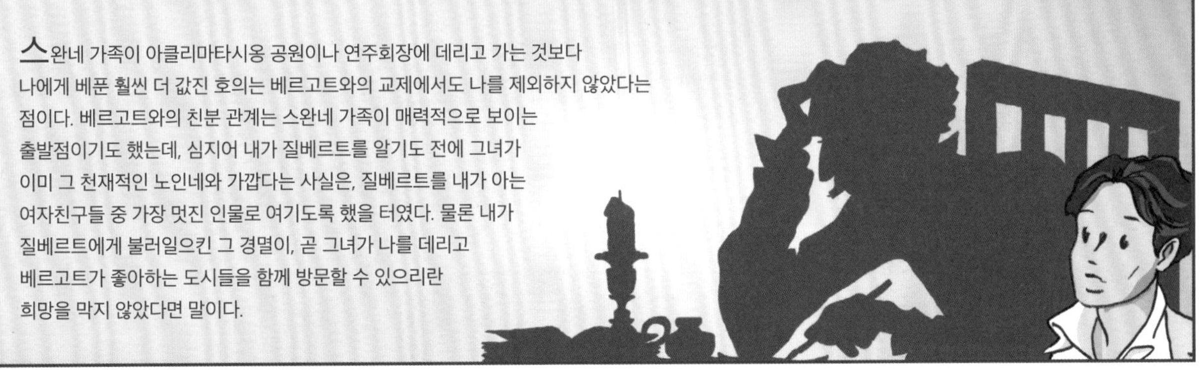
스완네 가족이 아클리마타시옹 공원이나 연주회장에 데리고 가는 것보다
나에게 베푼 훨씬 더 값진 호의는 베르고트와의 교제에서도 나를 제외하지 않았다는
점이다. 베르고트와의 친분 관계는 스완네 가족이 매력적으로 보이는
출발점이기도 했는데, 심지어 내가 질베르트를 알기도 전에 그녀가
이미 그 천재적인 노인네와 가깝다는 사실은, 질베르트를 내가 아는
여자친구들 중 가장 멋진 인물로 여기도록 했을 터였다. 물론 내가
질베르트에게 불러일으킨 그 경멸이, 곧 그녀가 나를 데리고
베르고트가 좋아하는 도시들을 함께 방문할 수 있으리란
희망을 막지 않았다면 말이다.

그러던 어느 날, 스완 부인이
나를 성대한 오찬에 초대했다.
나는 그 오찬 자리에 어떤
손님들이 올는지 알지 못했다.

오찬 자리에 도착했을 때 나를 놀라게 한 사건 때문에 잔뜩 겁을 먹었다.
집사가 내 이름이 적힌 봉투를 나에게 내밀었다.
나는 중국식 만찬 자리에서 참석자들에게 나눠주는 이런 사소한 격식이 무엇을
뜻하는지 알지 못하는 문외한마냥, 어찌해야 좋을지 몰랐다. 봉투는 닫혀 있었고,
이내 봉투를 열면 눈치 없는 사람으로 취급받지 않을까 하는 걱정이 들었다.
그래서 나는 다 안다는 듯이 봉투를 주머니에 넣어 두었다.

회식자는 모두 열여섯 명이었는데, 그중에 베르고트도 포함되어 있다는 사실을 전혀 몰랐다.

갑자기 스완 부인이 백발의 훈훈한 '성가대원'의 이름을 고했다.
베르고트 씹니다.
!
나는 베르고트란 이름을 듣는 순간 권총 소리라도
들은 듯 소스라치게 놀랐다.

하지만 나는 본능적으로 점잖게 인사를 했다.

바로 내 앞에서, 젊고, 거칠고, 작달막한 키에, 떡 벌어지고,
근시이며, 달팽이 껍데기 모양의 붉은 코를 가졌고, 검은
턱수염을 기른 인물이 내 인사에 응대했다.

나는 너무도 슬펐는데, 왜냐하면 그 순간 가루가 된 것은
더는 아무것도 남지 않은 무기력한 노인의 모습뿐 아니라

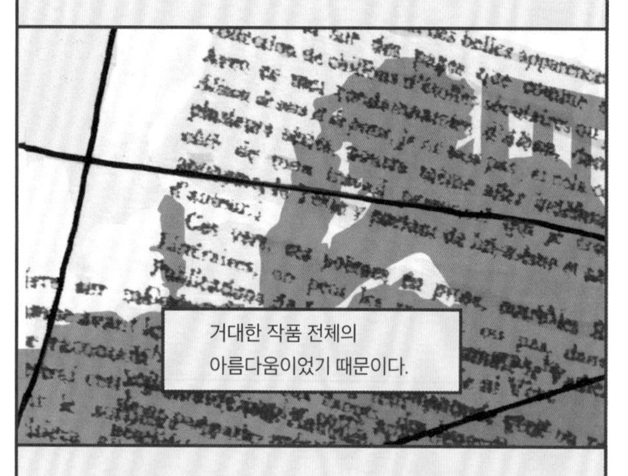

거대한 작품 전체의
아름다움이었기 때문이다.

나는 오로지 아름다움만을 위해 세워 놓은 성전인 양,
불완전하지만 신성한 유기체 안에 그것을 새겨 넣었지만,

그 아름다움은 내 앞에 서 있는, 납작코에 검은 턱수염을 한
키 작은 사내의 혈관과 뼈, 임파선으로 가득한 땅딸막한 체구와는
전혀 어울리지 않았다.

그렇긴 하지만, 그가 바로 내가 그토록 좋아했던 책들을 쓴
장본인임이 틀림없는 듯 보였다.

왜냐하면 스완 부인은 내가 그의 어떤 책을 좋아하는지 그에게 말해야
한다고 여겼는데, 그런 태도엔 어떠한 조롱의 의미도 담겨 있지 않은
듯했기 때문이다. 듣고 있던 그 사내는 자기 책에 담긴 사상을 되새기며
마치 자신의 지나가 버린 과거의 일화로 여기는 듯 미소 지었다.

그때 나는 위대한 작가들이 각자의 왕국에서 군림하는 신과도 같은 존재임을 진정 입증하는 것이 바로 독창성인지,
아니면 이 모든 문제에 약간의 가식이 깃들어 있는 것은 아닌지, 또는 작품들 간의 차이란 작업의 결과물이 아니라
다양한 인물 간의 본질적이면서도 근본적인 차이의 표현에서 비롯되는 건 아닌지 자문해 보았다.

어쨌거나 우리는 식탁으로 자리를 옮겼다.

내 접시 옆에는 카네이션 한 송이가 놓여 있었다.

남성 회식자들 모두가 비슷비슷한 카네이션을 집어 들더니
연미복 단춧구멍에 꽂는 것을 보았다.◈

미사에 대해서는 아무것도 모르는 자유사상가가
성당 미사에 참석하여, 남들이 일어설 때 따라서
일어서고, 무릎 꿇을 때 조금 늦게 무릎을 꿇듯,
나도 자연스레 그들처럼 따라 했다.

내가 모르는 또 다른 격식 때문에 더욱 당황스러웠다.
뭐냐하면, 내 접시의 맞은 편에 거무스름한 것이 가득 담긴
작은 접시가 놓여 있었는데, 나는 그것이 캐비아인지 미처
몰랐다. 나는 어찌할 바를 모르고 먹지 않기로 했다.

베르고트가 그리 멀지 않은 곳에 앉아 있어서, 그가 하는 말을 완벽하게 들을 수 있었다. 비로소 나는 드 노르푸아 씨가 품었던 인상을 이해할 수 있었다. 실제로 베르고트는 야릇한 목소리를 가지고 있었다.
생각을 억누를 때만큼이나 목소리의 물리적 성질을 변질시키는 것도 달리 없을 것이다. 이는 이중모음의 음색이며 순음의 에너지가 영향을 받기 때문이다. 마찬가지로, 발성법도 영향을 받는다. 베르고트의 발성법은 그의 글 쓰는 방식과는 전혀 다른 듯했다. 마찬가지로, 그가 언급하는 대상들도 그의 책을 가득 채우는 대상과는 전연 달랐다.

그가 하는 말은 베르고트의 말이 아닌 것 같았다. 그것은 귀중한 사상들로 가득했는데, 수많은 평론가들이 흉내내는 '베르고트식 장르'와는 달랐다.

이같은 부조화는 아마도 베르고트의 책을 읽을 때, 그 글이 '베르고트풍'의 이미지나 생각으로 산문을 장식하는 보잘것없는 아류 작가라면 도저히 쓸 수 없는 종류의 글이란 사실에서 비롯된다.

다시 말해, '베르고트적(的)'이란 무언가의 깊숙한 곳에 감춰져 있다가 그의 천재성에 의해 추출된, 무엇보다도 소중하고 진실된 어떤 요소였다. 그것을 추출해내는 일이야말로 이 감미로운 '성가대원'이 지향하는 목표이지, 결코 베르고트풍의 문장을 양산해내는 일이 아니었다.

그의 책에는 그의 말보다 훨씬 더 다양한 억양과 악센트가 담겨 있었다. 그것은 그가 쓴, 대개는 매우 무의미한 단어들에 리듬감을 부여하는 악센트이다. 바로 이 악센트야말로 베르고트에게는 가장 달아나기 쉬운 것이면서도 가장 심오한 것이었다.

베르고트의 대화에 희미한 흔적으로 남아 있는 몇몇 발화의 특징은 사실상 그만의 전유물이 아니었다.

이 '대가'를 어린 시절부터 봐 왔던 스완 씨에 따르면, 그의 형제, 자매들에게서도 똑같은 특징들을 발견할 수 있었는데, 이를테면 그건 가족의 말버릇이었다.

사람들에게서 관찰되는 이같은 말버릇은 제아무리 특별해 보일지라도 달아나기 쉽고, 사람이 사라지고 나면 그만인 법이다.

그러나 베르고트 집안의 말버릇은 그렇지 않았다.

베르고트는 단어들을 길게 늘어뜨리는 이같은 말버릇을 자기 산문 안에 그대로 심어 놓았다. 그래서 그의 책에는 쌓인 음절들이 길게 늘어지는 문장 종결부들이 등장하는데, 마치 길게 이어지는 오페라 서곡의 마지막 화음처럼, 나는 나중에 이같은 화음에서 베르고트 집안의 관악 연주를 듣는 듯한 느낌을 지울 수 없었다.

하지만 베르고트가 자기 책 안에 이러한 어투를 새겨 넣은 그 순간부터
말할 때는 무의식적으로 이런 말투를 사용하지 않았다.

그가 집필을 시작한 이후로 그 같은 어투는 그의 목소리를 영영 떠나 버렸다.

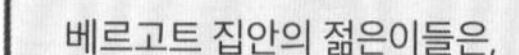
베르고트 집안의 젊은이들은,

자신의 집안을 시끄럽고 조금은 저속하다고 여겼던, 섬세하고 재기발랄한 다른 젊은이들보다 우월했던 것은 아니다.

천재성, 또는 위대한 재능이란 다른 이보다 우월한 지적 역량에서 기원하기보다 그런 것을 변형시키고 변환시킬 줄 아는 역량에서 비롯한다.

천재적인 작품을 만들어내는 이들은 더할 나위 없이 기품있는 집안이나 빼어난 대화를 주고받는 환경에서 사는 사람들이 아니라, 자기 자신을 위해 살기를 일순간 멈추고 자신의 인성을 마치 거울처럼 바꿀 줄 아는 역량을 가진 사람들이다. 그렇게 발휘되는 천재성은 주변을 비추는 데 있지, 결코 거울에 비친 광경의 내재적 가치에 있지 않다.

LIBRAIRIE
LIBRAIRIE
LIBRAIRIE
LIVRES RÉCENTS
LIVRES ANCIENS IN-QUARTO
BELLES RELIURES
LIBRAIRIE
BIBLES OUVRAGES D'ART
NOUVEAUTÉS

젊은 베르고트가 독자들에게 자신이 어린 시절을 보냈던 저급한 사교계며 거기서 자기 형제들과 주고받은 그리 재미있지 않은 농지거리를 소개했던 바로 그날, 그는 그보다 영특하고 사회적 지위가 높은 가족의 친구들보다 높은 곳에 올랐다.

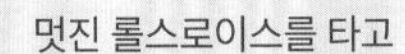

멋진 롤스로이스를 타고

귀가하는 친구들은 베르고트 일가의 저속함을 경멸할지도 모르지만,

베르고트는 수수한 비행기를 타고서 이제 막 대지를 박차고 '이륙하여' 그들의 머리 위를 비행하는 셈이었다.

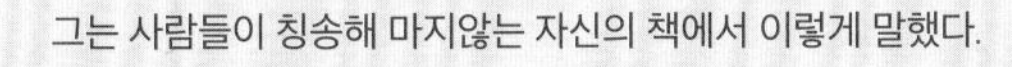

그는 사람들이 칭송해 마지않는 자신의 책에서 이렇게 말했다.

저는 그게 충분히 있음 직하다고 생각합니다. 충분히 사실적이죠. 유용할 수 있습니다.
그는 겸손하게,

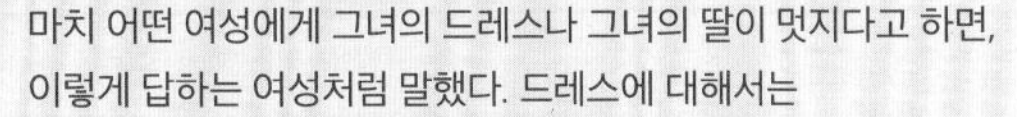

마치 어떤 여성에게 그녀의 드레스나 그녀의 딸이 멋지다고 하면, 이렇게 답하는 여성처럼 말했다. 드레스에 대해서는

이 드레스, 편해요.

딸에 대해선

성격이 좋아요.

다만, 오랜 세월이 흐른 뒤 베르고트가 더 이상 재능을 발휘하지 못하게 됐을 때, 자기가 쓴 글이 마음에 들지 않으면 으레 지우는 대신, 속으로 이렇게 되뇌었다.
어쨌든, 틀린 말은 아니야. 적어도 이 나라에 도움은 된다고.
LE MATIN FIGARO AVIS
베르고트에겐 초기작의 가치에 대한 괜한 변명으로 쓰였던 바로 그 말이 그의 최근작의 평범함을 허망하게 달래는 말이 되었다.

내가 질베르트의 부모님 댁에서 베르고트를 처음 만난 날, 얼마 전 라 베르마가 출연한 「페드르」를 관람했다고 그에게 말했다. 그는 대답하길, 라 베르마가 팔을 어깨 높이까지 들어 올렸던 그 장면에서 아마 그녀도 이전에 보지 못했던 걸작품을 아주 기품있게 재현해냈다고 했다.
이건 순전히 추측인데
저는 그녀가 박물관에 간다고 생각합니다.
그걸 '알아차리는 것'도 흥미로울 겁니다.
선생은 지금 카리아티드◈를 염두에 둔 겁니까?

아니요, 아닙니다. 그녀가 외논◈에게 자신의 정염을 고백하는 장면과 세라믹 묘비에 새겨진 헤게소◈의 손동작을 보여주는 장면을 제외한다면, 라 베르마는 훨씬 더 고대의 예술 기법을 되살려내는 셈이지요.
전 고대 에레크테이온의 코라이◈를 말한 겁니다. 물론 라신의 예술은 아무리 과거로 거슬러 올라가 봐도 그런 것과 전혀 무관할 테지만요. 어쨌든, 「페드르」에는 무척 많은 것들이 담겨 있습니다. 그러니까…,
아! 맞아요. 6세기의 페드르는 정말 멋졌어요. 수직으로 곧추세운 팔 하며, '대리석 효과'를 자아내는 곱슬곱슬한 머리카락이며,
어쨌든, 그런 것들을 찾아냈다는 게 굉장한 일이죠.

스완 부인은 대화에 끼어들 심산으로, 혹시 질베르트가 내게 베르고트 씨가 「페드르」에 대해 쓴 글을 보여줬는지 물었다.

우리 딸이 좀 덤벙대요.

베르고트는 겸손하게 미소 지으며, 자기가 쓴 글이 별것 아니라고 했다.

아닙니다. 선생님이 쓴 그 소책자,
그 '트랙트'*는 아주 훌륭해요.

나는 내가 받은 인상들을 되는대로 쏟아냈다. 베르고트는 대체로 내 말이 옳지 않다고 생각했지만, 내가 그저 말하도록 내버려 뒀다.

나는 베르고트에게 라 베르마가 팔을 들어 올리는 순간의 초록색 조명이 마음에 든다고 했다.

아! 그대의 말을 들으면 사실 대단한 예술가이기도 한 그 무대장치가가 꽤나 기뻐하겠군요. 그 얘기 꼭 전하죠. 무대장치가가 그 빛을 무척이나 자랑스러워하니까요.

하지만 전 그런 조명은 그리 좋아하지 않습니다. 초록색 조명이 비추니까 모든 게 끈적끈적한 환경 속에 빠져드는 듯한 느낌이 들거든요.
그래서 페드르가 마치 수족관 안에 서 있는 산호 가지처럼 보입니다.
어쩌면 그대는 그 연극의 우주적 차원을 강조하는 장치라고 봤을 수도 있겠네요.
맞아요, 사실입니다.

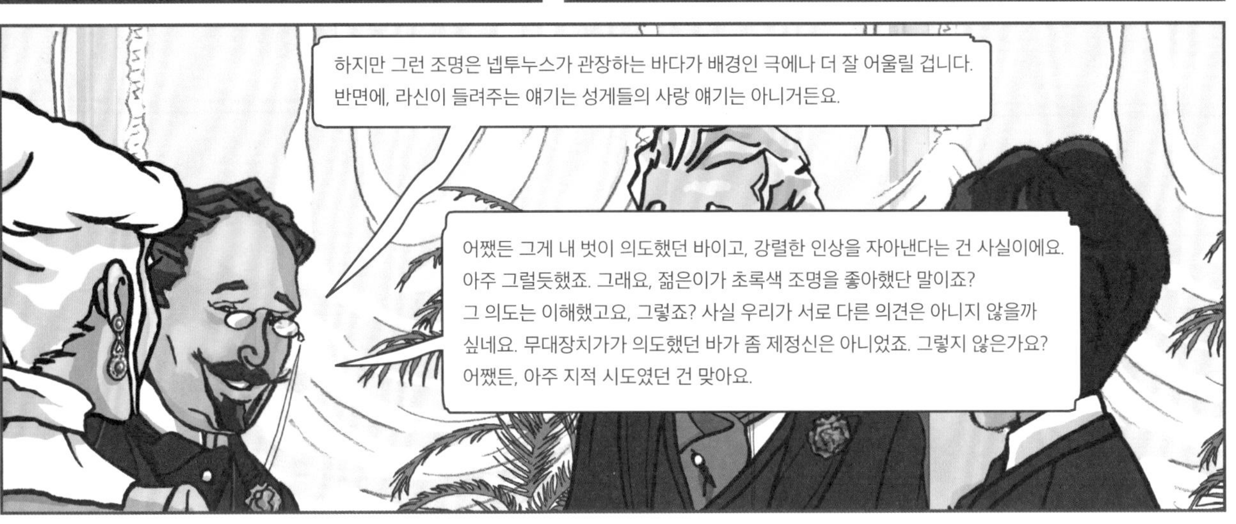
하지만 그런 조명은 넵투누스가 관장하는 바다가 배경인 극에나 더 잘 어울릴 겁니다. 반면에, 라신이 들려주는 얘기는 성게들의 사랑 얘기는 아니거든요.
어쨌든 그게 내 벗이 의도했던 바이고, 강렬한 인상을 자아낸다는 건 사실이에요. 아주 그럴듯했죠. 그래요, 젊은이가 초록색 조명을 좋아했단 말이죠? 그 의도는 이해했고요, 그렇죠? 사실 우리가 서로 다른 의견은 아니지 않을까 싶네요. 무대장치가가 의도했던 바가 좀 제정신은 아니었죠. 그렇지 않은가요? 어쨌든, 아주 지적 시도였던 건 맞아요.

그는 드 노르푸아 씨와는 달리, 나에게 입을 다물라거나 말대꾸를 하지 못하게 하는 일은 일체 하지 않았다.

그렇다고 해서, 베르고트의 견해가 대사의 견해보다 못하리란 말은 아니다. 오히려 그 반대였다.

강력한 사상은 그 자체로 약간의 영향력을 상대방에게 전달하는 법이다. 그 결과, 마지막 판결문은 이를테면 두 토론자의 합작이 되어 버리곤 한다.

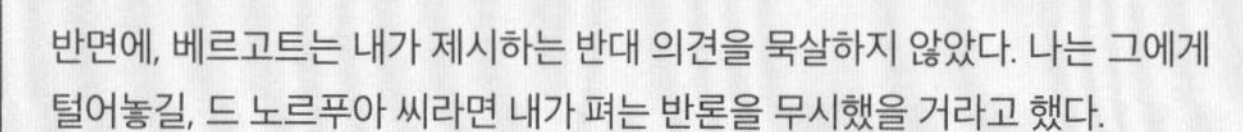

(예술이 문제가 될 때) 드 노르푸아 씨의 논지는 현실에 기초하지 않아 반박의 여지라곤 없었다.

반면에, 베르고트는 내가 제시하는 반대 의견을 묵살하지 않았다. 나는 그에게 털어놓길, 드 노르푸아 씨라면 내가 펴는 반론을 무시했을 거라고 했다.

드 노르푸아 씨는 늙은 카나리아죠. 그가 젊은이를 꽤나 부리로 쪼아댔을 겁니다. 자기 앞에 있는 건 모조리 에쇼데*나 오징어라고 보는 사람이니까요.

아니, 선생님이 노르푸아 씨를 아십니까?

아! 말할 수 없이 따분한 사람이에요.
언젠가 그 사람하고 저녁 식사 후 얘기를 나누려고 했는데, 글쎄, 나이가 들어선지 소화하는 중이라서 그런지 헬렐레하는 거예요. 흥분제라도 먹여야 하는 것 아닌가 싶더라고요!

아, 맞아요. 드 노르푸아 씨가 그렇죠 뭐. 넋나간 말들로 가득한 보따리를 모두 풀어헤쳐서 셔츠 앞장식이 풀 먹인 것처럼 되고 흰 조끼가 빳빳해질 정도가 되게 하지 않으려면 야회가 끝날 때까지 입을 꼭 다물고 있어야 하는 경우 말입니다.
베르고트 씨도 그렇고 제 아내도 말이 좀 심하네요.

그대가 노르푸아 씨한테 이렇다 할 흥미를 느낄 수 없다는 걸 이해합니다.
반면에, 관점을 달리하면, 드 노르푸아 씨도 아주 흥미로운 사람이긴 하죠. 좀 흥미로운 '연인'이라고나 할까요?
그 사람이 로마에서 근무할 때,

파리에 무척 좋아하는 정부를 뒀었죠. 글쎄, 그가 갖은 수를 써서 겨우 두 시간 이 여자를 만나겠다고 일주일에 두 차례나 그 먼 거리를 왕복했다니까요.
아무튼, 당시만 해도 무척 지적이고 매력적인 여자이긴 했습니다. 지금은 상속녀 신분이지요.
그리고 그 사이에 그가 만나는 여자들이 꽤나 많았지요. 저라면, 로마에 붙잡혀 있는데 좋아하는 여자가 파리에 산다면 미쳐 버렸을 겁니다. 예민한 사람이라면, 서민들이 흔히 말하듯, '자기보다 처지가 못한' 사람을 사랑해야 한다고 봅니다. 그래야 좋아하는 여자를 이해관계로 엮어서 마음대로 할 수 있을 테니까요.

바로 그 순간 스완 씨는 자기가 말한 격언을, 내가 그와 오데트에게 그대로 적용할 수 있다는 걸 눈치챘다. 그러나 아무리 뛰어난 사람일지라도 자존심이 문제될 때는 역겹게 처신하는 탓에, 그는 나를 매우 불쾌한 존재로 대했다. 하지만 스완 씨는 이처럼 역정을 낸 뒤, 이러한 말로 자기 생각을 가다듬었는데, 그 말은 나중에 내 기억 속에서는 선지자의 경고와도 같은 효력이 있었지만, 그때는 내가 참작조차 할 수 없었다.

하지만 이런 종류의 사랑이 품고 있는 위험성은 여성이 순종적일 때 남성의 질투심이 잠시 누그러지긴 하지만, 여성을 더욱 까탈스럽게 만든다는 점입니다.
가령 남자가 정부를 더 잘 감시하려고 밤낮으로 감옥의 조명을 켜 두고 죄수들마냥 살도록 하는 일이 벌어지는데, 결국은 비극으로 끝을 맺곤 합니다.

스완네 부부가 질베르트에게 나갈 채비를 하라고 두 차례나 일렀건만, 그녀는 여전히 우리가 하는 말을 경청하고 있었다.
어서 가. 먼저 가서 기다리렴.

아빠 옆에 있으니까 너무나 좋아요. 조금만 더 머물고 싶어요.

스완 씨는, 사랑의 환상 속에 오랫동안 살아왔던 터라 수많은 여성에게 만족을 줘 행복하게 해 줬음에도 불구하고 그들로부터 어떠한 고마움이나 애정의 표시도 받지 못한 남성이었다. 그러나 자녀에게선 꼭같은 이름으로 구체화된 애정이 자신들이 죽은 뒤에도 살아남을 거라고 믿는다. 샤를 스완이 사라지고 없더라도, 지상엔 스완 양, 혹은 결혼 전 성씨가 스완인 아무개 부인이 사라져 버린 아버지를 계속해서 사랑할 것이라고 말이다.

너는 착한 아이야.

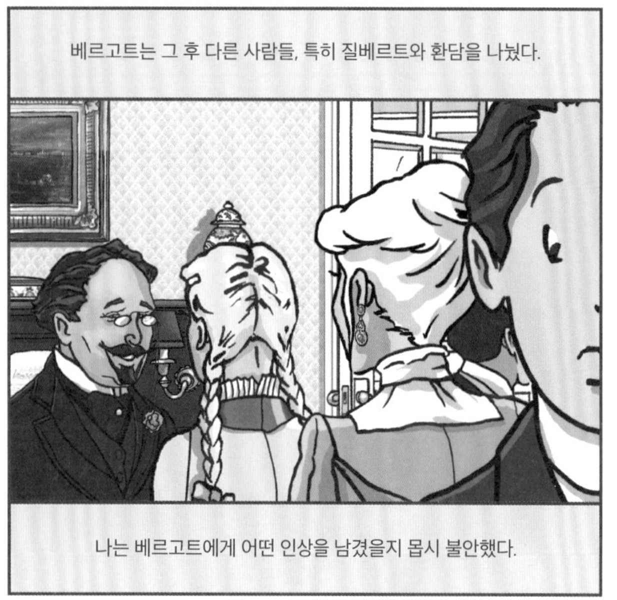
베르고트는 그 후 다른 사람들, 특히 질베르트와 환담을 나눴다.
나는 베르고트에게 어떤 인상을 남겼을지 몹시 불안했다.

네가 우리 가족과 각별한 베르고트 씨의 마음을 확 사로잡아서 기분이 날아갈 것 같아.
베르고트 씨가 엄마한테 네가 지적으로 엄청 뛰어나다고 그랬대.

베르고트가 우리 부모님과 같은 동네에 사는 까닭에, 우리는 함께 떠났다.

스완 씨네에서 들었는데, 그대가 크게 아팠다고 하더군요. 안타깝게 생각하오.
그렇다고, 크게 연민에 빠지진 않습니다. 왜냐하면 그대가 지적 만족을 누리는 게 너무나 분명해 보이니 말이오. 그 즐거움이 뭔지 아는 사람들처럼, 그것이 아마도 그대 같은 이에게 가장 중요한 겁니다.

애석하도다! 그의 말은 나에게 전혀 들어맞지 않았다. 나는 아무 생각 없이 시간을 보낼 때나 행복감을 느끼니 말이다. 나는 지성이란 건 얼마든지 무시할 수 있었다.

대신, 나는 게르망트 공작부인과 친교를 맺고 지내는 삶이라면 만족할 수 있을 것 같았고, 샹젤리제의 옛 입시세 납부소에서 종종 그랬듯이 콩브레를 상기시키는 상큼한 냄새를 맡을 수 있으면 만족할 수 있을 듯했다. 내가 감히 그에게 털어놓지 못하는 나의 이상적인 삶에서 지적 기쁨을 위한 자리는 없었다.
아닙니다, 선생님. 지성의 기쁨이란 저에겐 별것 아닙니다. 내가 찾는 게 그런 건지도 모르겠고, 게다가 제가 언제 지성의 기쁨이란 걸 맛봤는지도 모르겠습니다.

정말 그렇게 생각하오? 잘 들어봐요. 어쨌든, 그대가 그렇다면 그런 거겠죠. 알겠어요.
그가 하는 말은 설득력이 없었다. 그럼에도 나는 덜 답답했고 행복했다.

특히 그가 드 노르푸아 씨에 대해 했던 말은 내가 최종 선고라고 여겼던 그의 낙인 효과를 상당 부분 지워 버렸다.

치료는 잘 받고 있겠죠?
그런데, 누가 그대의 건강을 책임지고 있습니까?
나는 그에게 코타르 의사가 진료했고
앞으로도 그럴 거라고 했다.

아니죠. 그대한테 필요한 사람은 그 사람이 아니에요! 난 그 사람을
의사로는 모릅니다. 스완 부인네에서 보긴 봤죠. 바보 멍청이예요.
설사 코타르가 훌륭한 의사라 하더라도,
그가 예술가며 지적인 사람들에게까지
훌륭한 의사일 거라곤 생각하지 않습니다.

코타르가 그대를 꽤나 답답하게 만들 텐데, 바로 그 답답함
때문에 그가 행하는 치료가 효과가 없을 겁니다.
게다가, 그 치료란 것이 다른 사람이 아닌
그대가 받으면 같을 수가 없을 테죠.

지적인 사람이 앓는 병의 사분의 삼은 바로 그 지성에서
나오는 겁니다. 그러니 적어도 그런 종류의 병을 잘 알고
있는 사람이 치료해야죠.
대체 코타르가 어떻게 그대를 치료한단 말입니까?
그가 소스로 인한 소화불량이나 가스가 차는 건 알겠지만,
셰익스피어를 읽는 것에 대해선 뭘 알겠습니까?

저는 차라리 불봉 의사를 추천 드립니다.
아주 지적인 사람입니다.
선생님 작품을 무척 높이 사는 분이시죠.
나는 베르고트도 그 사실을 알고 있다는 걸 눈치챘다.
더불어, 나는 정신적 동지들끼린 쉽게 뭉치고, 진정
'모르는 친구들'이란 거의 존재하지 않는다고 생각했다.

정말로 훌륭한 의사가 필요한 사람은
우리의 벗 스완이에요.

내가 스완 씨가 어디 아프냐고 묻자,
그러니까, 스완이 어떤 여성과 결혼하는 바람에,
자기 아내가 여성들에게 내쳐지고 그녀와
잠자리를 함께 했던 남성들에게도 내쳐지는
굴욕을 하루에도 오십 차례는 견뎌내죠.
내치는 여성들이 스완 부인을 보고 뾰로통해 하는 걸 봅니다.

베르고트가 낯선 이에게 아주 오래전부터 자신을 환대해 준
친구 부부에 대해 악담을 털어놓는 것은, 그가 스완네에선
시종일관 다정하게 구는 것만큼이나 나로선 생경한 경험이었다.

우리 둘만의 비밀입니다.

몇 년 후라면, 나는 그에게
이렇게 대꾸했을 것이다.

전 남의 말을 옮기지 않습니다.

사교계 인사들이 버릇처럼 내뱉곤 하는
이 말에 험구가들은 짐짓 안심한다.

왕고모라면 이렇게 말했을 것이다.

남의 말을 옮기지 않을 거라면서,
어째서 그런 말을 하지?

바로 비사교적인 인물, '고집불통'이 내뱉음 직한 대답이다.
나는 그런 인물이 아니라서 그저 조용히 고개를 숙였을 뿐이다.

나에게 중요한, 그 문인이라는 사람들은 내가 베르고트와 교제하기
전부터 오랫동안 궁금증을 일으켰는데, 그러던 중 나는 이제 막
이 대작가의 친구들 틈에 끼여 지내게 되었다.

한편 스완 씨가 나에게 베푼 호의를 부모님께
말씀드렸는데, 불행히 그리 좋게 받아들이지 않으셨다.

스완이 너를 베르고트한테 소개해 줬다고?
아무렴, 멋진 만남이었겠네!
기막힌 인맥일세그려!

모자랐던 게 딱 그런 거였는데 말이지!

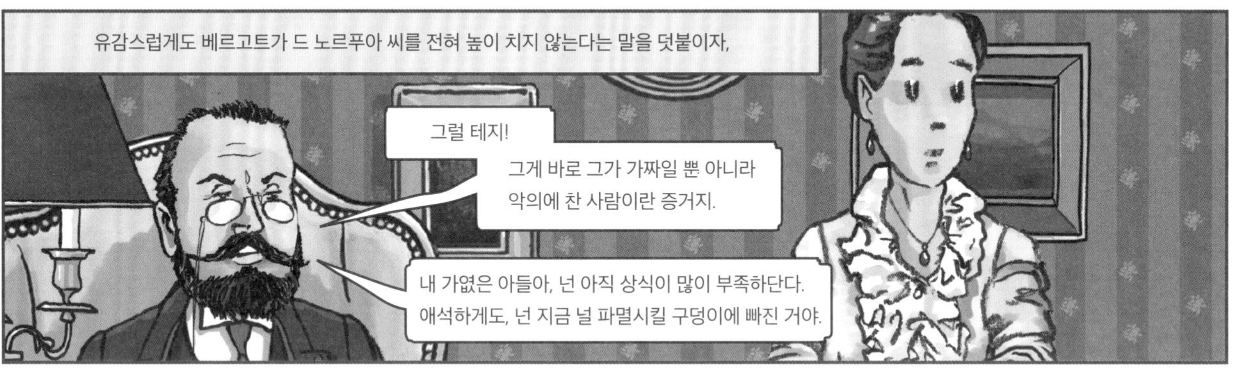
유감스럽게도 베르고트가 드 노르푸아 씨를 전혀 높이 치지 않는다는 말을 덧붙이자,
그럴 테지!
그게 바로 그가 가짜일 뿐 아니라 악의에 찬 사람이란 증거지.
내 가엾은 아들아, 넌 아직 상식이 많이 부족하단다. 애석하게도, 넌 지금 널 파멸시킬 구덩이에 빠진 거야.

부모님이 너무나 부당하게 보여 좀 더 공평한 시각을 갖도록 만들고 싶은 희망은 고사하고 그러고 싶은 욕망조차 일지 않았다.
하지만 나는 우리 부모님이 내가 똑똑한 사람을 바보로 아는 사람의 마음에 들었다고 하면 얼마나 공포심을 느낄지 생각하며,
말을 마치면서 나지막한 목소리로, 또 약간은 창피하단 기색으로 말끝에 꽃다발을 던졌다.*
베르고트가 스완 씨 부부한테 제가 엄청나게 지적이라고 했대요.
독을 먹은 개가 부지불식간에 자기를 해독해 줄 풀밭 위를 구르듯이, 나는 부모님이 베르고트에게 품었던 편견을 깨 줄 유일한 말을 아무 생각 없이 내뱉은 셈이었다.

그 순간 상황이 반전됐다.
뭐라고! 베르고트가 널 지적이라고 했다고?
기쁜 소식이네, 재능있는 이가 그런 말을 했다니.

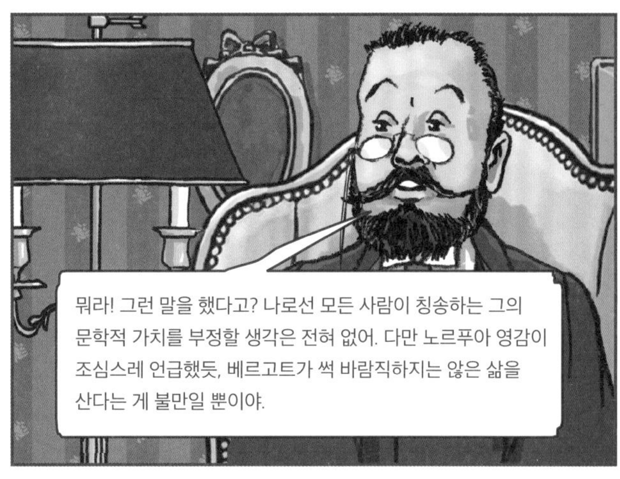
뭐라! 그런 말을 했다고? 나로선 모든 사람이 칭송하는 그의 문학적 가치를 부정할 생각은 전혀 없어. 다만 노르푸아 영감이 조심스레 언급했듯, 베르고트가 썩 바람직하지는 않은 삶을 산다는 게 불만일 뿐이야.

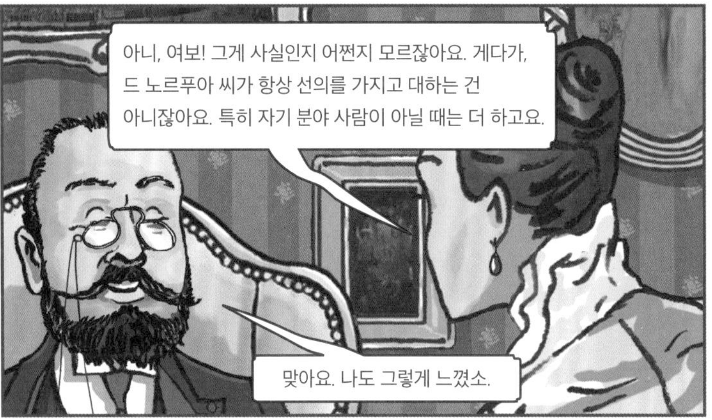
아니, 여보! 그게 사실인지 어쩐지 모르잖아요. 게다가, 드 노르푸아 씨가 항상 선의를 가지고 대하는 건 아니잖아요. 특히 자기 분야 사람이 아닐 때는 더 하고요.
맞아요. 나도 그렇게 느꼈소.

어쨌든 베르고트를 너그럽게 봐 줘야 해요. 우리 아이를 그렇게 좋게 여기니 말이에요.

나는 부모님 곁을 떠나고 나서 옷을 갈아입었다. 주머니를 비우다가 내가 스완 씨네 살롱에 들어서기 전 집사가 건네준 봉투를 발견했다. 나는 그때서야 봉투를 열어 봤는데, 그 안에 든 카드에는 내가 식탁으로 자리를 옮길 때 팔을 내어 줄 부인의 이름이 적혀 있었다.

바로 그 무렵, 블로크는 여자들이란 성관계를 맺기만을 원할 따름이라고 주장함으로써, 나의 세계관을 뒤엎어 버리고, 나에게 새로운 행복의 가능성(어쨌든, 나중에는 고통의 가능성으로 바뀔 수밖에 없었지만)을 열어주었다.

그는 이러한 개념을 나에게 두번째 기회를 거듭 제공함으로써 공고히 했다. 사실 나를 매음굴에 처음 인도한 것도 바로 그였다.

하지만 블로크가 데려간 매음굴은 너무나 저급한 곳으로, 그곳에서 일하는 사람들도 너무나 저속했고 바뀌는 일도 거의 없었다. 매음굴의 여주인이 원하는 여자를 제공하는 일은 없었고, 언제나 원하지 않을 여자들만 제공했다.

여주인이 만면에 미소를 머금으며 나에게 특히 한 여자를 아주 드문 별미인 양 자랑스레 권했다.

유태인이에요! 어때요, 끌리지 않소?
(바로 그 때문에 그녀는 라셸*이라 불렸다.)

여주인은 멍청하면서도 짐짓 흥분한 듯한 표정을 지으며 말했다.

잘 생각해 봐요, 꼬마 손님. 유태인 여자라니까요, 글쎄! 아주 멋질 것 같은데!

그녀는 나를 볼 수 없지만, 내가 지켜본 바로는, 라셸은 갈색 머리에 그리 예쁜 편은 아니어도 지적으로 보였고, 손님들을 소개받을 때마다 무척이나 무례하게 미소 지었다.

나는 라셸이 대단히 지적이고 아는 게 많다는 점을 유난스레 강소하며 강권하는 여주인에게, 오로지 그녀를 만나 보기 위해 매일 찾아오겠다고 약속했다. 나는 라셸에게 별명을 붙여 줬다.

'라셸, 주께서'◈

알레비의 오페라에 대해 알 턱이 없는 여주인은 어째서 내가 줄기차게 '라셸, 주께서'라고 부르는지 알지 못했다. 하지만 알지 못한다고 해서, 내 농담이 흥미가 덜 해지지는 않았고 그럴 때마다 그녀는 껄껄대며 이렇게 말했다.

'라셸, 주께서'를 손님한테 붙여 주고 싶은데. 오늘 밤은 아직 아닌가 보죠? '라셸, 주께서'에 대해 뭐라 하실 겁니까? 아! 정말 기막히게 찾아낸 별명이에요. 손님과 꼭 붙여 드리죠. 절대 후회하지 않을 겁니다.

한번은 그녀와 합방하기로 마음먹을 뻔했는데, 하필 그날은 그녀가 '손님을 받느라 바쁜' 날이었고, 또 한번은 그녀가 '이발사'의 손아귀에 맡겨졌다. 그는 여자들의 풀어헤친 머리카락에 기름을 들이붓고 빗질을 해 대는 영감네였다. 나는 기다리는 데 지쳤다.

어쨌든, 나는 그 매음굴에 발길을 끊었는데, 왜냐하면 나는 매음굴 여주인에게 고마움을 표하고 싶은 마음에 그녀가 마침 가구가 필요하다고 해서, 내가 레오니 이모에게 물려받은 가구들, 특히, 커다란 소파를 줘 버렸기 때문이다.

하지만 매음굴에서 창녀들이 사용하게 된 그 가구들을 다시 보게 됐을 때, 콩브레의 레오니 이모 방에서 풍기던 그 애틋한 정은 내가 가구를 무방비에 방치한 탓에 잔혹하게 시달리며 모조리 사라져 버린 듯했다. 설사 내가 망자를 강간한다 한들 이보다 더 고통스럽진 않을 터였다.

그 후론, 다신 그 뚜쟁이네에 출입하지 않게 됐다.

그밖의 가구들, 특히 레오니 이모의 멋진 골동 은제품들은 부모님의 반대에도 불구하고 스완 부인에게 더 많은 꽃을 보내기 위해 팔아 버렸다.
제가 만일 그대의 부친이었다면, 좀 더 현명한 조언을 드렸을 거예요.
당시엔 내가 어떻게 나중에 레오니 이모의 은제품을 그리워하게 된다거나, 사실 따지고 보면 아무것도 아닌데도, 질베르트의 부모님한테 격식을 차리는 기쁨보다 더한 기쁨들이 존재한다는 것을 알 수 있었겠는가?
질베르트와 헤어지지 않으려고 외교관이 되지 않기로 작정한 것도 마찬가지 이치가 아니었던가?

사실상 우리가 중대한 결심을 하는 것은 그리 오래 지속되지도 않을 정신 상태 때문일 경우가 적지 않다.

부모님은 베르고트가 칭송해 마지않았던 나의 지성이 멋진 작업으로 나타나길 바라셨다.

내가 스완 부부를 몰랐을 때는 질베르트를 자유롭게 만날 수 없었기에 제대로 작업할 수 없다고 생각했다. 하지만 스완 부부가 나에게 대문을 활짝 열어 놨을 때는 난 책상 앞에 앉자마자 곧장 일어나 스완네로 달려갔다. 그러고 나서 귀가하면, 나는 혼자서 스완 가족이 좋아할 만한 말을 끊임없이 만들어냈다.
나는 있지도 않은 대화 상대가 되어 보기도 하고, 나 자신에게 가상의 질문들을 던져 보기도 했다.
물론, 그런 질문들은 나를 돋보이게 하면서 그들로 하여금 듣기 좋은 답변을 하게끔 만드는 그런 질문들이었지만 말이다.

비록 내가 글을 쓰기로 굳게 마음먹지는 못했더라도 바로 시작하려고 애를 쓰기는 했을 터이다.

하지만 내 결심이 확고하고, 이십사 시간 이내에 순조롭게 글을 쓸 수 있을 것 같았기에, 굳이 어느 기분이 내키지 않는 저녁 시간을 선택할 필요는 없었다. 그 이틀 뒤에는 이미 몇 쪽의 글을 써 놨으리란 확신이 드는 까닭에 나는 그때 결심한 것을 부모님께는 단 한마디도 하지 않았다. 그래서 몇 시간은 더 기다리기로 했다.

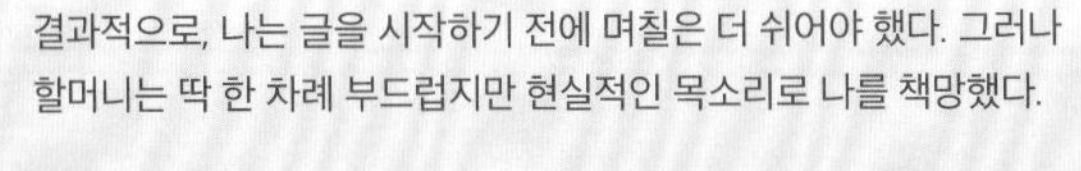
결과적으로, 나는 글을 시작하기 전에 며칠은 더 쉬어야 했다. 그러나 할머니는 딱 한 차례 부드럽지만 현실적인 목소리로 나를 책망했다.

그런데, 쓴다는 글에 대해선 아무 얘기가 없네?

나는 할머니가 성마르고 정당하지 못한 태도를 보인 탓에 나의 계획을 실행하는 것을 지연시켰다고 생각하며 할머니를 원망했다.

할머니는 자신의 의심하는 태도가 글을 쓰고자 하는 나의 맹목적인 의지와 맞부딪쳤다고 여겼다. 할머니는 당신이 잘못했다며, 나를 껴안고 말했다.

용서하거라. 더는 아무 말 안 하마.

할머니는 내가 용기를 잃지 않도록, 내가 건강하기만 하면 글은 저절로 씌어질 것이라고 말했다.

그런데, 이렇게 스완네에서 묻혀 지내다가
베르고트처럼 되는 건 아닐까?

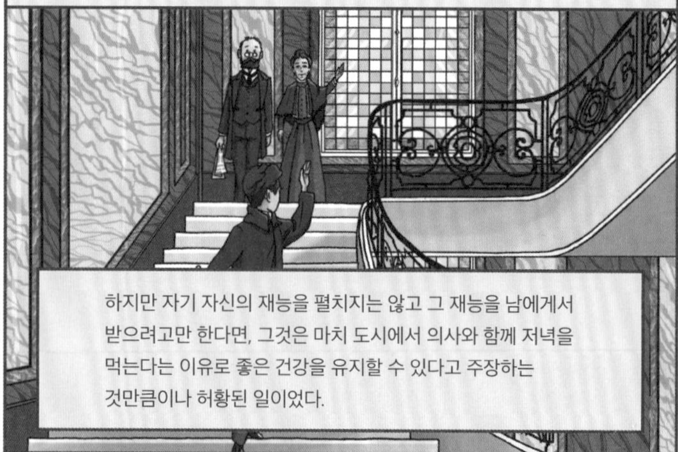
우리 부모님은 내가 게으르면서도, 대작가와 같은 살롱을 드나드는 까닭에
재능을 활짝 펼치는 데 유리한 삶을 영위한다고 여기는 것 같았다.
하지만 자기 자신의 재능을 펼치지는 않고 그 재능을 남에게서
받으려고만 한다면, 그것은 마치 도시에서 의사와 함께 저녁을
먹는다는 이유로 좋은 건강을 유지할 수 있다고 주장하는
것만큼이나 허황된 일이었다.

아무튼 나와 내 부모님을 속였던 그 착각에
완전히 빠져 있던 인물은 다름 아닌 스완
부인이었다.

내가 부인한테 글을 써야 하기 때문에 올 수 없다고 했을 때, 그녀는 무척이나 당황했고,
내가 하는 말이 어리석고 건방지다고 여기는 것 같았다.
하지만 베르고트도 저희 집에 오는걸요.
그의 글이 영 엉터리라곤 생각지 않겠지요?
그러지 말고, 오세요.
베르고트가 뭘 해야 하는지
잘 일러 줄 테니까요.

흡사 지원병과 대령을 한자리에 초대하는 격이었다.
나의 앞날이 달린 문제였지만,
마치 걸작이 '인간관계에 의해' 씌어지기라도 할 듯이 말이다.
부인은 그다음 날 베르고트와 함께하는 저녁 식사에 빠지지 말라고 했다.

이처럼 스완 가족들뿐 아니라, 한때 훼방을 놓는 것처럼 보였던 우리 부모님들조차
내가 원할 때마다 질베르트를 만날 수 있는 이 감미로운 삶을 반대하지 않았다.

나는 행복했고, 나의 행복을 가로막는 그 어떠한 위협도
없었다. 하지만 애석하게도, 위험은 내가 전혀 예상하지 못한
곳에서 찾아왔으니, 바로 질베르트와 나 자신에게서 비롯됐다.

나는 질베르트가 나의 방문을 피한다는 걸 여러 차례 느꼈다.

사실 질베르트가 너무 보고 싶으면, 그녀의 부모님께 나를 초대해 달라고 하면 됐다.
그들은 내가 질베르트에게 좋은 영향을 끼친다고 생각했다.

그들 덕분에 나의 사랑은 안전할 거야.

불행하게도, 질베르트의 의사와는 무관하게, 그녀의 부친이 나를 오라고 했을 때,
그녀가 보여준 불만의 표시를 보고서,
나는 내 행복을 두둔했던 것이 오히려 나의 사랑이
지속하지 못하게끔 가로막는 것은 아닌지 자문하게 됐다.

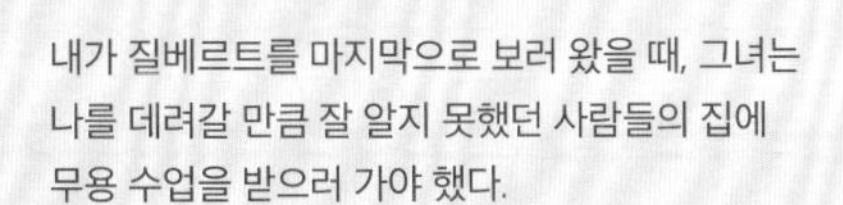
내가 질베르트를 마지막으로 보러 왔을 때, 그녀는
나를 데려갈 만큼 잘 알지 못했던 사람들의 집에
무용 수업을 받으러 가야 했다.

스완 양이 막 떠나려던 찰나,

스완 부인은 자기 딸을 야멸차게 불러 세웠다.
질베르트!
그러더니 내가 그녀를 보러 왔으니, 나가지 말고 함께
있으라는 의미로 나를 가리켰다.

질베르트가 소지품을 내려놓으며 어깨를 으쓱하는 모습을 보면서, 나는 그녀의 모친이 본의 아니게 우리의 관계 변화를 앞당겼다고 생각했다. 사실 그때까지만 하더라도 나와 내 동무 사이를 조금씩 떼어놓는 상황을 멈추게 할 수 있었다.

매일 무용 수업에 갈 필요는 없잖아.
바로 이날, 본의 아니게 무용 수업을 받으러 가지 못하게 한 나에 대한 반감이었을 테지만,

질베르트는 기쁜 기색이 전혀 없는, 가식이라곤 없는 무뚝뚝한 얼굴이었고 나 때문에 파 드 카트르*를 추지 못해 오후 내내, 우울하게 후회나 하겠다고 다짐하는 것 같았다.

그녀가 나와 주고받았던 말이라곤 그때의 날씨가 어떻다는 둥, 벽시계가 가리키는 시각이 어떻다는 둥 따위에 그쳤고, 대화가 중간중간 침묵으로 끊기는 바람에 참다못한 내가 의당 우정과 행복에 바쳐져야 했을 그 순간들을 망쳐 버렸다.

종국엔, 내가 몇 시간 동안 기대했던 기분 좋은 변화를 질베르트에게서 발견할 수 없었던 탓에, 나는 그녀한테 상냥하지 않다고 말했다.

상냥하지 않은 건 너야!
그럴 리가!

나는 내가 어떻게 행동했었는지 자문해 봤다. 하지만 알 수가 없는 탓에, 이번엔 그녀에게 물었다.

물론 너는 스스로 상냥하다고 생각하겠지!

내가 어떤 점에서 상냥하지 않다는 거야? 말해 봐. 그럼 네가 원하는 대로 할게.
천만에. 그렇게 해 봐야 아무 소용없을 거야. 설명하고 싶지 않아.

네가 나를 아프게 하는 걸 안다면, 내게 말해 줘야 할 거야.
난 정말 널 좋아했어. 언젠간 알게 되겠지.

(그러니까, 그 언젠가란 죄인이 장차 자기가 죄를 짓지 않았다는 걸 인정받게 되는 날일 테지만, 지금으로선 알 수 없는 이유 때문에 의심받는다는 뜻이다.)

당시, 나는 내가 범한 실수를 알면서도, 질베르트의 말은 무시하기로 작정하면서, 어차피 그녀가 믿지 않을 테니 그녀한테 말하지도 않고, 그녀를 더 이상 보지 않기로 결심했다.

나는 속이 뒤집히고 멍한 상태로 귀가했다. 그러면서, 무슨 핑계를 대서라도
질베르트 곁으로 되돌아가야만 비로소 제대로 숨을 쉴 수 있을 거라 생각했다.
하지만 질베르트는 속으로 이렇게 말했을 터였다.

또 저 사람이야! 이번엔 좀 심하게 굴어야지.
따끔한 맛을 보여주고 헤어지면 매번 더 얌전해져서 다시 나타날 거야.

이같은 상반된 두 입장, 내면의 나침반이 엉망이
되어 버리는 듯한 양상은 지속되었고, 질베르트에게
보낼 모순된 편지의 초고에 그대로 반영되었다.

그다음 날 나는 스완네 집으로 가기로 마음먹었다. 하지만 관계를 계속
이어 나가기로 한 이 결심은 스완네 집에 당도할 때까지만 지속되었다.
이유인즉 스완네 집사가 질베르트가 외출하고 없다고 말해서가 아니라,
그가 말하는 방식 때문이었다.

도련님, 질베르트 양은 지금 외출하고 없습니다. 도련님한테 제가 거짓말하는 게 아니란 걸 보장할 수 있습니다.

도련님께서 알아보시려면, 시녀를 대령시키지요.

도련님께서 제가 최선을 다하고 있으며, 만일 질베르트 양이 집에 있다면, 기꺼이 그녀 곁에 도련님을 모실 거란 걸 믿어 주시기 바랍니다.

이같은 말은 질베르트의 주변 사람들이 나를 성가신 사람이라고 여긴다는 걸 입증하는 셈이었다.
그러니까, 그들은 내가 질베르트를 당분간 만나선 안 된다는 걸 보여주었다.

분명 질베르트는 사과의 편지를 나에게 보내올 터였다. 물론 그렇다고 해서
내가 바로 그녀에게 달려가지는 않을 테지만 말이다.

하지만 그날 저녁에도 질베르트의 편지는 도착하지 않았기에,
나는 다음 날 아침엔 틀림없이 편지가 와 있으리라 짐작했다.
그렇게 나는 매일 질베르트의 편지를 기다렸다.

이튿날 아침이면 그녀의 편지가 당도하리라는
희망을 저버리지 않았다. 이렇듯, 나는 내가 느끼는
고통이 지속되리라곤 여기지 않았던 터라 이를테면
끊임없이 희망의 고삐를 다져야 할 따름이었다.

내 마음속에서는 고통을 받아들이는 대신,
그 고통이 멈추길 매 순간 희망했다.

하지만 나는 결국 고통을 받아들이기에 이르렀다. 그러면서 나는 이와 같은 상황이 돌이킬 수 없고,
나의 사랑을 위해서라도 질베르트를 영원히 포기하기로 했다.

이런 와중에, 나는 질베르트가 부모님 댁에 없다는 사실을 사전에 알 때마다 스완 부인을 보러 갔다.
이런 식으로 나는 질베르트의 얘기를 들을 수 있을 테고, 또 나중에 질베르트가 내 얘기를 듣게 될 테니,
나름대로 내가 그녀한테 신경 쓰지 않는다는 걸 보여줄 수 있으리라 확신했다.

그러면 나중에 내가 질베르트에게 급기야 내 마음을 고백하게 되었을 때, 나에 대한 그녀의 마음은 한층 커질 테지만, 반면에 내 마음은 그토록 오랫동안 서로 만나지 않았던 탓에 버티지 못하고 사라져 버릴 터였다. 그렇게 질베르트는 나에게 무심한 존재가 되어 있을 것이다.

난 이런 사실을 알고 있었지만, 그녀에게 털어놓을 수 없었다. 만일 그랬더라면, 질베르트는 그것이 나에게 어서 그녀 곁으로 돌아오라고 말하려는 의도일 뿐이라고 믿었을 테니 말이다.

언젠가 질베르트가 나에게 보내올 편지를 되뇌고 또 되뇌어 봤다. 이런 상상 속의 행복이 지속적으로 제공하는 장면은 현실의 행복이 파괴되는 것을 견디는 데 도움이 되었다.

아주 오래전부터, 또 나와 그녀의 딸과의 사이가 틀어지기 한참 전부터 스완 부인은 나에게 이렇게 말했다.

물론 질베르트를 보러 오는 건 좋아요.
하지만 그대가 가끔씩 날 보러 오기도 했으면 좋겠어요.

그런고로, 나는 스완 부인을 보러 가면서, 내가 한참 지난 다음에야 비로소 그녀가 했던 말에 순응하는 듯한 기분이 들었다.

시월 말경, 오데트는 베르뒤랭 부인이 늘 같은 시각에 부인의 집에서 그녀와 꼭 만날 수 있도록 살롱을 열었다는 말을 듣고,
당시 사람들이 말하던 '파이브오클록 티'를 마시기 위해 가급적 같은 시각에 귀가하곤 했다.

그러면서 오데트는 베르뒤랭 부인의 살롱과 종류야 같지만, 좀 더 자유로운 분위기의 살롱을 운영하길 꿈꿨다.
이를테면 자신을 일종의 레스피나스라 여기며, 마치 경쟁 관계에 있는 뒤 데팡 후작부인의 살롱에서,
특히 스완처럼 그녀의 뒤를 따르는 가장 번듯한 인물들을 빼앗아 살롱을 세운다고 믿었다.◈

초겨울인 지금, 오데트의 살롱에는 거대한 국화꽃이 놓여 있었다.
마치 위대한 채색 화가가 실내와 햇빛의 불안정함을 보완하기 위해 설치한 조명인 양, 커다란 국화꽃은 내밀하면서도 신비한 광채를 뽐내는 가운데, 티타임 동안 십일월의 찰나의 기쁨을 탐욕스레 맛보라고 나를 유혹했다.

그러나 애석하게도 내가 그 기쁨을 느낄 수 있었던 것은 들려오는 대화 소리를 통해서는 아니었다. 들려오는 대화 소리는 기쁨과는 무관했다.
안 돼요, 아직 그리 늦지 않았어요. 시계 그만 좀 쳐다봐요. 아직 시간이 안 됐다니까요. 시간이 영 안 가네. 뭘 그리 급히 해야 할 일이 있다고!
이 집에서는 도저히 빠져나갈 수가 없어요.

코타르 부인은 놀랍게도 자기 생각과 똑같은 말을 들었던지라, 이렇게 외쳤다.
저 말이야말로 내 마음속 깊은 곳의 판단력이 언제고 내뱉고 싶었던 말이야!

이런 말해서 뭣하긴 한데, 여러분이 벌써 연속해서 수요일에 세 차례나 절 바람맞혔어요.

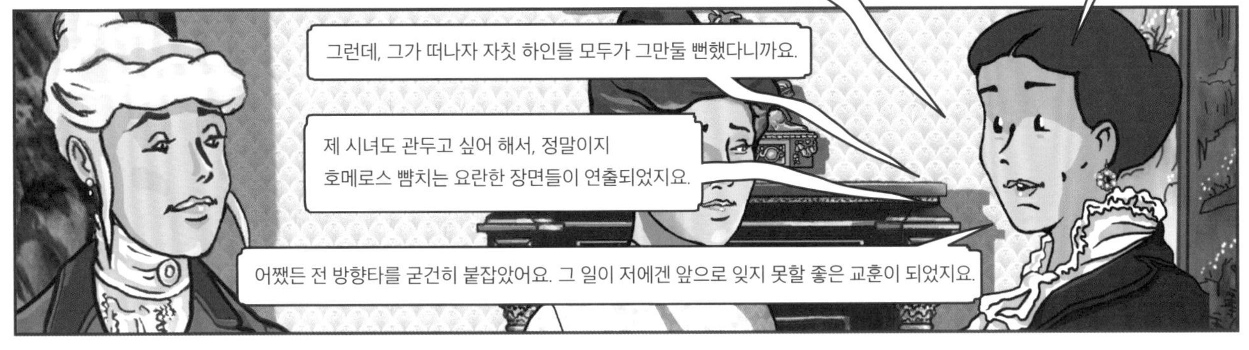

그래요, 맞아요. 오데트, 제가 그대를 못 본 지 꽤나 오래됐어요.
사실 사소한 문제들이 좀 있었거든요. 누구에게나 그렇듯이 말이에요.
남자 하인들 부리는 데 위기가 닥쳤었어요. 저는 어떤 부인과는 달리 권위를 갖추지 못해서 글쎄, 본보기 삼아 바텔을 내보내야 했어요. 그 사람은 봉급을 더 준다는 자리를 찾고 있었나 봐요.
그런데, 그가 떠나자 자칫 하인들 모두가 그만둘 뻔했다니까요.
제 시녀도 관두고 싶어 해서, 정말이지 호메로스 뺨치는 요란한 장면들이 연출되었지요.
어쨌든 전 방향타를 굳건히 붙잡았어요. 그 일이 저에겐 앞으로 잊지 못할 좋은 교훈이 되었지요.

하인들 얘기로 정신 사납게 해 드려 죄송해요. 하지만 부인께서도 수하 직원들 재배치하느라 벌어지는 소란이 어떤 것인지 아시잖아요.
그런데, 부인의 멋진 따님은 보이질 않네요?
네, 제 멋진 딸은 친구 집에 저녁 먹으러 나갔어요.

질베르트가 내일 자길 보러 오라고 그대한테 편지를 썼을 것 같은데 말이죠.

나는 숨을 깊게 들이쉬었다. 스완 부인의 그 말은 내가 원하면 언제든 질베르트를 만날 수 있고, 내가 얻고자 하는 바로 그 혜택을 위해서라면, 당시 스완 부인을 꼭 만나러 가야 한다는 걸 입증했다.

봉탕 부인은 정치인의 아내들 때문에 겪었던 성가신 일들에 불평을 늘어놨다. 왜냐하면 그녀는 누구든 간에 모조리 지루하고 우스꽝스럽다고 여기고, 자기 남편의 지위를 안타깝게 여기는 척했기 때문이다.
그런 식이라면, 뒤이어 의사 부인네들을 오십 명은 만나 볼 수 있을 겁니다. 정말이지, 대단하십니다!
전 말이죠, 어쩔 수 없이 정부 부처 사람들을 만날 수밖에 없거든요.
공무원 부인들이란 사람들, 정말 굉장해요. 혀를 내두를 정도라니까요.
제 조카딸인 알베르틴도 저 같아요. 그 아이가 얼마나 뻔뻔한지 모르실 겁니다.

참을성이 많으시니 좋으시겠어요. 전 자기 생각을 감출 줄 아는 사람이 정말 부러워요.
전 그럴 필요를 전혀 못 느껴요. 그리 까탈스러운 사람이 아니거든요.
어쨌든, 전 저희 남편한테 이로운 일이라면 기쁜 마음으로 뭐든지 한답니다.

하지만, 부인. 그럴 수 있어야 합니다. 전 전쟁성 장관 부인이 인상을 찌푸리면, 저도 금세 따라 하거든요. 전 정말 성질머리가 고약하게 생겨 먹었어요.

제 말에 부인께서 꽤나 놀랐을 겁니다. 왜냐하면 부인은 선한 사람이니까요. 솔직히 전 못된 짓 하면 재미나거든요. 못된 짓도 못 하면, 인생이 무슨 재미겠어요.

그녀는 마치 올림포스산이라도 되는 듯 줄곧 정부 부처에 대해 떠들어댔다.

오데트, 내 서재에 있는 아그리장트 왕자가 당신한테 인사를 하고 싶다는구려.
뭐라 할까요?

저야 물론 영광이지요.

오데트, 국화가 이토록 '어여쁘다'고, 아니 사람들이 요즘 말하듯 '아름답다'*고 생각하는 사람은 당신뿐일 거예요.
누가 꽃을 관리하게 하나요?
르메트르인가요?

아니요. 자격증을 가진 꽃 전문가 드바크예요.
저도 드바크에게 맡겨요. 근데, 가끔씩 라숌한테도 의뢰한다는 걸 털어놔야겠군요.
아! 부인이 몰래 라숌한테 맡긴단 말이죠? 그 사람한테 일러야겠네요.

아무튼, 라숌은 정말이지 너무 받아요. 비용이 과해요. 심하다니깐요!

그런데, 베르뒤랭 부인이 이제 막 매입한 주택이 전기로 불이 들어온다는 얘기 들으셨어요? 전기 기사인 밀데에게 직접 들은 얘기예요.
아무튼, 우리 시대 사람들은 완전 새로운 걸 추구한다니까요. 글쎄, 제가 아는 친구의 처제는 집에 전화를 다 놨다는군요!

오데트, 이제 전 가 봐야겠어요. 정말이지 자리를 떠야 해요. 당신 덕분에 제 처지가 참 멋지게 됐어요. 우리 남편보다 더 늦게 귀가하게 됐으니!

나도 귀가해야만 했다. 스완 부인은 마치 "문 닫습니다!"라고 말하듯, 하인들에게 차를 내오게 했다.
아, 정말 가는 거예요? 그럼, '굿 바이'!

어쨌든, 내 목표는 달성됐다. 질베르트가 집에 없을 때, 내가 그녀의 부모님을 뵈러 왔다는 사실을 알게 될 테니 말이다.

그해 1월 1일은 나에겐 특히 고통스러운 날이었다. 우리가 불행할 때는
기념일이나 생일이 되면 특히 더 고통스러워진다.

나의 경우엔, 질베르트가 1월 1일을 핑계 삼아
나에게 편지를 쓸 거란 말 못할 희망이 있었다.

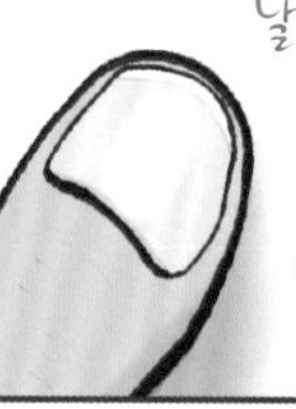
근데, 대체 무슨 일이야?
네가 보고 싶어 미칠 지경이야.
날 보러 와. 그래서 우리
서로 오해를 풀어.
솔직히 너를 보지 않고는
살 수가 없어.

내가 보기에, 이런 편지 문구는 있음 직한 문구였다. 어쩌면 아닐 수도 있었다. 하지만 우리가 그렇게 믿기 위해선,
우리 자신의 욕망과 욕구만으로 충분했다.

우리가 사랑을 할 때 사랑은 사랑하는 사람을 향해 뻗어 나가고, 사랑하는 사람에게서 멈추고, 그렇게 사랑은
출발점으로 되돌아온다. 바로 이같은 되돌아온 충격은 우리는 상대방의 감정이라고 부르고, 또 그 충격이
우리 자신에게서 뻗어 나간 것이란 사실을 인식하지 못하기에 처음보다 우리를 더욱 매혹시킨다.

1월 1일은 질베르트의 편지가 도착하지 않는 가운데
매 순간 지나갔다. 그 이후의 나날 동안 나는 꽤나 울었다.

당장이라도 질베르트에게 편지를 쓰고, 그녀에게 달려가서
내 마음을 털어놓고 싶었던 것이 한두 번이 아니었다.

잘 지내. 나는 결심했어. 앞으로 내가 밟을
절차는 결정적인 것이야. 너를 마지막으로
보는 거야. 그리고 더 이상 너를
사랑하지 않을 거야!

하지만 무슨 소용인가?

내가 질베르트에게 말을 건들, 그녀는
내 말을 듣지 않을 테니 말이다.

단어들 속에 담긴 진실은 직접적으로 길을 내지도 못하고,
반박 못 할 증거를 갖추지도 못했다. 그저 충분한 시간이
흘러야만 한다.

숭배자들이 큰 목소리로 낭독하는 걸작은 그 자체로
뛰어나단 증거를 보여주는 듯하고, 또 걸작은 낭독을 듣는
사람들에게는 그저 건전하지 못하거나 통속적인 이미지만을
제공했다가 훗날 듣는 사람들로부터 걸작으로 취급되기도
하지만, 작가가 그런 사실을 알기엔 너무 늦다.

마찬가지로, 사랑에서도 절망에 빠진 누군가가
바깥에서 장벽을 무너뜨릴 수는 없는 법이다.

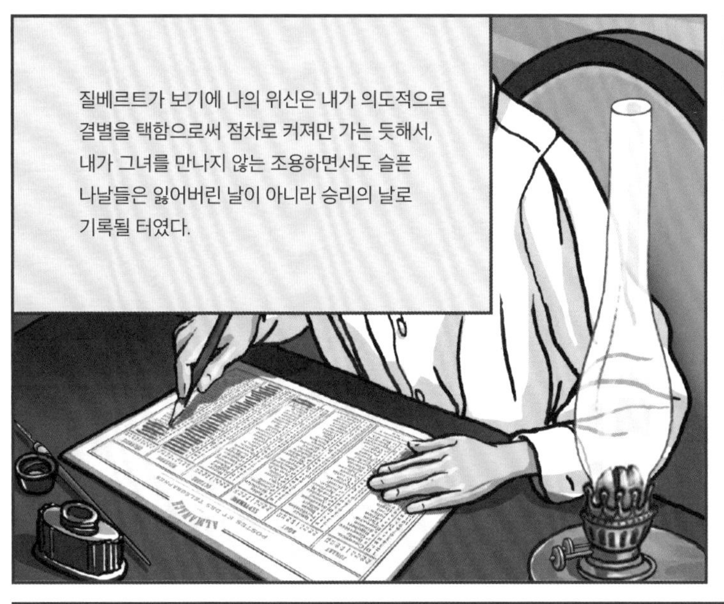
질베르트가 보기에 나의 위신은 내가 의도적으로 결별을 택함으로써 점차로 커져만 가는 듯해서, 내가 그녀를 만나지 않는 조용하면서도 슬픈 나날들은 잃어버린 날이 아니라 승리의 날로 기록될 터였다.

어쩌면 쓸데없이 승리한 나날들이라고도 할 수 있는데, 왜냐하면 머잖아 질베르트로부터 헤어날 테니 말이다.

다만 이같은 해결책이 가져올 결과를 기다리지 않고, 금세 익숙해져, 그 해결책을 거두게 되는 경우가 적지 않다. 그리고…,

어느 날, 스완 부인이 질베르트가 나를 만나면 기뻐할 거란 그 습관 같은 말을 들었을 때, 이미 오래전부터 내 손에 쥔 것이나 진배없는 행복감을 나 스스로 박탈해 왔건만, 그 행복을 여전히 맛볼 수 있으리란 걸 알고 속이 뒤집혔다. 나는 그다음 날까지 기다릴 수 없었다.

나는 저녁 식사 전에 질베르트를 깜짝 방문하기로 작정했다.

내가 구상했던 계획 덕분에 나는 하루 종일 견딜 수 있었다. 그 계획은 질베르트와 화해하는 그 순간부터 그녀를 연인으로 대하겠다는 거였다.

그녀는 매일, 내가 보내는 값진 꽃을 받을 터였다.

우리 부모님은 내가 비싼 것을 살 수 있을 정도로 넉넉히 돈을 주지 않았다.

그래서, 나는 레오니 이모에게 물려받은 커다란 중국제 골동품 도자기를 떠올렸다.

질베르트를 기쁘게 해 줄 요량으로 그 도자기를 파는 게 과연 현명한 일이었을까? 그 도자기를 팔면 천 프랑은 생길 것 같았다.
나는 스완네 집으로 가기 전에 도자기를 집어 들고서, 마부한테 그 집 주소를 가르쳐 줬다.

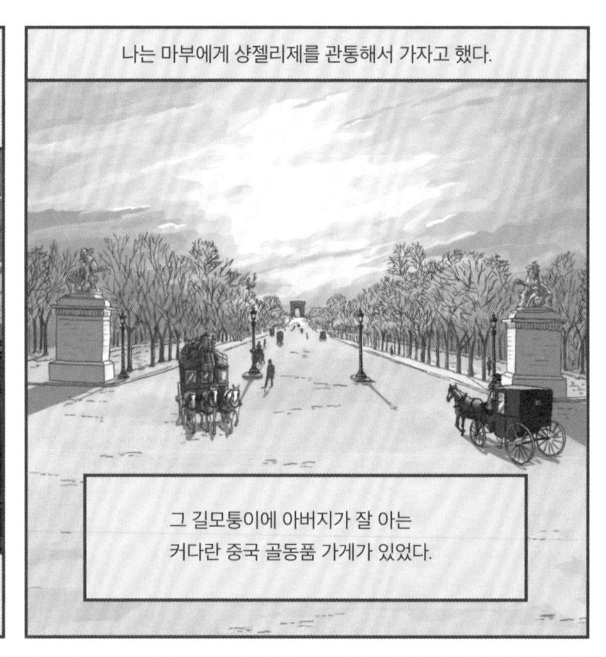
나는 마부에게 샹젤리제를 관통해서 가자고 했다.
그 길모퉁이에 아버지가 잘 아는 커다란 중국 골동품 가게가 있었다.

너무나 놀랍게도 가게 주인은 그 도자기 값으로 천 프랑을 주는 게 아니라,
만 프랑을 줬다.

나는 기쁜 마음으로 지폐를 움켜쥐었다.

이 돈이면 일 년 내내 질베르트한테 장미와 백합을 선사할 수 있을 터였다.

!?!

어둠이 내릴 무렵 스완네 집에서 아주 가까운 곳을 지나치는데
질베르트를 본 듯했다.

그녀는 내가 얼굴을 분간하기 힘든 어떤 젊은이 곁에서 걷고 있었다.

저런! 질베르트가 안타까워하겠어요.
어찌 그 아이가 집에 없는지 모르겠네요.
질베르트가 수업 중에 너무나 덥다며,
자기 친구와 바람 좀 쐬고 오겠다고 했어요.

질베르트를 샹젤리제에서 본 것 같아요.
질베르트가 아닐 것 같은데요.
어쨌든, 아이 아버지한텐 말하지 마요. 아이가 이 시각에 외출하는 걸 좋아하지 않거든요.
'굿 이브닝.'

나는 발길을 돌렸다. 하지만
두 산책자를 찾을 수 없었다.

대체 두 사람은 어디 있었단 말인가? 이 저녁에
그렇게 다정하게 무슨 말을 주고받는단 말인가?

나는 내가 다신 만나지 않기로 작정한
질베르트르에게 소소한 기쁨을 줬을,
뜻밖의 만 프랑을 두 손에 움켜쥔 채
절망에 잠겨 집으로 돌아왔다.

만일 내가 마차를 멈춰 세우지만 않았더라면, 또 마차가 샹젤리제를 관통해서 가지만
않았더라면, 질베르트와 그 낯선 젊은이를 보지 않았을 텐데.

이렇듯, 동일한 사건은 서로 상반되는 방향으로
뻗은 가지를 가지고 있어서, 불행의 가지가
행복의 가지를 덮어 버리는 경우가 생겨난다.

나에게 자주 발생하곤 하는 일과 상반된 일이 벌어진 것이다. 즉, 기쁨을 욕망했는데,
욕망을 충족할 물리적 방도가 존재하질 않는 경우 말이다.

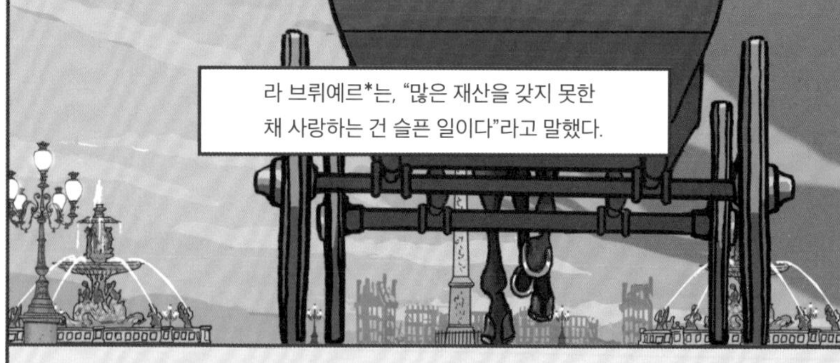
라 브뤼예르*는, "많은 재산을 갖지 못한
채 사랑하는 건 슬픈 일이다"라고 말했다.

이와는 반대로, 나에겐 물질적 방도는 마련돼 있지만, 동시에 기쁨은 잃어버렸다.

나는 만 프랑을 손에 꼭 쥐었다. 하지만 그건 아무 쓸모도 없었다.

나는 그 돈을 매일 질베르트에게 꽃을 사서
보낸다고 가정했을 때보다도 더 빨리 써 버렸다.

그날 저녁 나는 너무나 심란해서
집에 머물 수 없었다.

나는 내가 사랑하지도 않는 여자들에게 가서 그들 품에 안겨 울었다.

하지만 나는 과거의 죽음에서 멀리 떨어져 있었다.
난 증오해 마지않는 바로 그 과거를 언제나 사랑했다.

나는 많은 사람들이 나를 반갑게
맞이하고 싶어 하는 바로 그 욕망에
화가 치밀어, 꼼짝하지 않았다.

우리 집에서는 내가 아버지를 따라 공식 만찬에
참석하지 않아 야단이 났었다.

그 만찬에는 봉탕 부부와
그 조카딸인 알베르틴이
참석하기로 되어 있었다.

우리네 삶의 다양한 시기는 서로 얽히고설켜 있다. 우리는 지금은 사랑하지만 언젠가는 무덤덤해질 사람 때문에,
오늘은 무덤덤하지만 내일은 사랑하게 될 사람을 거만하게 내친다. 행여 그 사람을 만나기로 했더라면 더 빨리
사랑에 빠졌을지 모르고, 하여 그렇게 다른 사람으로 대체함으로써 지금의 고통을 실로 단축했을지도 모를 텐데 말이다.*

하지만 내 안에서 거듭되는 고통이 결국 사라져 버리긴 했지만,
나는 스완 부인을 거의 만나러 가지 않았다.

무엇보다도 사랑하지만 버림받은 사람에게서는
기다림의 감정이 저절로 변모하여, 겉으로는
그대로지만, 첫번째 상태에 이어 정확히 반대되는
두번째 상태가 이어진다.

첫번째 상태란 우리를 송두리째 뒤엎어 버린 고통스러운 사건의 후속이자 그림자였다.

앞으로 어떤 일이 벌어질지 기다리는 데엔 두려움이 서려 있다.

이는 특히 우리가 사랑하는 여인이 아무런 행동도 취하지 않으면, 그 순간 우리는 직접 행동하길
원하기 때문이고, 어쩌면 이후론 여타의 절차를 더 이상 밟지 못할 수도 있는 바로 그 행동이 과연
성공할는지 정녕 알 수 없기 때문에, 더더욱 그러하다.

하지만 우리가 의식하지 못하는 사이, 지속되는 우리의
기다림은 앞서 보았듯이, 우리가 겪은 과거의 기억이 아니라
상상의 미래에 대한 희망으로 결정된다.

그때부터 우리의 기다림은 거의 즐거움이 된다.

우리가 사랑하는 여인을 좀 더 소유하려면, 우리가 소유하지 못한 것이 필요할 따름이고,
어쨌든 그것은 우리의 만족감에서 태어나는 우리의 욕구이기에 그 어떤 것으로도 바꿀 수 없다.

마지막으로, 이런 이유말고도 내가 스완 부인을 완전히 보지 않게 만든 또 다른 이유가 있었다.
그것은 바로 내가 질베르트를 잊었기 때문이 아니라, 조금이라도 더 빨리 그녀를 잊으려 했기 때문이다.

나는 그것이야말로 사랑의 감정을 죽이는 유일한 방법이란 걸 깨달았다. 그런 방법을 감행하기에 나는 아직 젊고, 용기도 있었다.

질베르트에게 보내는 편지에서, 내가 그녀를 만나지 않겠다고 둘러댔던 이유는 그녀와 나 사이에 있었던, 완전히 지어낸 일이자, 애초에 질베르트가 나에게 물어봐 줬으면 했던, 알 수 없는 오해에 대한 암시였다.

질베르트는 그 오해에 대해 궁금해하지도 알려고도 하지 않았던 반면에, 나는 마치 그 오해가 실제인 양, 편지를 쓸 때마다 들먹였다.

질베르트가 내게 답하도록

우리의 마음이 갈라선 이후로

편지를 계속해서 쓰다 보니,

하지만 아직은 우리의 마음이 갈라지지는 않았지.
우리 서로 오해를 풀자.

난 결국 우리의 마음이 갈라졌다고 여기게 되었다.
뒤이어, 질베르트는 나의 관점을 채택했다.

내가 매번 질베르트에게 편지를 쓸 때마다

설사 삶이 우리를 갈라놓더라도, 우리가 서로를 알아가던 그때의 기억은 영원할 거야.

그녀는 빠짐없이 답장했다.

삶이 우리를 갈라놨어. 그렇지만 삶이 언제고
우리에게 소중할 행복했던 시간을 잊게 하지는 못하겠지.

나는 고통이 너무 심하지는 않았다.

한편, 내가 그녀를 만나지 않겠다고 결심할 때마다 고통은 점점 더 약해졌다.

그리고 그녀가 나에게 덜 소중한 존재가 되자, 내가 피렌체며 베네치아를 떠올릴 때 느꼈던 기쁨을 파괴할 만큼 힘을 발휘하지 못했다.

그 순간 나는 외교관이 되지 않기로 했던 것과,
이젠 거의 잊어버린 젊은 아가씨의 곁을 떠나지 않으려고
실내에 처박혀 일하는 삶을 선택했던 걸 후회했다.

EXPRESS EUROPEENS

우리는 어떤 존재를 위해 삶을 구축한다. 그리고 우리가 마침내 그 사람을 받아들일 수 있을 때, 문제의 그 존재는 우리 곁에 오지 않고, 죽어 버리기도 한다.
그러면 우리는 그 존재만을 위해 운명 지어진 죄수가 되고 만다.

봄이 얼음의 성인들과 성주간(聖週間)*의 진눈깨비를 몰고와 다시금 추위가 닥쳤을 때, 스완 부인은 자기 집이 춥다면서 추위에 떠는 손과 어깨를 담비 털로 된 하얗고 눈부신 숄과 크고 납작한 토시 속에 감춘 채, 나를 종종 맞이하곤 했다. 그녀는 외출하고 돌아와서도 그 망토를 벗지 않고 있었는데, 난로의 열기와 따뜻한 계절의 행진에도 녹지 않고 버티는 겨울의 마지막 남은 자그마한 눈밭처럼 보였다.

춥지만 이미 꽃이 만발한 이 성주간의 모든 진실은 내가 이내 발길을 끊게 될 이 살롱에서 그보다 향기 짙은 다른 순백색에 의해 암시되고 있었다.

예컨대, 벌거벗은 높은 줄기 끄트머리에 갈라진 채 피었지만 한데 뭉친 공을 매단 채, 수태를 알리는 천사들마냥 하얗고 레몬 향기가 감도는 '눈덩이들'이 그러했다.

왜냐하면 탕송빌의 성주 부인은 비록 추운 사월이라도 꽃이 없는 건 아니란 사실을 알고 있었기 때문이다.

내가 시골의 정취를 느끼려면, 스완 부인이 들고 있던 눈이 녹지 않은 듯한 토시 곁에, 이름을 알 수 없는 다른 종자의 꽃받침에서 풍기는 진하고도 톡 쏘는 향기의 '눈덩이'면 족했는데, 그 꽃은 콩브레에서 산책하는 동안 수차례 나의 걸음을 멈춰 서게 했으며, 탕송빌의 나지막한 비탈길만큼이나 스완 부인의 살롱을 순결하게 유지하고, 이파리 하나 없이도 순수하게 꽃을 피워내고, 또한 짙은 향기 가득하게 했다.

하지만 탕송빌의 비탈길이 떠오른다는 말은 아직 과한 표현이었다. 그 기억은 아직 조금은 남아 있는 질베르트에 대한 내 사랑을 부추길 위험이 있으니 말이다.

비록 스완 부인을 만나러 가면 더 이상 고통을 느끼지 못했지만, 나는 방문 횟수를 줄이고,
아예 방문하지 않으려 애썼다. 기껏 그녀와 이따금씩 산책 나가는 정도였다.

마침내 봄기운이 감돌며 날씨가 따뜻해졌다. 나는 스완 부인이 점심 식사 전에, 한 시간가량 에투알 개선문 근방의 뒤 부아로를 거닐 거란
사실을 알고 있었기에, 일요일에 느지막이 점심 식사를 하겠다고 부모님께 허락을 받고는 미리 산책하러 길을 나서곤 했다.

나는 대로 초입에서, 스완 부인네서 오는 데 불과
몇 미터인 골목의 모퉁이 쪽을 계속 주시했다.

그때 갑자기, 모래 깔린 오솔길 위로,
마치 정오에만 피는 꽃처럼 뒤늦게,
나른하면서도 화려한 자태를 뽐내며

스완 부인이 모습을 드러냈다. 그녀는 주변에서 단연 돋보였고,
매번 다른 차림새였지만, 내가 기억하기론 주로 보라색이었다.

일련의 사람들이 부인을 에워쌌다. 스완 씨를 위시하여,
그녀를 만나려고 아침나절 집으로 찾아왔다거나 전에
그녀가 우연히 마주친 클럽 회원 네다섯 명 등이었다.

'굿 모닝.'

스완 부인은 걸어가며 주변의 호기심을 충족시켜 주는
듯했다. 마치 의전의 규칙을 우아하게 어기는 것처럼 말이다.

스완 씨는 예전이라면 무관심으로
일관했겠지만, 바로 그 포부르 생제르맹에서
익힌 대로, 우아한 미소를 띠고 초록색 가죽으로
안감을 덧댄 모자를 들어 올리곤 했다.

그는 바로 그 우아한 미소를(오데트가 지녔던
편견에 어느 정도 물들은 듯했는데) 머금으며
성가시더라도 허술하게 차려입은 이들에게
일일이 인사하고, 또 자기 아내가 모든 이들을
알고 있다는 사실에 뿌듯함을 드러냈다.

아니, 또? 저런! 도대체
오데트는 어디서 이 사람들을
모두 알게 됐단 말인가!

그러면 이젠 끝났어요?
더 이상 질베르트를 안 볼 건가요?
그래도 나는 예외라서 다행이에요. 그대가 날 완전히
'저버린'* 건 아니니까요. 그대를 만나는 게 좋아요.
또 그대가 내 딸한테 좋은 영향을 끼치는 것도 좋았고요.
질베르트도 꽤나 후회할 거란 생각이 듭니다.
근데, 그대한테 내가 이러쿵저러쿵하고 싶지는 않아요.
그러면 나조차도 안 보고 싶어 할 테니까요.

오데트, 사강이 당신한테 인사를 하는구려.

사실 사강 왕자는 '여성'이라면 누구에게나 기꺼이 경의를 표했는데 대귀족의 기사도 정신을 될 수 있는 대로 과장하여 요란하게 연극을 하듯 오데트에게 인사했다.

비록 그 여성이 모친이나 누이가 어울리지 못할 여성일지라도 말이다.

한편, 스완 부인은 때늦게 말을 타고 도착한 남성들에게도 매 순간 인사를 받았다.

우리네 삶의 평균 지속 기간은 마음속 괴로움보다는 시적 감각을 기억할 때 훨씬 길어지므로

내가 질베르트 때문에 느꼈던 상심은 아주 오래전에 사라져 버렸다.

그리고 마치 등나무 아치 아래 드리운 그림자처럼

스완 부인의 양산 아래서 환담을 나누는 기쁨은 상심의 순간보다 오래 지속되었다.

고장의 이름: 고장

그로부터 이 년 후, 할머니와 함께 발벡으로 떠날 무렵 나는 질베르트를 거의 잊어버릴 수 있었다.

서둘러야겠어요! 이러다간
한시 이십이분 기차 놓치겠어요!
CHEMINS

CHEMINS DE FER DE L'OUEST

난 그때서야 비로소 엄마가 나 없이도 살 수 있고,
나를 위해 헌신하는 삶이 아닌 다른 삶을 살 수도 있다는
사실을 처음으로 깨달았다.

얼굴이 왜 그렇지? 발벡 성당을 보러 가면서
그러면 어떡해! 지금 그런 모습이 러스킨◈이
얘기하는 행복한 여행자의 모습은 아닐 테지?

CHEMINS DE FER DE

엄마가 함께 가지는 않지만 엄만 항상 네 곁에 있어요.
내일이면 벌써 엄마 편지를 받을 텐데!

NON FUMEURS
얘야, 난 널 볼 때마다 늘 세비녜 부인◈을 떠올린단다. 네가 매일 편지를 할 테니 우린 항상 같이 있는 거나 마찬가지지.

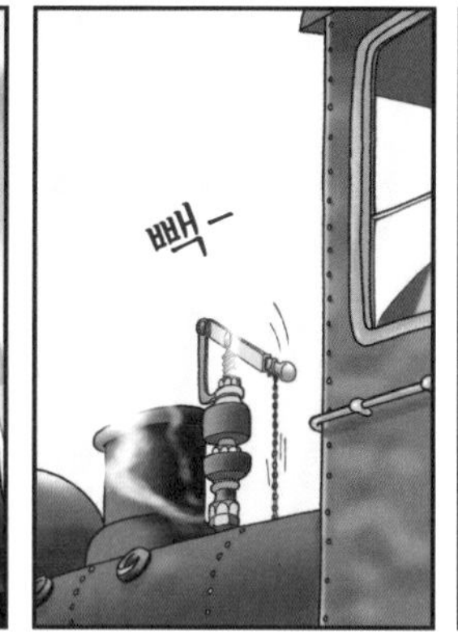

빽-

의사는 내가 여행 중에 겪을지도 모르는 천식 발작에 대비해서 기차가 떠날 때 맥주나 코냑을 상당량 마셔 둘 것을 권고했다. '취기' 상태가 되면 신경이 무뎌지리라는 배려에서였다.

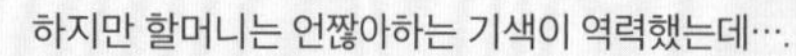

하지만 할머니는 언짢아하는 기색이 역력했는데….

할머니도 의사가 뭐라고 했는지 아시면서 그러세요?
알겠구나, 가서 맥주든 뭐든 마시고 오려무나. 그 편이 더 낫다면 말이다.

? ?

!

네가 잠 좀 자야 할 것 같구나.

MARQUISE de SÉVIGNÉ
Lettres
잠이 금세 안 오면 이 책 좀 읽어 보렴.*

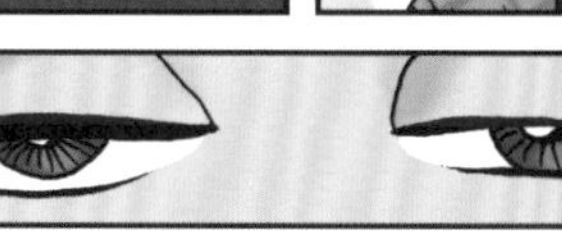

블라인드를 쳐다보고 있자니
황홀한 느낌이 들었다.

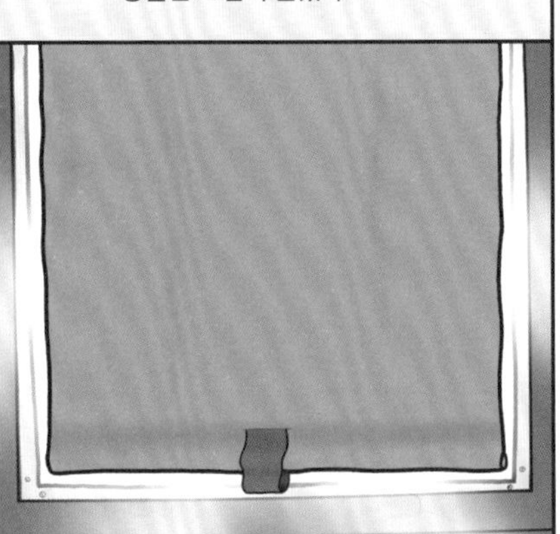

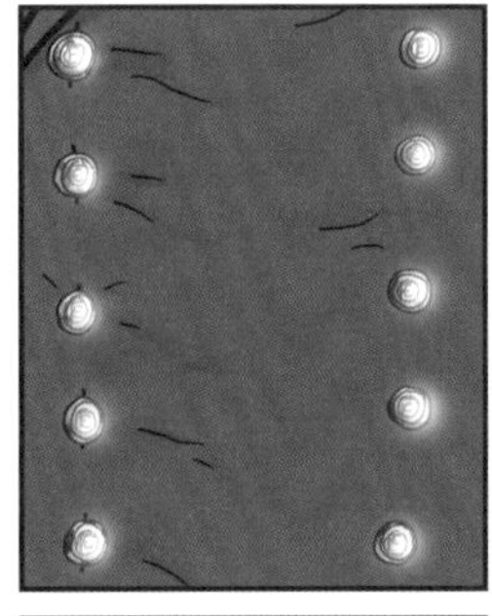

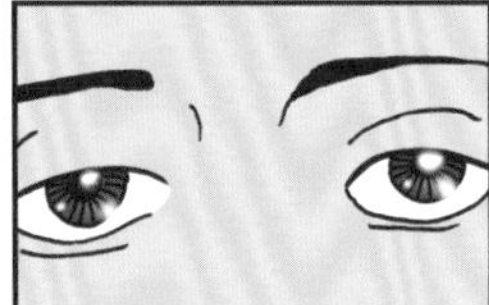

하지만
블라인드를
보면서 느낀
감정이나,
저절로 입이
반쯤 벌어지는
기분 좋은
상태는 점차로
사라져 버렸다.
술이 깨기
시작한 것이다.

나는 조금씩
거동도 해보고,
책을 펼쳐
읽기도 했다.

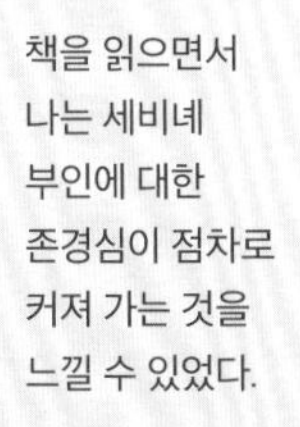

책을 읽으면서
나는 세비녜
부인에 대한
존경심이 점차로
커져 가는 것을
느낄 수 있었다.

세비녜 부인은 발벡에서 내가 만나 보려고 작정한
화가 엘스티르*와 같은 가문 출신의 대작가이다.

게다가 엘스티르와 마찬가지로 세비녜 부인은
현실을 인과율에 따라 설명하지 않고 우리가
현실을 지각하는 순서에 따라 보여주는 작가이다.

할머니는 우리가 발벡으로 떠나는 마당에 그저 '바보같이' 곧장 발벡으로 직행하는 것을
원치 않으셨기 때문에, 가는 도중에 있는 할머니 친구분 댁에서 꼬박 하루를 보내고
가기로 정하셨다. 그 댁에 도착한 날 저녁 나는 폐를 끼치고 싶지도 않았지만,

다음날 환할 때 발벡 성당을 구경하고 싶어서 혼자 길을 나섰다.

철컹 철컹
철컹
철컹 철컹
철컹
철컹 철컹
철컹

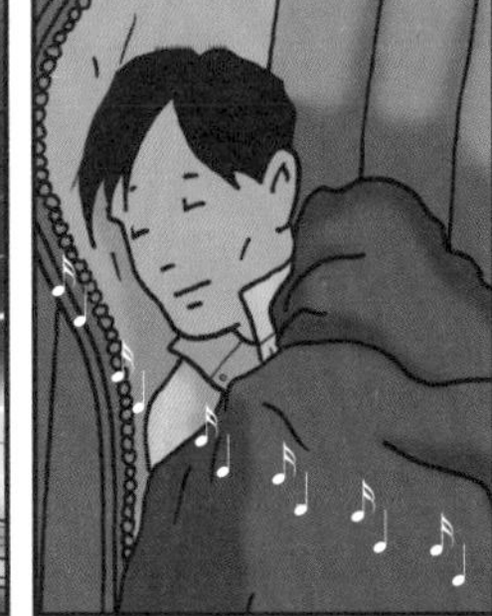

해가 뜨는 광경은 긴 기차 여행을 하는 사람에게는 이를테면 삶은 계란이나 화보 가득한 신문, 카드놀이,
혹은 작은 배들이 출렁이는 강의 풍경 들처럼 여행의 좋은 반려자이다.

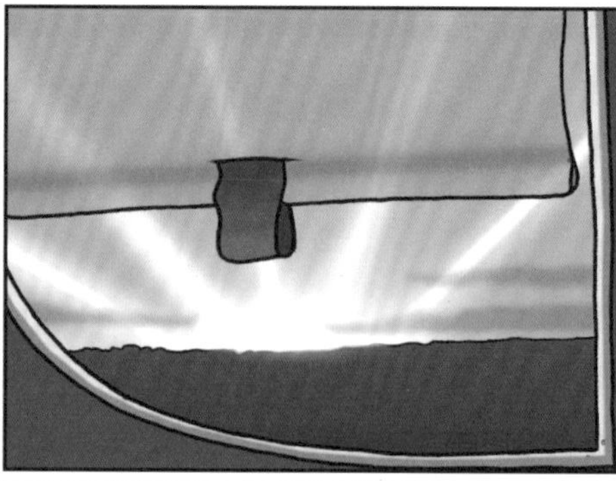

기차가 작은 역 앞에 멈춰 섰다. 역이 위치한 협곡에는
오로지 허름한 역사(驛舍) 한 채가 보이는 것의 전부였다.

사람은 자기가 태어나고 자라난 바로 그 토양의 산물이라고 할 수 있다.
그래서 우리는 사람을 볼 때 그 사람만의 독특한 매력을 느끼는데, 나에게는
그때 역사에서 나오던 그 키 큰 여인이야말로 그 고장의 산물인 듯이 보였다.

그런 산골에서 살자면 우리처럼
기차 타고 지나는 사람들말고는
달리 사람 구경을 할 수 없었을 터이다.

나는 우리가
이제까지와는
다른 새로운
아름다움이나
행복을 맛볼 때
우리의 가슴속에
일곤 하는 그 삶의
욕망을 그 여인을
봤을 때 느꼈다.

이봐요, 아가씨!

?

빽
칙칙칙칙

이제는 날이 밝았다. 여명은 사라졌다.

몇몇 도시 이름들, 예컨대 '베즐레'나 '샤르트르' '부르주' '보베' 같은 도시는 그 자체로 성당을 가리키는 말로 쓰인다.*
하지만 내가 거의 페르시아풍의 발벡이란 이름을 발견한 것은 뜻밖에도 성당이 보이는 곳이 아닌 어느 기차역에서였다.

BALBEC
Buffet
발벡에 대해서는 내가 좀 아는 편이지!
발벡 성당은 12, 13세기에 지어진 성당인데,
절반은 로마네스크 양식으로 되어 있지.
내가 알기론 아마도 발벡 성당이야말로 노르망디
지방의 고딕 양식으로는 가장 흥미로운 사례일 거야.
아주 독특하거든! 페르시아식 건축이라고나 할까.

나는 어서 빨리 성당과 바다를 보고 싶어서
사람들에게 바닷가가 어디냐고 물었지만,
사람들은 내 말을 못 알아듣는 표정이었다.

바로 내 앞, 불과 몇 미터도 떨어지지 않은 곳에 서 있는 성당의 스테인드글라스에 그려져 있듯,
전설◈에 의하면 기적을 행하는 예수를 어부들이 건져낸 장소는 바로 그곳 바다에서였다.

성당 중앙 홀이며 종탑에 쓸 석재 또한 거센 파도가 이는 바로 그곳 바닷가 절벽에서 가져다 세웠다. 이런 사실을 알고 있는 나는 그래서 당연히 성당 스테인드글라스 발치 아래로 바다가 넘실거리고 있겠지 하고 생각했는데, 웬걸, 바다는 거기서 무려 이십 킬로미터나 떨어져 있는 발벡 해변에 가야 볼 수 있었다.

발벡 성당이 바로
여기란 말이지.
BILLARD
COMPTOIR D'ESCOMPTE

◈

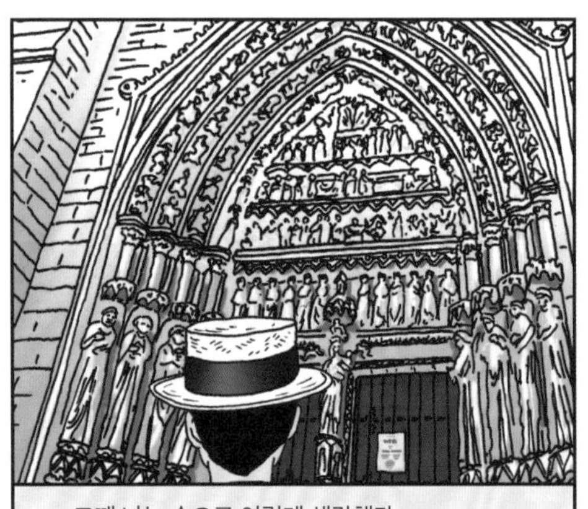

그때 나는 속으로 이렇게 생각했다.
'이제까지 내가 본 발벡 성당은 그저 사진으로만
보았을 따름이지. 그것도 고작 사도상(像)이나

성당 정문에 새겨져 있는 성모상이나
기껏해야 성당 유물을

본떠 만든 것들이 고작이었지.

하지만 지금 내 앞에 있는 것은 바로 진짜
성당이야. 조각상들도 물론 진짜고.
아니, 진짜 이상이라고도 할 수 있을 테지.'

BAL
Balbec

혹은, 그 이하였는지도 모를 일이었다. 나는 그 동안 머릿속에서
무수하게 그려 봤던 발벡 성당 조각상이 실제 크기의 조각상*으로
바뀌는 것에 놀라지 않을 수 없었다.

VOTEZ
COLBERT-LAPLACE

이를테면 세상에 하나뿐인 그 크기로 말이다.

그렇게 시간이 지나가고,
나는 할머니가 기다리고 계시는
역으로 다시 돌아가야만 했다.

발벡 성당은
시에나* 성당만큼이나
근사하지.

그래, 성당이
어떻던?
67302

나는 실망감을 할머니한테
털어놓고 싶질 않았다.

우리가 탄 협궤 열차는 발벡 해변에 닿을 때까지 고만고만한 작은 역들을 모두 거쳐 갔다.
나는 시골역을 드나드는 사람들을 그때 처음으로 보기 때문에, 단지 그 사람들의 외양만 접하는 셈이었다.
그들은 낯선 고장에 처음으로 발을 디디는 나를 그들만의 익숙함으로 밀어내었고, 나의 감수성을 야릇하게 자극했다.

INCARVILLE
MARCOUVILLE
DOVILLE
PONT-À-COULEUVRE
ARAMBOUVILLE
SAINT-MARS-LE-VIEUX
HERMONVILLE

하지만 이는 내가 발벡의 그랑토텔에 도착해서 느꼈던 실망감에 비하면 아무것도 아니었다.

숙박비가 어떻게 됩니까?
이 거대한 호텔에는 그리 큰돈을 쓰지 않으면서도 호텔 지배인에게 대접받는 부류의
사람들이 있었다. 단지 그러기 위해서는 하나의 조건이 있었는데…

그건 바로 돈을 아껴 쓰되,
돈이 없어서가 아니라
인색하기 때문이라는
생각을 지배인에게 심어
주면 그것으로 족했다.
돈에 인색하다는 것은 모든
사회계층에 걸쳐 나타나는
그렇고 그런 결함일 뿐,
그로 인해 사람의 품위가
손상되지는 않기 때문이다.
음, 영 편하질 않아요.
바로 파리로 돌아가야 할까 봐요.
나는 뭘 좀 사러
나가 봐야겠다.
편지 온 것
있습니까?
자, 이리로 절 따라오시지요.
호텔 지배인은 사람을 사회적 지위로만 보는 사람이었다. 그는 사람들의 사회적 지위에는 물론, 그것을 나타내는 표지들에 유난히 민감했다.

지배인은 항시 제 딴엔 고상하다고 여기는 표현을
썼지만, 실상 그가 쓰는 말은 형편없었다.
전 루마니아 독창성입니다.*

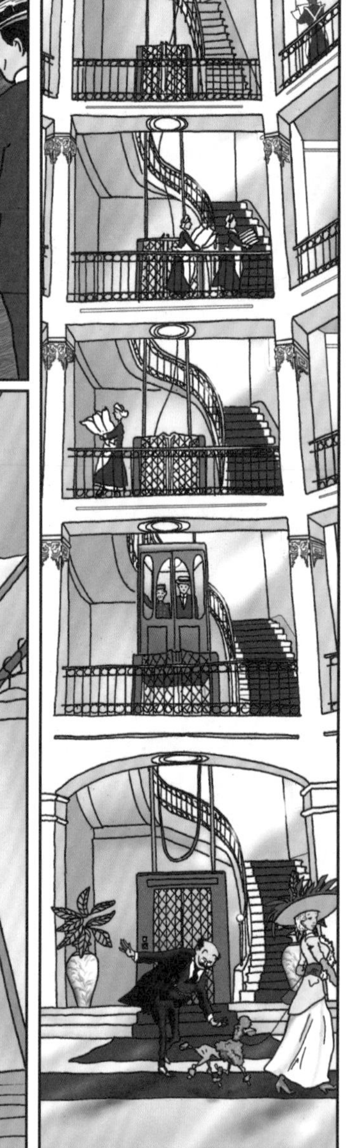

좀 어때?
이젠 괜찮지?

밤에 자다가 무슨 일이
있거든 벽을 두드리거라.
침대가 서로 붙어 있거든.
게다가 벽도 무척 얇고.*

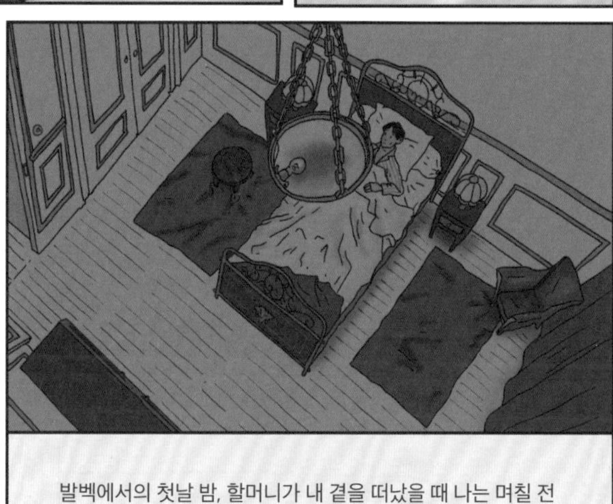
발벡에서의 첫날 밤, 할머니가 내 곁을 떠났을 때 나는 며칠 전
파리를 떠날 때 느껴야 했던 고통을 다시 겪어야만 했다.

하지만 다음날 아침,
똑 똑 똑

잘
주무셨어요?

나는 벌써 아침 먹을 생각,
산책 나갈 생각에 들떠
있었다. 창문 너머로,
또 호텔 방 서재 유리
위로 비칠 바다 풍경을
마치 선박 창문 너머로
내다보듯이 볼 수 있다는
생각에 잔뜩 들떠 있었다.

광활한 바다….

그후 매일 아침
내다보게 된 내 방 창문은
마치 달리는 마차에서
잠들었다가, 다음날
잠이 깼을 때 밤새
바깥 풍경이 어떻게
바뀌었을까 하고
내다보는 마차 창문처럼
느껴졌다. 차창 밖으로
보이는 산세(山勢)가
달라져 있듯,
바다가 만드는
파도들의 산(山)이
어떻게 달라졌는가
하고….

펄럭

호텔 지배인은 마치 고참병이 새로 전입한 졸병을 끌고 군수 담당 하사관에게 데리고 가 옷을 해 입히듯, 새내기 손님인 우리를 인솔하여 식당으로 데리고 갔다.

에메, 아래층에서 보니까 작은 놈이지만 물이 아주 좋아 보이는 생선이 있던데? 그것 좀 요리해서 내오구려. 다른 손님들 모르게 말이야.

알고 보니, 이 호텔에서 대단한 손님이십니다.

콩브레에서는 마을 사람 모두가 서로 잘 아는 처지이고, 또 그래서 서로에게 특별히 신경쓰지 않아도 되었다. 하지만 이곳 바닷가 휴양지에서는 옆 테이블에 앉아 있는 사람이 누구인지도 알 수가 없었다.

믿을 만한 사람한테 들은 얘긴데요, 저쪽 빼입은 젊은이의 부모가 저 젊은이 때문에 화병으로 죽었다는군요.

저야 별반 아는 바 없지만, 저 친구 바카라할 때 보니까 돈을 엄청 걸더군요.◈

그때 나는 아직 성숙하다고 할 수 있는 나이가 아니어서, 사람들 마음에 들고 또 사람들을 소유하고 싶은 강렬한 욕망을 억제할 수 없었다.
고상한 사교계 인사라면 절대 그럴 리 없겠지만, 그때 나는 호텔 식당에서 점심 식사하는 사람들이며 해변을 거니는 젊은 사람이나 아가씨들 모두에게 관심을 갖지 않을 수 없었다.

!
실례합니다.
!

죄송합니다만, 이 테이블이
스테르마리아 부녀분 자리인 걸 모르고
실수로 앉으시라 했습니다.

앞으로는 다신 이런 실수가
없도록 하시오….

칠 번 테이블로 모시도록!

?
시원한 바람 쏘이면
기분이 좀 나아질 거야.
딸깍

주위 사람들이 우리에게 쏟아붓는 질시의 눈총 때문에 나는 고립감과 슬픔을 느껴야 했지만,
할머니는 천상의 바람에 의해 보호라도 받는 듯, 마치 성녀 블랑딘*처럼 꼼짝도 하지 않으면서 웃음까지 띠고 앉아 계셨다.

그때 식당에 있던 손님들은, 갑작스런 바람 때문에 머리가 헝클어진 채 화난 표정으로 우릴 노려보는 뜨내기 여행객들도 있었지만, 대개는 발벡 근처의 내로라하는 지방 유지들이었다.

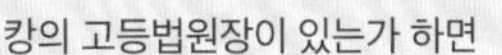

캉의 고등법원장이 있는가 하면

셰르부르의 변호사 협회장

르 망의 유명 공증인도 있었다.

이들 지방 유지들은 프랑스령(領)인 태평양의 어느 작은 섬에서 얼마 되지도 않는 원주민을 거느리며 스스로 왕이라고 자처하는 한 유색인 남자를 경멸적인 태도로 대했다.

그는 당시 어여쁜 정부와 함께 같은 호텔에 묵고 있었다.

왕비님 만세!
정말 못 봐 주겠군!
꼴불견이야. 저치들이 빨리 프랑스 땅을 떠나야지, 원 참.

글쎄, 왕비라고 하는 저 여잔 사실은 공장 직공이라고 하더군요.
제가 들었는데, 저치들이 오스탕드에선 정말 왕족들이 쓰는 탈의실을 썼다더군요!
그랬겠지요! 이십 프랑만 주면 빌릴 수 있으니까요!

그밖에도 이들은 돈 많은 어느 나이 든 귀족 부인을 두고 조롱거리로 삼았는데, 왜냐하면 그 부인에게는 언제나 여러 명의 수행원이 따라다녔기 때문이다.

후작부인, 부인께 합당치 않은 방을 준비해 놨사옵니다.

이 늙은 귀부인이 몸담고 있는 소우주는 이를테면 공증인 부인이나 고등법원장 부인이 그녀를 향해 퍼붓는 악의에 찬 질투 따위는 전혀 미치지 않는 영역임이 틀림없었다.

당시 나는 내가 그 사람 눈에 띄면
얼마나 좋을까 하고 생각하는 사람이
있었다. 그 사람은 바로 그 고장의
대귀족으로, 이마가 움푹하고, 편견과
거만함으로 똘똘 뭉쳐 있으며 줄곧 사람들의
시선을 피하는 사람이었다. 그 사람은
다름 아닌 르그랑댕의 매부였다.
그는 이따금씩 방문차 발벡에 오거나,
매주 일요일이면 자기 아내와 함께
근처 자기 영지에서 가든 파티를 벌여서
호텔을 텅 비게 만드는 장본인이기도 했다.
왜냐하면 일요일이면 가든 파티에 초대받은
호텔 손님들은 초대받았기 때문에,
또 초대받지 못한 사람들은
이를 다른 사람들이 눈치채지 못하게
멀리 소풍을 떠나기 때문이었다.

저 사람 좀
보세요. 모자를
벗어 드는군요!
음, 그래. 틀림없이
신분이 높은 사람일 게야!

후작 나리, 초대에 응해 주셔서
대단히 영광스럽습니다.
?

이런 부류의 사람들에게 받은 멸시 중에서
내가 가장 가슴 아팠던 것은 스테르마리아 씨에게서
받은 멸시였다. 왜냐하면 호텔에서 그의 딸을 본
첫 순간부터 그녀가 마음에 들었기 때문이다.

고귀한 엑기스로 빚어진 그녀의 피부는
그녀가 유전적으로 이어받은 남국의 과일,
유명한 포도주 향취를 풍기고 있었다.

그러던 어느 날,
호텔에서 할머니와
나의 위상이
우연한 계기로
급상승하게 된
일이 있었다.

빌파리지
후작부인이십니다.*

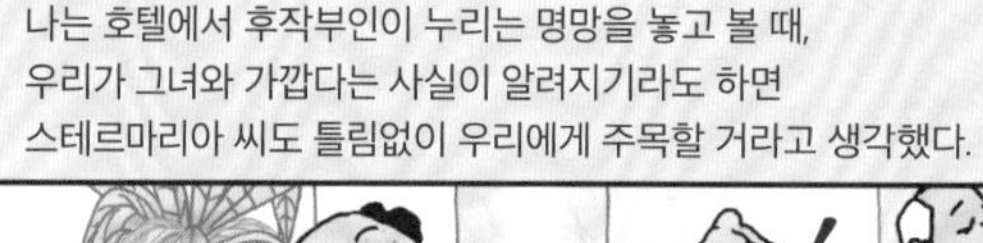

나는 호텔에서 후작부인이 누리는 명망을 놓고 볼 때,
우리가 그녀와 가깝다는 사실이 알려지기라도 하면
스테르마리아 씨도 틀림없이 우리에게 주목할 거라고 생각했다.

!

할머니와는 친구 사이인 빌파리지 후작부인이
귀족사회를 대표할 만한 인물이라는 점이 계산에 들어왔던 것은
아니다. 그러기엔 빌파리지란 이름이 나에겐 너무나 친숙했다.

이제 나는 신분상의 차이로 말미암아
나와 스테르마리아 양 사이를 갈라 놓고 있는
무한한 거리를 몇 초 내에 건너뛸 참이었다.

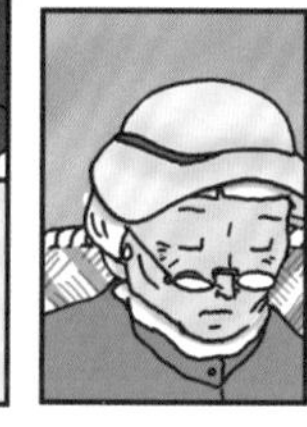

하지만 안타깝게도, 할머니는
여행 중에는 사교활동을
금해야 하며, 바닷가에 사람을
만나러 온 것은 아니라는
신념을 가지고 계셨다.

할머니는 넘실대는 파도를 바라보며 신선한 공기를 마셔야 할 귀중한 시간을 다른 일에 허비할 수는 없으며,
또 이런 생각을 당신뿐 아니라 누구라도 공유하리라 여기셨다. 그래서 할머니는 친구 사이이긴 하지만, 여행지에서 우연히 만나는 경우
서로 모른 척하는 편이 더 나으리란 생각 때문에 빌파리지 후작부인과 눈이 마주치는 순간 얼른 고개를 돌려 못 본 척했다.
빌파리지 후작부인도 할머니와 시선이 마주치는 순간 할머니의 이런 기색을 바로 눈치채곤 고개를 돌려 허공을 바라다보았다.

그날 저녁…
역시 캉브르메르 집안 파티답더군요. 그렇죠? 캉브르메르 부인은 정말 후작부인다워요. 남자 입장에서 보더라도 참 대단한 여자더군요.
그래요, 후작부인은 꾸밈도 전혀 없고 정말 매력적이에요. 그렇게 소탈할 수가 없어요.

에메, 스테르마리아 씨께서 보이질 않는데, 그분께 오늘 식당에서 저녁 함께 못 드시는 귀족분이 혼자만은 아니니까 섭섭해하시지 말라고 전해 주게나.

다음날 아침…
저희는 캉브르메르 집안과 가까운 사이라서 함께 모이게 됐었죠.

나는
여느 때처럼
스테르마리아 씨가
변호사 협회장과
이야기하는
틈을 타 그녀를
훔쳐보았다.

그녀의 동공 위로 스쳐 지나가는 뭇 남자의 시선…
그녀가 풍기는 감각적 매력에 어쩔 수 없이 빨려드는
뭇 남자의 그 부드러운 시선을 통해 그녀는 대번에
그녀 스스로의 가치를 알아볼 테고, 또 그 남자가
희극배우든 서커스의 광대든 간에 그런 식으로
그녀를 일깨울 수만 있다면 그녀는 언젠가는
자기 남편을 버리고 남자 품에 안기려고 달려갈 것이다.
비본강에 핀 흰 연꽃 색조를 연상시키는
그녀의 창백한 볼에 감도는 감각적이고도 살아 있는
홍조를 보면서, 나는 그녀가 브르타뉴 지방에서 지내는 동안
그녀에게서 배어나는 시적 분위기를 내가 탐한다 할지라도
크게 나무라지 않으리라는 생각을 했다.

하지만 나는 이내
스테르마리아 양에게서
눈길을 돌려야만
했는데, 왜냐하면
그녀의 아버지가
변호사 협회장과
하던 얘기를 멈추고
자리로 돌아와,
마치 방금 무슨 귀중한
물건이라도 습득한 듯이
손을 비비며
자기 딸 앞에
마주 앉았기 때문이다.

나는 호텔 식당에서 밥을 먹을 때마다 항상 겁이 나곤 했는데, 특히 호텔 주인(혹은 그가 호텔 총지배인인지도 모를 일이다)처럼 보이는 노인이나, 프랑스 방방곡곡에 흩어져 있는지도 모를 일고여덟 명의 호텔 공동 소유주들이 와서 며칠씩 묶을 때는 더더욱 겁을 먹었다.

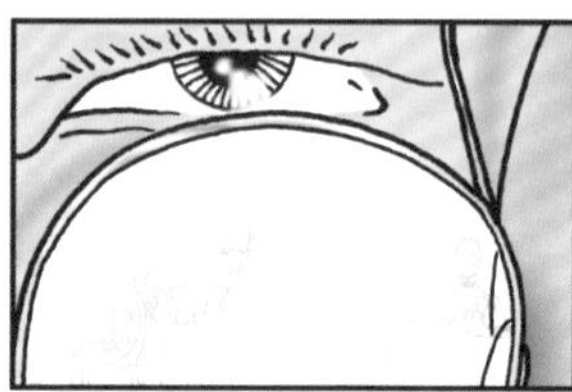

내가 식사 초반에 자리를 뜨거나 다시 돌아올 때마다 그는 나에게 인사를 했다.

하지만 그의 태도는 냉랭했는데, 그것이 점잖음의 표현인지, 내가 보잘것없는 손님이어서인지 나로선 알 도리가 없었다.

어쨌건 지위가 높은 사람일 경우에는 그의 태도가 좀 다르기는 했지만…

그는 스스로를 연출가나 오케스트라 지휘자, 아니면 총사령관 따위를 능가하는 인물로 여기고 있음이 틀림없었다.

식사 중에 내가 하는 손놀림 어느 하나도 그의 시선에서 벗어나는 일이 없다는 것을 느낄 수 있었다. 내가 수프를 먹고 났을 때쯤 그가 잠깐 자리를 비우기는 하지만, 식사하는 동안 내내 감시하는 그의 시선 때문에 나는 식욕을 완전히 잡치곤 했다. 반면에 그의 식욕은 왕성하기만 했다.

그가 여느 호텔 손님들처럼 자리에 앉아 점심을 먹는 동안,

호텔 지배인은 시종 그의 곁에 붙어서 시중을 들었다.

호텔 지배인은 끊임없이 그에게 아첨을 해댔는데, 그를 무척 두려워하는 기색이었다.

어르신께선 당연히 레지옹 도뇌르 사령관 채찍을 들고 계셔야겠지요.

'벨보이들'에 둘러싸인 호텔 수납계가 나한테 다음처럼 말했을 때…

그분께선 내일 아침 다시 디나르로 떠나십니다. 그러고선 비아리츠를 거쳐 칸으로 가시지요.

나는 안도의 한숨을 내쉬었다.

결국 우리가 빌파리지 후작부인과 아는 체를 하지 않을 수 없는 날이 찾아왔다.
어느 날 아침, 할머니와 후작부인이 바로 호텔 문간에서 마주쳤을 때 서로 인사를 나눌 수밖에 없는 상황이 벌어졌기 때문이다.

그후 후작부인은 식당에서 우리와 마주칠 때마다 우리 자리로 기꺼이 찾아와 잠시나마 담소를 나누고는 자리로 돌아가곤 했다.

후작부인께서 기가 막힌 과일을 가져다 주셨습니다.
저도 손님들처럼 후식으론 과일에 경솔하지요.
할머니도 호텔에서 내오는 과일이 그렇게 좋지는 않았던 만큼, 자기 친구인 후작부인이 외부로부터 배달시킨 과일을 달가워하는 표정이었다.

이럴 때 세비녜 부인은 뭐라 했을까 궁금하네. 갑자기 맛없는 과일이 먹고 싶은 변덕이 일면, 파리로부터 배달시켜 먹어야 한다고 했을까.

그래 맞아, 자넨 언제나 세비녜 부인 책을 끼고 살았지. 이제 와서 실토하네만, 내가 호텔에서 자네를 처음 본 날도 자넨 세비녜 부인 책을 읽고 있더군. 한데, 세비녜 부인이 끊임없이 자기 딸 걱정하는 건 어딘가 좀 이상하다고 생각지 않는가? 자기 딸 얘기를 너무 자주 하거든. 뭔가 부자연스러운 느낌이 든다네.
할머니는 토론할 의사가 전혀 없었다.

저녁이면 불을 환히 밝힌 호텔 식당으로부터 사방으로 빛이 퍼져 나갔다.

그때 호텔 식당은 하나의 거대한
수족관으로 변모하는 동시에,
바깥의 어둠에 파묻힌 채 발벡 공장
노동자며 어부며 근처에 사는 서민들의
무리가 앞다투어 수족관 유리에
얼굴을 부벼대며 호텔 내부를 구경하는
진풍경이 벌어지곤 했다.

감미로운 황금 물결 위로 부유(浮遊)하는 호텔 손님들의 호사스러운 몸짓은 가난한 그들에게는 마치
신기한 물고기나 연체동물을 보는 듯이 별천지를 연출하고 있었다.

하지만 이런 진풍경 뒤에는 커다란 사회적 문제가 숨어 있었다. 그 문제는 다름 아니라, 이 거대한 수족관의 유리가 그 속에서 유유히 떠다니며 잔치를 벌이는 신기한 바다 생물들을 바깥 세상으로부터 언제까지 보호해 줄 것인지, 지금은 구경꾼들이 어둠에 묻혀서 호기심을 가지고 바라보고만 있지만 이들이 언제 수족관을 덮쳐서 그 안의 물고기들을 잡아먹을는지 알 수 없다는 점이었다.

어둠에 묻힌 채 넋을 놓고 구경하는 사람들 중에는 아마도 '인간 어류학'에 능통한 문필가도 끼어 있을 수 있을 터인데,
그렇다면 그는 음식물을 삼키는 여느 늙은 암컷 물고기의 주둥이를 관찰하면서 이를 종(種)에 따라,
혹은 선천적 성질에 따라 분류하고픈 욕망을 억누르지 못할 것이다. 아니면 후천적 성질에 따라 분류할는지도 모르는데,
왜냐하면 그는 이제 막 샐러드를 입에 처넣는 세르비아 출신의 늙은 부인을 발견하고는
이 여자는 바다 물고기 주둥이를 하긴 했지만 라로슈푸코 집안 사람으로,
어려서부터 포부르 생제르맹이란 민물에서 성장한 물고기란 사실을 간파할 것이기 때문이다.*

며칠 전부터 수행원들을 요란하게 거느리고 발벡 해변을 거니는 붉은 머리의 아리따운 귀부인이 눈에 띄었다. 키가 크고 코가 유난히 높은 그녀는 다름 아닌 뤽상부르 대공부인이었는데, 그녀는 며칠 예정으로 이 고장에서 휴가를 보내고 있는 중이었다.

어머나, 별꼴이야!
저 여자 좀 봐요!

뤽상부르 대공부인은 매일 오전 거의 같은 시각에 발벡 해변을 거닐었는데, 그 시각은 오히려 대개의 사람들이 이른 해수욕을 마치고 점심을 먹으러 해변을 떠나는 때였다. 우리와 처음으로 인사를 나누게 된 뤽상부르 대공부인은 우리가 거리감을 느끼지 않도록 자기가 지체 높은 신분임을 과시하지 않으려고 의식적으로 신경을 썼음에도 불구하고 여의치 않았는데…

그 까닭은, 대공부인이 우리와 인사를 나누면서 반갑다는 표정으로 할머니와 나에게 손을 내밀었을 때,

우리는 마치 파리의 동물원에서처럼, 울타리에 갇혀 철책 너머로 고개를 내민 두 마리 짐승을 구경꾼이 쓰다듬어 주고 있는 듯한 심정이 들었기 때문이다.

이거 할머니 갖다 드리세요.

이것 좀 먹어 보고, 할머니께도 좀 드셔 보시라고 하세요.

대공부인은 내가 처음으로 만나 본 대귀족이었다.

갑자기 내 몸이
불덩이같이
끓어올라
앓아누웠던
어느 날, 왕진 왔던
의사는 내가
하루 종일 바닷가에
머물러 있으면
안 된다는 말을
했는데…

의사의 처방전을 들여다보던
할머니는 겉으로는 처방전에
적혀 있는 내용을 존중하는 듯이
보였지만, 사실은 거기에 따를 생각이
전혀 없다는 것을 나는 대번에
눈치챌 수 있었다. 반면에 할머니는
의사가 권한 섭생 원칙은
받아들이기로 하시어, 얼마 전부터
빌파리지 부인이 함께
마차를 타고 근처로 소풍을
나가자는 제안을 받아들이셨다.

빌파리지 부인은 마차를 아침 일찍부터 준비시키곤 했는데, 왜냐하면 마차가 속도가 느린 점을 감안할 때
우리가 생마르스르베튀나 케톨므처럼 먼 곳을 구경 갔다 오려면 꼬박 하루가 걸리는 경우도 있었기 때문이다.

일요일이면 호텔 앞에는
빌파리지 부인의 마차만
서 있는 것이 아니었다.

호텔 앞에는 캉브르메르 부인이 페테른 성에서 벌이는 가든 파티에 초대받은 사람들을 태울 삯마차가
대기하고 있을 뿐만 아니라, 마치 벌받는 아이들처럼 호텔에 마냥 죽치고 있기보다는 발벡의 일요일은
무료하기 짝이 없다는 핑계를 대면서 점심을 먹고는 차라리 근처 해변이나 다른 구경거릴 찾아서
피신하는 사람들을 태울 삯마차 행렬로 붐볐다.

이랴!

마치 스탕달 소설에 나오는 곳 같다는 생각이 드네. 스탕달을 무척 좋아한다지?

우리 친정 아버지께서 메리메* 씨 댁에서 스탕달을 본 적이 있으신데, 하여튼 메리메 씨는 재주가 많은 사람이었던 반면에…

생트뵈브*가 일찌감치 간파했듯이, 유명한 작가들에 대해 바로 알려면 작가를 바로 곁에서 지켜봤던 사람들의 판단을 반드시 존중해야 할 테지.

빌파리지 부인과 함께
우리가 카르크빌에 갔던 날…

얘야, 우리는 빵집 앞에서
기다리고 있으마.

성당◈을 구경하고 나와서…

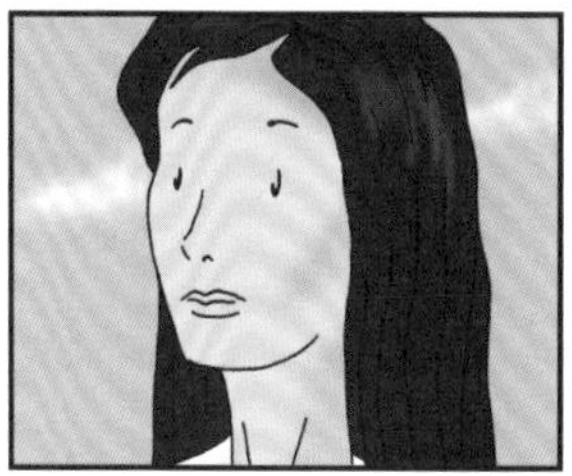

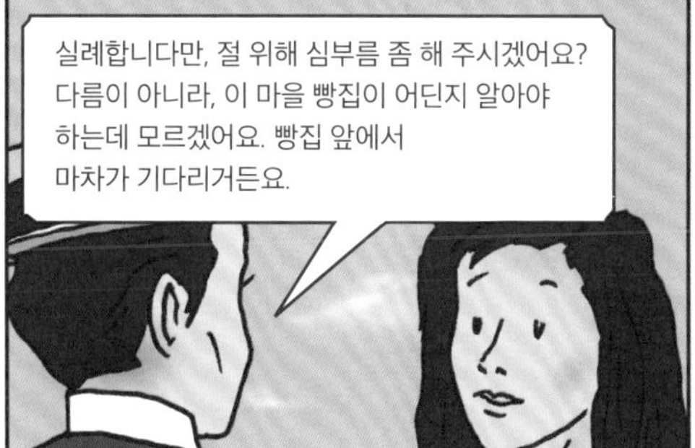
실례합니다만, 절 위해 심부름 좀 해 주시겠어요?
다름이 아니라, 이 마을 빵집이 어딘지 알아야
하는데 모르겠어요. 빵집 앞에서
마차가 기다리거든요.

아 참, 한 가질 빠뜨렸어요. 마차가 빌파리지
후작부인 마차인가 꼭 물어봐야 합니다.
어쨌든 분간하기 그리 어렵진 않을 거예요,
후작부인 마차는 말이 두 필이거든요.

나는 '후작부인'이며 '말 두 필'이라고 말했을 때 갑작스레 마음이 평온해지는 것을 느낄 수 있었다. 그때 나는 말을 건넨 여인에게 마치 보이지 않는 입술로 입맞추고 있다는 느낌과 함께 그 여인 마음에 들었을 거라는 생각이 들었다. 이렇듯 상상으로나마 그녀 마음을 사로잡았다는 느낌이 들자, 내가 마치 그 여인의 육체를 이미 범한 듯 그녀를 둘러싸고 있던 신비감이 대번에 사라져 버렸다.

어느 날, 우리가 위디메닐에 갔을 때…

느닷없이 예전 콩브레 시절 이후로는 느껴 보지 못했던 바로 그 지고한 희열감이 나를 엄습해 왔다.
마르탱빌 종탑을 보면서 느꼈던 바로 그 희열이었다.*

하지만 그때의 희열감은
과거와는 다른 점이 있었다.

나는 세 그루 소나무가 서 있는 광경을 보았는데,
그 너머로는 숲으로 덮인 작은 오솔길이 나 있었다.

그 광경을 보면서 언젠가 이미 보았던 광경이라는
생각을 떨칠 수 없었다.

과연 그와 똑같은 광경을 예전에 어디서 보았을까 하고 아무리 생각해 봐도 해답을 얻을 수 없었지만,
언젠가 틀림없이 본 광경이란 느낌에는 의심의 여지가 없었다.

저 소나무들을 대체 어디서 봤단 말인가.
콩브레엔 오솔길이 저런 식으로 나 있는 경우가 없는데….

마차가 갈림길에 이르자 그 광경은 곧 시야에서 사라졌다. 그와 동시에, 나는 세상에서 유일하게 진실한 듯이 보이는 그 감정이며,
나를 진정으로 행복감에 휩싸이게 한 바로 그 순간으로부터 멀어져 버렸다. 멀리 떠나가는 마차는 마치 내 인생이 그러하다는 느낌을 주었다.

마부 양반한테 발벡의 옛 거리로 가 보자고 해야겠어요. 참 멋지거든요!
우리 도련님께선 몽상가신가 봐요.

세 그루 소나무는 나에게 슬픈 표정으로 손을 흔들며 이렇게 말하는 듯했다. "네가 지금 아무것도 모르면서 떠나가면
앞으로도 영영 우리 정체를 알 수 없을 거야. 우린 네 곁에 있으려고 애를 썼는데 그렇게 훌쩍 떠나가니,
네 안에 갇혀 있는 우리는 이제 영영 나락으로 떨어져 다신 못 찾아올 테지."

캉브르메르네 파티에 가셨더랬습니까?
아니요, 르 베크 폭포를
구경하러 갔습니다.
참 부럽네요.
함께 폭포 보러 갔으면 또 다른
재미가 있었을 텐데요.

멀리 산보 나갔다가 돌아오는 날이면 배가 몹시 고팠다. 그래서 저녁 식사 시간이 되기가 무섭게 밥을 먹기 위하여, 방으로 올라가지 않고 그냥 홀에서 기다리는 경우가 종종 있었다. 그러면 호텔 급사장이 저녁 식사를 알리는 것이었다.

자네 우리 땜에 고생일세.
무슨 그런 소릴… 오히려 기쁘다네.

나는 매일 저녁 할머니 방으로 가서
그날 있었던 일을 할머니한테
낱낱이 고하곤 했다.

한번은…

할머니가 없으면 난 못 살 거예요.
!
탁
이건 또 무슨 소리야!

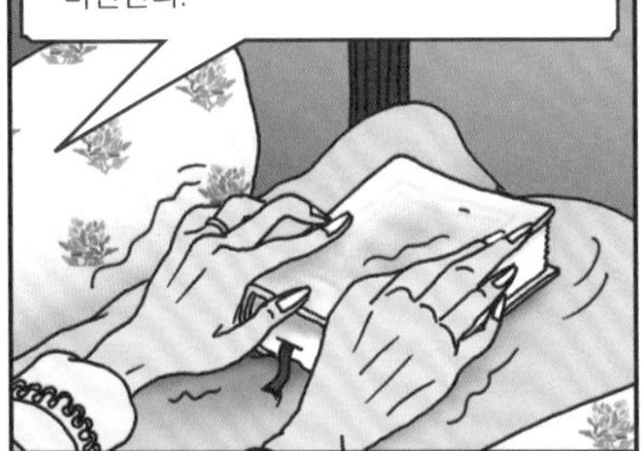
그렇게 나약한 소릴 하는 게 아니란다. 모질어야지. 만일 내가 여행이라도 혼자 떠나고 없으면 어떻게 지낼 참이냐? 나는 네가 그저 행복하기만 바란단다.

할머니가 혼자서 며칠만 여행가고 안 계시면 견딜 수 있어요. 하지만 언제 오실까 매시간 생각할 테죠.

이 할미가 여행을 며칠이 아니라 몇 달, 몇 년… 아니면….

나는 그때 나 때문이라기보다
할머니 때문에 가슴이 아팠다.

할머니도 아시다시피, 전 습관에 매여 살잖아요. 사랑하는 사람 곁을 떠나면
처음 며칠은 그렇게 고통스러울 수 없어요. 하지만 떠나 있긴 하지만 여전히 사랑하는 것은
사실이고, 또 그렇게 새로운 습관이 들다 보면 다시 마음이 편해져요.
그러니 사랑하는 사람이라도 몇 달, 몇 년… 떨어져 살 수 있어요.

다음날 아침…

정말 이상한 일이에요. 과학이 발달했다고는 하지만, 제가 보기엔 물질주의적 사고방식은 참 어리석거든요. 우리가 가진 영혼이야말로 영원한 것이라서, 죽어서도 영혼끼리 서로 결합할 수 있다는 생각이 들거든요.
어이, 여보게들.

소뮈르 기병학교를 준비 중인 내 조카가 있는데◈, 마침 그 아이가
요사이 근처에 있는 동시에르란 곳에서 군 생활을 하고 있지.
이 아이가 조만간 몇 주 휴가를 내어 날 보러올 예정인데, 그렇게 되면
그 기간 동안 짬이 잘 나지 않을 수도 있겠더군.

우리와 함께 산책에 나선 빌파리지 후작부인은 자기 조카가 머리도 좋지만 무엇보다도 심성이 아주 착한 사람이라는 말을 했다. 난 그 말을 듣고는 벌써 그 조카란 사람이 나에게 호의를 품고, 또 나와는 가장 친한 친구 사이가 된다면 얼마나 좋을까 하고 상상해 보았다. 한편, 후작부인은 자기 조카가 고약하게도 어떤 질 나쁜 여자한테 잔뜩 빠져 있는데, 그 여자가 조카를 놔 줄 것 같지 않다는 말을 은연중에 했다. 그 말을 들은 나는 과연 그런 연애가 어떤 식으로 결말이 날는지 미리 추측해 보았는데, 아마도 한쪽이 미쳐 버리거나 범죄를 저지르거나 아니면 자살로 끝나 버리지나 않을까 하는 생각을 했다.

무덥던 어느 날 오후…

저 사람이 바로 생루 앙 브레
후작이에요! 정말 멋지네요!

신문 읽어 보셨지요? 후작이 젊은 위제스 공작하고
결투하던 날 입었던 옷에 관한 기사 말이에요!

그가 바로 빌파리지 후작부인이
이야기했던 그녀의 조카였다.

편지가 와 있습니다,
후작 나리!

이랴!

하지만 그가 발벡에 도착한 지도 벌써 며칠이나 지났지만
우리에게 관심을 보이기는커녕 인사조차 없다는 사실에
나는 무척 실망했다.

그런 냉랭한 태도는
불과 며칠 전까지
그가 나에게
보내리라 꿈꿔 오던
상상 속의
다정한 편지와는
전혀 어울리지
않는 것이었다.

할머니와 내가 후작부인과 그 문제의 조카와
마주치던 날, 후작부인은 자기 조카에게 우리를
소개해 주지 않을 수 없었다.

다음날 아침 그가 나에게 자기 명함을 주었을 때,
나는 그가 결투 신청이라도 하는 줄 알았다.

그는 내내 문학 얘기만 했는데,
그렇게 나와 긴 시간을 보낸 후
마침내 선언하길, 나를 매일 만나
몇 시간이고 함께 얘기를
나누고 싶다는 것이었다.

그토록 냉랭해 보이던 생루는
내가 이제까지 만나본 사람들
중에서 가장 친절하고
가장 호감이 가는 사람이었다.

그는 니체나 프루동을 연구하는 데
하루에도 몇 시간씩을 보냈다.

우리 조카가 사회주의 이론을
늘어놓느라 자네 손자를 피곤하게 만드는
것은 아닌가 염려되는군.

로베르 드 생루는 책의 세계에 쉽게 함몰하여
고결한 사상만 추구하고자 하는 '지식인' 타입이었다.

어쨌든 『수도원』*은
굉장한 작품이지요….

이내 곧 그와 나는 영원한 친구가
될 것을 서로 맹세했다.

우리의 우정은 내 생애 최고의
기쁨일세. 물론 라셸과의
사랑은 제외하고 말일세.

그의 말을 듣는 순간 나는 잠시
슬픔에 잠겨 뭐라고 제대로
대답할 수 없었다. 왜냐하면 그와 함께
대화를 나눌 때는(생루가 아니라
다른 사람이라 할지라도 사정은
같았을 것이다) 혼자 있을 때 느낄
그런 행복감은 느낄 수 없었기 때문이다.
생루와 여러 시간을 함께 보내면서
나는 내가 혼자가 아니고, 또한
지금 이 순간 대화가 아니라 일에
몰두할 수도 있다는 생각이 들어,
일종의 회한이나 후회의 감정,
피곤함을 느껴야 했다.

나는 생루에게서 수백 년에 걸쳐 내려오는 고귀한 가문의 전통을 느낄 때마다,
또 본인 스스로는 오히려 부인하지만 그에게서 어쩔 수 없이 풍겨 나오는
귀족적 자태를 대할 때마다, 우정이 아니라 어떤 지적 기쁨을 맛보곤 했다.

그는 자기의 사회주의적 신념 때문에 오히려 잘난 척이나
하는 남루한 차림의 젊은 학생들을 오히려 선망했다.

그의 신념은
그가 선망하는 부류의
학생들은 가지지 못한
정말 순수하고도
공평무사한 것이었다.

생루는 자기가
속한 계급이 사람들을
업신여기는
이기적 계급이라고
생각했기 때문에,

진정으로 사람들이 자기가 귀족 혈통이란 점을 용서해 주길 원했다.
하지만 사람들은 정반대로, 바로 이런 생루의 혈통 때문에 그에게
이끌렸다. 생루는 바로 이러한 사회주의적 신념 때문에 어떤 부류의
사람에게도 아무 거리낌없이 호의를 베풀며 접근하곤 했는데,

콩브레 마을 사고방식을 가지고 있는
우리 부모님들이 이 광경을 보았더라면
틀림없이 대경실색했을 것이다.

어느 날…

정말 여긴 우글우글하구먼.
내가 본래 유태인에게 적대적이라곤 할 순 없지만,
그래도 여긴 너무 심한걸, 득시글거리니….

사방에서 "디 동, 아프라함 체 퓌 차코프"*란 말만 들리니….

우리는 이렇게 말하는 반유태주의자가 누구인지 궁금하여 쳐다보았다.
아부키르가(街)*에
와 있는 기분인걸.
아니, 블로크잖아?

블로크? 그 친군 내가
콩쿠르 제네랄◈때와
인민대학◈에서 만난
적이 있는 친군데!

나는 그 순간 다른 사람의 기분을 상하게 하지나 않을까 하여 거북한
표정을 짓는 로베르 드 생루를 보면서 그가 예수회 교육을 받았으리라는
생각에 저절로 웃음이 나왔다.

그때 블로크는 발벡에서 지내고 있었는데, 그것도 혼자가 아니라 발벡에 친척이며 친구들이 우글거리는 그의 자매들과 함께였다.

알베르!
알베르!

지리 시간에 학생들에게 유태 민족은 그리 평판이 좋은 민족이 아니며, 파리는 예외라 할지라도 대개 유태인들은

현지 사회에 좀체 동화되지 않는다고 가르치는 곳은 러시아나 루마니아 같은 나라뿐 아니라 발벡에서도 마찬가지였다.

유태 민족은 지구상에 존재하는 그 어떤 민족만큼이나, 아니 어쩌면 그 어떤 민족보다도 더 많은 자질과 능력과 덕목을 가진 민족일 것이다. 하지만 유태인들은 그들 민족만이 가진 장점들을 발휘하는 방식에서도 특출난 민족이었던 듯하다. 이러한 과정 중에 유태 민족은 다른 민족에게 미움을 살 수도 있었고, 또 그 결과를 감수해야만 했다. 그 증거가 바로 반유태 감정이며, 또한 이에 맞서 다른 민족이라면 감히 상상도 못했을 결속력과 폐쇄성을 가지고 무리를 지어 반발한다는 점이다.*

블로크가 나에게 여러 여자 형제들을 소개해 주었다.

예쁜 훅 달린 페플로스◈ 좀 잘 여미시지. 어째 이렇게 얌전히 점잔들만 빼실까!

틀림없어, 너 여잘 꼬시려고 발벡에 왔지?

내가 블로크에게 이곳이 베네치아에는 못 미치지만, 예전부터 내가 꼭 와 보고 싶었던 곳이란 말을 했을 때…

물론 그렇겠지. 어여쁜 여자들과 어울려 소르베를 먹으면서 존 러스킨 경(卿)이 쓴 『베나이스의 돌』*을 읽는 척 하시겠다 이 말씀이지? 그 재미없고 넌덜머리나는 작가 말씀이야.

블로크는 영국에선 남자면 누구나 경을 붙여 부르고, 영어 철자 'i'는 언제고 '아이(aï)'로 발음한다고 착각하고 있었다.

생루 앙 브레라고 하는 귀족하고 사귀면 너도 귀족이 되는 줄 알아?

넌 지금 속물주의◈에 빠져 있는 거야.

말해 봐, 너 속물◈이지, 그렇지?
내가 진짜 속물이면 너 따윈 상대도 안 했을 거다.
무슨 말을 그렇게 섭섭하게 해?

미안해, 용서해 줘. 네 마음을 아프게 했지? 내가 너무 짓궂게 굴었어. 하지만 내가 겉으론 너한테 못되게 구는 것 같지만, 속으론 얼마나 좋아하는데. 어떤 때는 네 생각하면서 눈물을 흘리는 때도 있거든.

내 말 진짜로 믿어 줘야 돼. 내가 어제 널 생각하면서 밤새 울었다고는 말 못하지만, 방금 전 악마 케르◈가 날 덮쳐서 하데스◈의 끔찍한 지옥의 문으로 데려갔던 건 사실이야.
알베르, 네 차례야.
나는 그 말이 방금 지어낸 말이라고 생각했다. 헬레니즘 문화는 블로크에게 순전히 문학적 허구이기 때문에, '악마 케르'며 어쩌고 하는 말은 전혀 사실이 아니라는 것을 대번에 눈치챌 수 있었다.

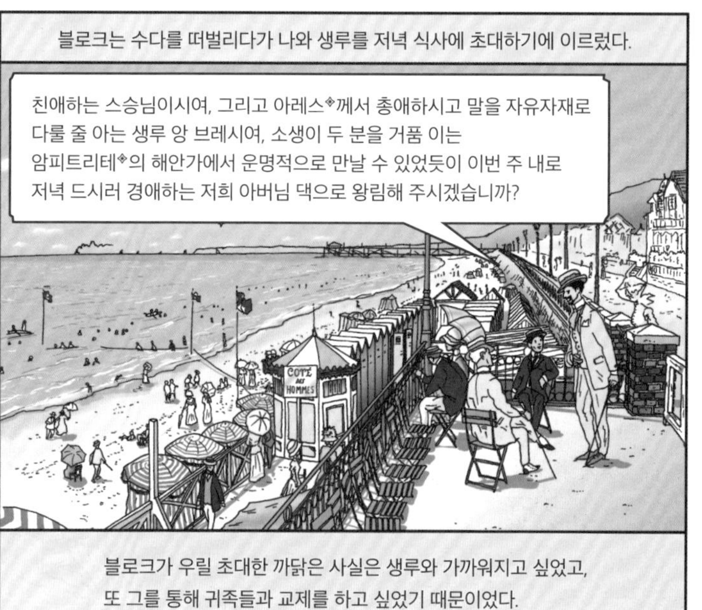
블로크는 수다를 떠벌리다가 나와 생루를 저녁 식사에 초대하기에 이르렀다.
친애하는 스승님이시여, 그리고 아레스◈께서 총애하시고 말을 자유자재로 다룰 줄 아는 생루 앙 브레시여, 소생이 두 분을 거품 이는 암피트리테◈의 해안가에서 운명적으로 만날 수 있었듯이 이번 주 내로 저녁 드시러 경애하는 저희 아버님 댁으로 왕림해 주시겠습니까?
블로크가 우릴 초대한 까닭은 사실은 생루와 가까워지고 싶었고, 또 그를 통해 귀족들과 교제를 하고 싶었기 때문이었다.

하지만 우리는 블로크의 저녁 초대를 미룰 수밖에 없었는데, 왜냐하면 생루의 삼촌 한 분이 빌파리지 부인을 찾아뵈러 이틀 예정으로 발벡에 오기로 되어 있어서 꼼짝할 수 없었기 때문이다.

생루는 자기 삼촌이 이제는 나이가 들었지만 젊은 시절 어떤 사람이었는지 말해 주었다. 그의 말에 따르면, 그 삼촌이란 사람은 젊었을 때 여자를 무척이나 좋아해 당시 다른 친구 두 명과 함께 소유하고 있던 아파트에 허구한 날 여자들을 데리고 왔다는 것이다.

그의 삼촌과 마찬가지로 두 친구들도 미남이어서, 당시 이 세 사람은 '삼미신(三美神)'*이라 불렸다는 것이다.

어느 날인가, 지금은 포부르 생제르맹에서도 가장 인기가 높은 어떤 인사가 삼촌 아파트로 한번 놀러오고 싶다는 말을 했다는 거야.
그런데 재밌는 것은, 그 인사가 아파트에 놀러와서는 정작 여자들은 제쳐 놓고 삼촌에게 구애를 했다는 거야.

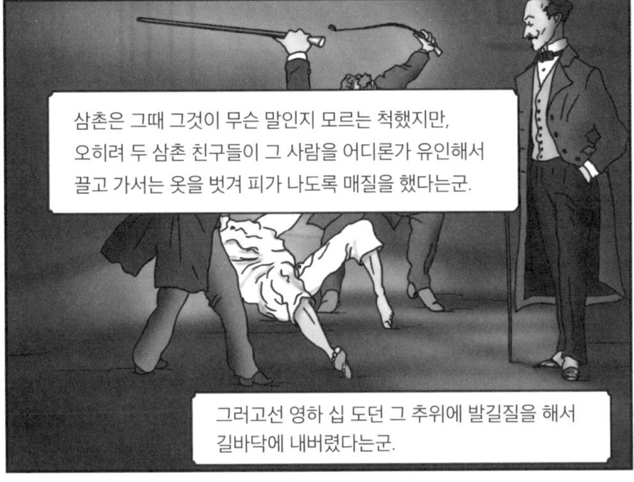
삼촌은 그때 그것이 무슨 말인지 모르는 척했지만, 오히려 두 삼촌 친구들이 그 사람을 어디론가 유인해서 끌고 가서는 옷을 벗겨 피가 나도록 매질을 했다는군.
그러고선 영하 십 도던 그 추위에 발길질을 해서 길바닥에 내버렸다는군.

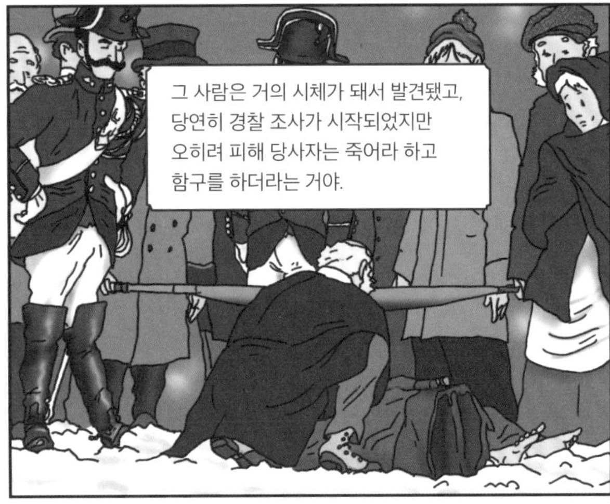
그 사람은 거의 시체가 돼서 발견됐고, 당연히 경찰 조사가 시작되었지만 오히려 피해 당사자는 죽어라 하고 함구를 하더라는 거야.

젊었을 적엔 삼촌 말이라면 사교계에서 법으로 통했는데, 당시 그 위력이 얼마나 컸는지는 상상도 못할 정도지.

삼촌이 젊었을 때는 정말 미남이었어. 따르는 여자들도 무척이나 많았을 거야.

다음날 아침…

!

?
THÉÂTRE
du
CASINO
LE DONJON
DES ÉTANGS

탁
탁
탁

THÉÂTRE
du
CASINO

붐♩♪…부붐♪♪…붐

THÉÂTRE
du
CASINO
Charles GOUNOD
Faust

휘휘휘휘…

호텔에 드나드는 사기꾼은 아닌지…

표정이
하도 기이해서
도둑이나
미친 사람
같다는
느낌을
떨칠 수
없었다.

그로부터 한 시간 후…

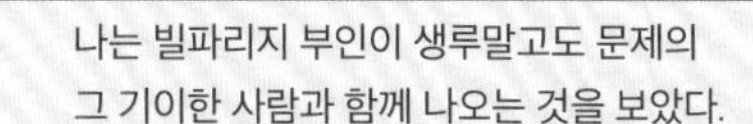
나는 빌파리지 부인이 생루말고도 문제의
그 기이한 사람과 함께 나오는 것을 보았다.

그의 시선이 번개와 같은 속도로 나를 꿰뚫어보고는,
이내 시선을 거두고 나를 못 본 척
아래편을 멍하니 쳐다보았다.

그 사이 그는 다른 옷으로 갈아입었다.

그가 입고 있는 옷에는 색깔의 개념이 완전히
배제되어 있었는데, 이는 그가 자기 옷 색깔에
무심해서라기보다 어떤 이유에선가
스스로 색깔을 자제하고 있는 것 같아서였다.

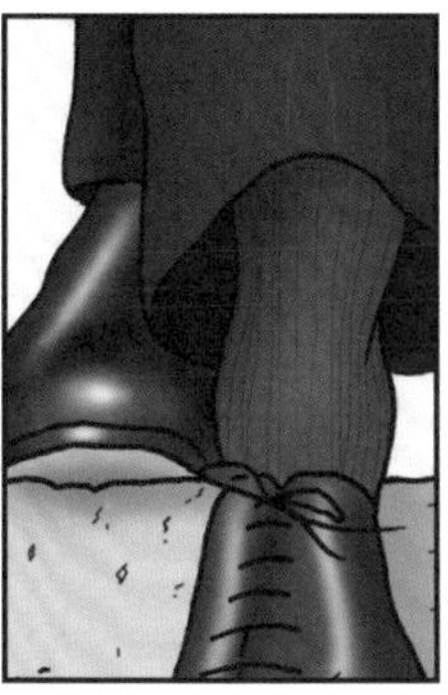

이 사람은 내 조카
게르망트 남작일세.

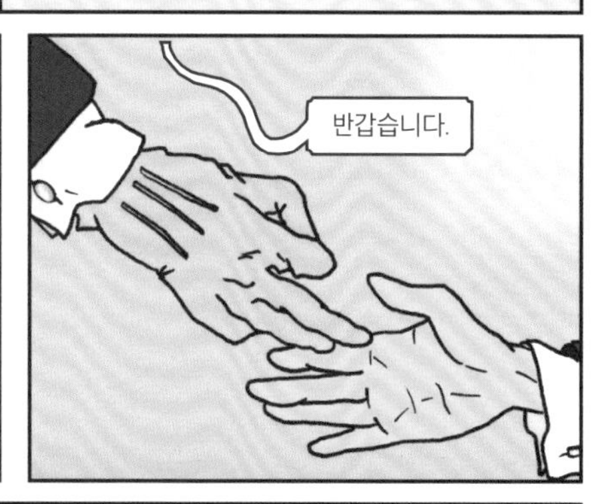
반갑습니다.

아이쿠, 저런, 내 정신 좀 봐! 내가 게르망트 남작이라고 했나?
정정함세, 샤를뤼스 남작일세.
어쨌든 내가 크게 실수한 건 아닐 테지.
우리 조카도 틀림없는 게르망트 가문 사람이니까.

이렇듯
생루의 삼촌은
말로써뿐 아니라
시선으로도
나에게
주목했다.

그런데, 내가 잘못 들은 건 아닌지 모르겠어.
빌파리지 후작부인께서 자네 삼촌을 게르망트 가문이라고 하시던데….
맞는 말이고 말고.
우리 삼촌은 팔라메드 드 게르망트이셔.

아니 그럼 자네 삼촌이 콩브레 근방에 성이 있고, 준비에브 드 브라방 후손이라고 자처하는 바로 그 게르망트 가문이란 말인가?
그렇고 말고. 현재 그 성 소유주의 동생이 되시지.
삼촌은 샤를뤼스 남작이란 이름으로 불리길 원하시지.

나는 조금 전 카지노 근처에서 나로 하여금 뒤돌아보게 만들었던 바로 그 기이한 시선에서, 예전 탕송빌에서 스완 부인이 질베르트를 부를 때 나를 뚫어져라 응시하던 바로 그 시선을 알아보았다.

자네 삼촌이 좋아했던 여자 중에 혹시 스완 부인이란 여잔 없던가?
설마 그럴 리가! 우리 삼촌은 스완 씨하곤 둘도 없는 친구 사이셔. 스완 씨 일이라면 두 팔 걷어붙이고 나서시지. 그런데 우리 삼촌이 스완 부인 정부란 말은 들어 본 적이 없는걸.

나는 그랑토텔 앞에서 세 명의 게르망트 사람들과 헤어졌다.

어떠실까 모르겠네. 난 오늘 저녁 후에 빌파리지 부인 방에서 차를 들 예정인데, 그때 할머니 모시고 후작부인 방으로 오실 의향은 없으신지.

가까이 있으면 대번에
알 수가 있지요.

난 이렇게 말해요. "저런, 누가 변소 뚜껑을
열어 놓은 것 아냐" 하고 말입니다.

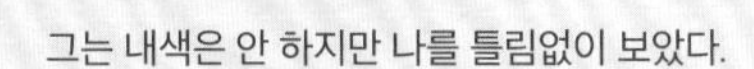
그는 내색은 안 하지만 나를 틀림없이 보았다.

바로 그 후작부인이…

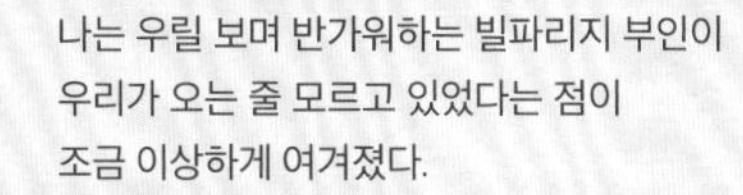
나는 우릴 보며 반가워하는 빌파리지 부인이
우리가 오는 줄 모르고 있었다는 점이
조금 이상하게 여겨졌다.

입을 연 거지요.

이처럼 와 주셔서 얼마나 영광인지 모르겠습니다.
그렇지 않으세요, 숙모님?

하지만, 저더러 오라고
하셨던 것은 어르신이
아니던가요?

어르신께서 그렇게
말씀하셨지요?

샤를뤼스란 인물은 그 두 눈만 아니라면 여느 미남자의 얼굴과 크게 다를 것이 없었다.

하지만 샤를뤼스 씨 본인은 아무리 감추려고 해도,
그의 두 눈은 영락없는 도마뱀의 눈이거나
살인자의 눈이었다.

어쨌건 간에, 세비녜 부인은 다른 사람들보다
팔자가 좋았던 편이지요. 오랫동안
자기가 사랑하는 사람 곁에서 살았으니까요.

전혀 예사롭다고 할 수 없는 샤를뤼스 씨의 정체는 과연 무엇일까?
그날 아침 카지노 근방에서 그를 처음으로 봤을 때 그가 나를 향해 던졌던
그 야릇한 시선은 무엇을 의미한단 말인가?

그건 사랑이 아니지.
자기 딸이니까 그랬던 것이지.

샤를뤼스의 목소리는
새 울음소리처럼 재재거렸는데…,

인생에서 정말 중요한 것은 사랑하는
대상이 아니라 사랑한다는 사실 그 자체죠.

느닷없이 감미로운 어조로 바뀔 때도 있었는데,
그럴 때면 마치 애정이 넘치는 약혼녀나 누이의 목소리를 듣고 있는 듯한 느낌이 들었다.

세비녜 부인이 자기 딸한테 품었던 감정은 자기 남편이
젊어서 바람 피울 때 다른 여자들한테나 느꼈을 그런 저차원의 감정이 아닙니다.
그 감정은 이를테면 라신이 「앙드로마크」나 「페드르」에서 그리려고 했던
그런 숭고한 감정이었습니다.

아니 삼촌, 「앙드로마크」 하고
「페드르」를 좋아하세요?

라신의 비극은 어떤 것이든 간에
빅토르 위고가 쓴 희곡 모두를 합쳐도
모자랄 만큼 많은 진실을 담고 있어요!

빅토르 위고보다 라신을
더 좋아하신다니, 우리 삼촌
정말 굉장하지?

샤를뤼스는 자기 집안에서
가지고 있던 저택이 돈 많은
유태인 갑부에게 팔려 나간
일을 이야기했다.
그 저택은 정원을 르 노트르*가
설계했고, 심지어
마리 앙투아네트 왕비가
묵은 적도 있는 유서 깊은
저택이라고 했다.

게르망트 가문의 저택이 이제는 유태인 소유가 되었단 말씀입니다!

이스라엘이란 단어는 저한테는 한 민족을 일컫는 고유명사라기보다, 뭐랄까, 어떤 부류의 인간들을 묶어서 부르는 족속의 이름이라고나 할까요?

?

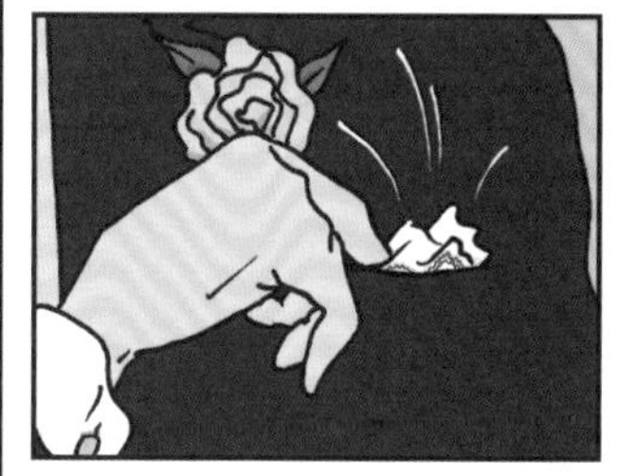

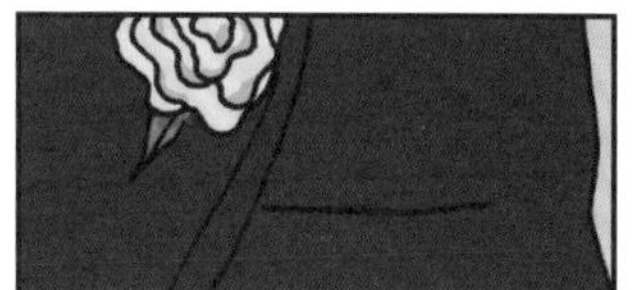

바로 그 유태인들이 르 노트르가 만든 정원을 망쳐 놨을 생각을 해 보세요. 푸생* 그림을 찢어 놓는 것과 같은 범죄행위지요. 그것 하나만으로도 유태인들은 모조리 감옥에 보내야 합니다.

유태인들을 감옥에 처넣어야 할 이유가 어디 그것뿐이겠습니까?

잠시 후…
똑
똑

샤를뤼스데,
들어가도 될까?

조금 전 우리 조카한테 들으니, 군이 잠자리에 들 때
좀 적적해 한다더구먼. 게다가 베르고트를 무척 좋아한다지.
마침 내 짐 가방에 보니 아마도 군이 읽지 않았을 듯한
베르고트 작품이 넣어져 있기에 가져왔다네.
잠이 오질 않아 침대에서 뒤척일 때 한번 읽어 보게나.*

어르신이 보기에, 제가 밤만 되면 신경이
날카로워진다는 것이 참 못나 보이시죠?

아닐세 그려. 아마도 군한테는
그리 대단한 인간적 매력이 없는지도
모르지. 그런 매력이 어디 그리 흔할까.
하지만 군은 아직 젊지 않은가.
젊다는 것 자체가 커다란 매력일세.

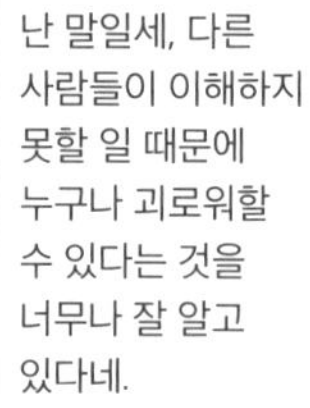
난 말일세, 다른
사람들이 이해하지
못할 일 때문에
누구나 괴로워할
수 있다는 것을
너무나 잘 알고
있다네.

…

그러고 보니, 내 짐 가방에
베르고트 책이 또 있었군.

가져오라고 해야지.

급사장 좀 오라고 하게.
여기선 조용히 심부름 해 줄 사람이
그 사람말고는 없거든.

에메 씨 말입니까?
이름이야 내 알 바 아니야.
그래 맞아, 에메라고 부르는 걸 들었어.
급하니까 어서 가서 불러와.
곧 오시라 하겠습니다.
좀 전까지 아래층에 계신 것을 보았습니다.

잠시 후 호텔 급사가 돌아와서 이르길…
에메 씨께선 지금 주무십니다.
제가 대신 심부름해 드리면 안 될까요?
아닐세. 가서 깨우면 되잖아!

저, 곤란한데요.
호텔에서 주무시는 게 아니거든요.
그래? 알았으니 가 보게.

어르신, 정말 고맙습니다만,
이 책 한 권이면 충분합니다.

그래? 그런 것 같구먼.

잘 주무시게!

쾅

GRAND HOTEL

다음날, 샤를뤼스가 떠나기로 되어 있는 바로 그날…

해수욕 마치는 대로
자네 할머니한테 가 보게나.
기다리고 계시니까.

한데, 사실 늙은 할망구야 아무러면 어때.
안 그런가, 젊은 친구?
?!

네? 전 할머니를
사랑하는데요.

군은 아직 젊으니까, 다음 두 가지를 명심해야 할걸세. 첫째, 되는 대로 내뱉는다고 모두 말이 되는 것은 아니라는 점.
공연히 쓸데없는 오해를 사거든. 둘째, 전쟁이 뭔지도 모르면서 흥분해서 무작정 전쟁터에 끌려가서는 안 된다는 점.
군이 조금 전 이런 점에 유의했더라면 귀머거리처럼 멍청하니 그런 식으로 답변하지는 않았을 테지.
게다가, 자네 수영복의 그 유치한 닻 그림은 또 뭔가?

그리고, 군에게 빌려줬던 베르고트 책 좀 돌려주시게나,
내가 필요하거든. 그것도 한 시간 내로. 옷차림도 촌스럽고
이름도 거 무슨 우스꽝스런 호텔 급사장 편에 말일세.
그 작자 설마 지금도 자고 있지는 않겠지.

지금 생각해 보니, 엊저녁 군에게 젊음의 매력이니
어쩌니 한 말은 성급했다는 생각이 드네 그려.
차라리 젊기 때문에 어리석고 불손하고 이해력이 모자란다고
말했어야 군에게 더 도움이 되었을 텐데 말일세.

내가 하는 말이 귀에 거슬릴 테지만, 군에게 해수욕만큼이나
유익했으면 하는 마음에서 하는 말일세.
어쨌든 그렇게 너무 오래 있지는 말게나.
감기 들까 염려되는구먼. 자, 또 봄세, 젊은이.

샤를뤼스는 이내 자기가 한 말을
후회했음이 틀림없는데, 왜냐하면 내가 돌려준 책을
다시 나에게 보내왔기 때문이다. 이번에도 에메는
'출타 중'이어서 대신 엘리베이터 보이가
책을 가져다주었다. 책은 모로코 가죽으로
장정이 되어 있었는데, 표지에는 반양각(半陽刻)으로
물망초 가지 하나가 새겨져 있었다.

그런데 말이지, 내가 그제 아침 해변에서
이상야릇한 사람이 서성거리는 걸 봤는데 누군지 모르겠어.
짙은 색 양복에, 차림새가 무척 세련됐던데.
우리 삼촌이야.

아, 그렇구먼! 당연히 내가 알아봤어야 했는데!
자네 삼촌은 정말 멋쟁이기도 하지만, 어쩐지 상류층
늙은이다운 이상야릇한 얼굴이시더군!

생루는 동시에르*에 가 봐야 했기 때문에 며칠 전부터 발벡에 없었다.

혼자 지낼 수밖에 없었던 나는 그랑토텔 앞을 지나는 사람들을 그저 멍하니 구경했다. 그때 얼굴이며 행색이 제각기 다른 대여섯 명의 젊은 아가씨들이 내 앞으로 지나갔는데, 그 무리는 내가 흔히 발벡에서 보던 그런 젊은 아가씨들이 아니었다.

그때 내가 보았던 아가씨들은, 마치 태양이 쏟아지는 그리스 해변가에 놓인 조각상마냥, 바다를 배경으로 기품과 평온을 겸비한, 살아 움직이는 미의 화신들이 아니었을까?

신문 사 가지고 올게요.

저 영감님 불쌍해 뵈지?
안됐어, 기운이 하나도
없나 봐.

이제 나는 무리를 지어 다니는 그 아가씨들을
서로 분간해서 알아볼 수 있었다.

아가씨들 중 그 누구도 마음씨가 고우리란 생각은 전혀 들지 않았다.

내가 이제껏 보아 온 무수히 많은 여배우며 시골 소녀, 수도원 기숙생도 그녀들에 비하면 아무것도 아니었다.
그 아가씨들은 미지의, 그리고 또 더할 나위 없이 소중한 매력을 갖추고 있어서 내가 감히 접근해 볼 수 있을 것 같지 않았다.

그 순간 바로 내 눈앞에서 하늘거리는 울타리를 만들며
거친 파도의 동선을 잠시 끊는 이 꽃피는 아가씨들이야말로
신의 섭리에 의해 모여든 희귀종들의 무리처럼 보였다.

이 아가씨들이 발벡에 사는지, 과연 누구인지 못내
궁금해지지 않을 수 없었다.

저 아가씬 시모네 양 친구야.

나는 생루와 함께
리브벨로 저녁 먹으러 갈
채비를 해야 하고, 또 그 전에
할머니 말씀에 따라 한 시간 정도
침대에 누워 휴식을 취해야
하기 때문에 호텔로 돌아왔다.

처음 호텔에 도착하던 날 저녁
느껴야 했던 수줍음이나 서글픈
감정은 이제 사라지고…,

나는 당당하게
보이를 불러,
마치 흉곽을 길게
상하로 꿰뚫어
놓은 듯한
엘리베이터를 타고서
그와 함께
잡담을 하며
방으로 올라갔다.

매 층의 바닥 양탄자 위에
노니는 황금색 햇빛은,
이제 곧 해가 저물고
내가 호텔 방 창문 너머로
바깥 풍경을 바라볼 시간이
가까웠다는 것을
예고하고 있었다.

혹시 이곳 발벡에서
시모네란 이름
들어 본 적 있어요?

들어 본 것 같기도
합니다.
새로 호텔에 든 투숙객 명단 좀
갖다 주세요.

나는 이 시모네란 이름을 발벡 해안을 거닐면서 듣긴 했지만, 정확히 어떤 정황에서 듣게 되었는지 곰곰이 생각해 보았다. 어째서 그때 처음으로 시모네란 이름을 들으면서, 이 이름이 젊은 아가씨들 중 한 사람의 이름이라고 여기게 되었는지 지금 생각해도 모를 일이다.

나는 방으로 들어갔다.

계절이 바뀌어 감에 따라
창문 밖 풍경도
변해 갔다.

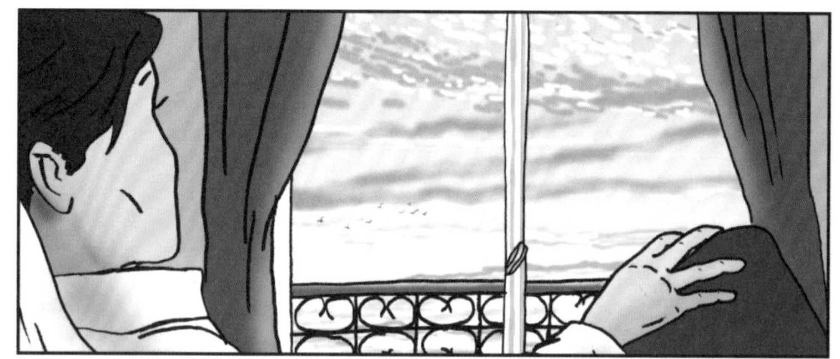

마치 배의 선실 침대에 누워 코앞에 있는 창문을 내다보듯이, 내 주위에는 온통 바다 풍경이 바로 곁에서 펼쳐지고 있었다.

나는 여느 때라면 책상 앞에 앉아 있었을 그 시각에 커튼 위로 해가 저물어 가는 광경을
바라보고 있었지만, 슬프다거나 후회스럽다는 생각은 들지 않았다.
왜냐하면 그 순간은 여느 때와는 다른, 아주 특별한 시간이었기 때문이다.

나는 이제 곧 석양이 허물을 벗고 변신을 하여, 리브벨 레스토랑의
화려한 불빛으로 다시 태어나리라는 것을 알고 있었다.
시간이 되었군.

똑
똑 똑
도련님,
에메입니다.
새 투숙객 명단을
가져왔습니다.

에메는 방을 나서기 전에 나에게 드레퓌스는
틀림없이 유죄라고 말했다.
올해는 아닐지라도 내년까지는 진상이
모두 밝혀질 겁니다. 군사령부와 잘 통하는
사람한테 직접 들었거든요.
정말 모든 진상을 밝힐 수 있단 말이에요?

나는 새로 호텔에 든 투숙객 명단의 첫 장에서
'시모네 가족'이란 이름을 발견했을 때
가슴에 찌릿한 충격이 느껴졌다.

우리는 리브벨*로 저녁을 먹으러 길을 함께 나섰다.

자네, 춥지 않겠나? 그냥 입고 있는 것이
나을 것 같은데. 실내가 좀 썰렁한걸!
아니, 괜찮아.

나는 그 순간부터 전혀 딴 사람이 되었다. 나는 할머니의 손자란 생각을 잊어버리고 식당 문을 나설 때가 되어서야 할머니 생각을 다시 했는데,
레스토랑에 있는 동안에는 시중을 드는 종업원들과 마치 형제라도 되는 듯이 행동을 했다.

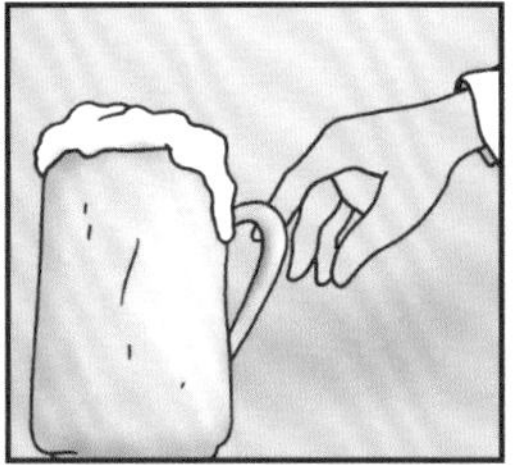

나는 무엇에 쓰려고 했는지는 잊었지만,
한 달 전부터 모아 놨던
'루이 금화' 두 닢을 막 연주를 끝낸
바이올린 주자에게 꺼내 주었다.

레스토랑을 가득 채운 수많은 둥근 테이블에 사람들이 북적대며 앉아 있었는데, 내 눈에는 이 테이블들이 각각의 행성처럼 보였고,
앉아 있는 사람들은 내가 어릴 적 알레고리 그림에서 보았던 인물들처럼 보였다.

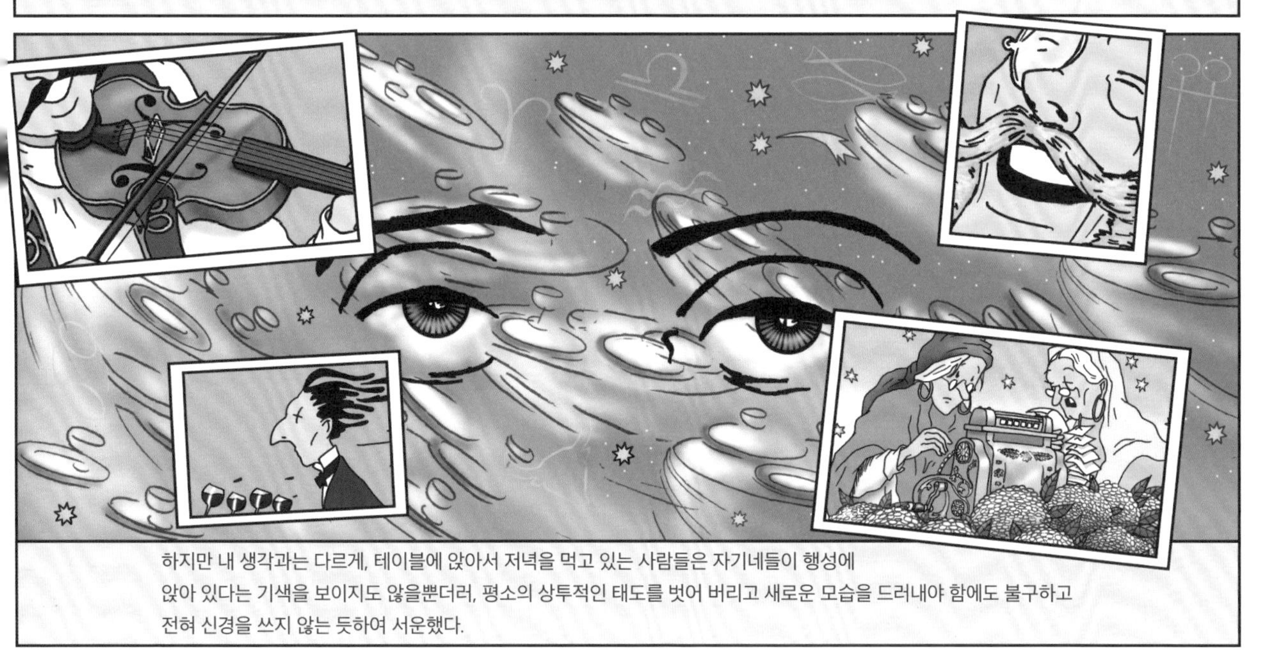

하지만 내 생각과는 다르게, 테이블에 앉아서 저녁을 먹고 있는 사람들은 자기네들이 행성에
앉아 있다는 기색을 보이지도 않을뿐더러, 평소의 상투적인 태도를 벗어 버리고 새로운 모습을 드러내야 함에도 불구하고
전혀 신경을 쓰지 않는 듯하여 서운했다.

저기 생루 가문의 도련님께서 와 있네.
아직도 그 창녀*와 열애중이라지, 아마.
참 대단한 사랑이겠어, 그치?
어쨌든, 멋진 사내야!
저 남자를 내가 오를레앙네에서 만났거든.

쉿, 가만. 나를 봤어, 웃고 있네.
아! 날 기억하나 봐.

나는 속으로 생루가 나를 그 여자들에게 소개해 주기를 기대했다. 그래서 그 여자들에게 데이트를 신청하고 또 여자들이 수락한다면, 설사 내가 실제로 데이트할 형편이 되지 않는다 할지라도 얼마나 좋을까 하고 생각했다.

그러다가 혹시 또 모르지 않는가. 저녁 식사를 마치고 우연히 생루의 친구들과 어울렸다가….
혼자서 가게나. 우린 카지노에 들러 돈 좀 날리고 갈 테니.

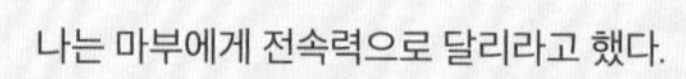
나는 마부에게 전속력으로 달리라고 했다.

일견 모순처럼 보이지만, 나는 나의 목숨이 위태로운 순간에 가장 커다란 희열을 느끼고 가장 커다란 행복을 느끼기 때문에, 바로 그때에 사고라도 났으면 좋겠다고 속으로 바랐다.

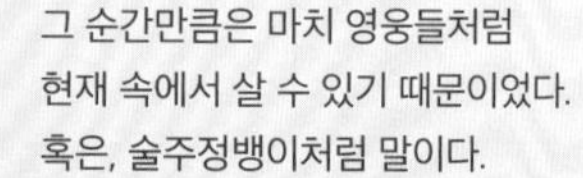
그 순간만큼은 마치 영웅들처럼
현재 속에서 살 수 있기 때문이었다.
혹은, 술주정뱅이처럼 말이다.

적어도 이 순간만큼은 나의 과거가 사라져 버리고, 내 앞에 놓인 미래에 더 이상 어두운 그림자를 드리울 수 없기 때문이었다.

나는 깊은 잠에 빠져들어 어릴 적의
그 시절로, 몇 년 전의 그 무렵으로,
잃어버렸던 과거의 그 감정으로
되돌아가기도 하고, 정신이 해체되고,
영혼이 다른 곳으로 옮겨 가고, 죽은
사람이 부활을 하고, 광기 어린 환상에
빠져들고, 가장 저급한 생명체로 모습이
바뀌기도 하는 꿈의 세계를 여행했다.

죄수는 포르토*를 너무 많이 마셨다!

벌써 두시네!

현실세계로의 연착륙이 쉽지 않았다….
르그랑댕하고 캉브르메르가
사돈 간이란 말이지, 으음….

생루의 휴가기간도 이제 얼마 남지 않게 되었다. 그 무렵 나는 바닷가에서 젊은 아가씨들을 볼 수가 없었다. 게다가 생루는 오후 나절에 발벡에 머무는 때가 드물어서, 그의 도움을 얻어 아가씨들을 소개받으려고 했던 생각이 이루어지기 어렵게 됐다. 하지만 생루는 다행히 저녁에는 시간이 보다 자유로워, 자주 나를 데리고 리브벨로 저녁을 함께 먹으러 갈 수 있었다.

저기 혼자서 저녁을 드시는 분이 누구세요? 보니까, 항상 다른 사람들이 식사를 마치고 모두 일어설 무렵에 혼자 오시던데.

아니, 그 유명한 화가 엘스티르 씨를 모르세요? 바로 저분이 리브벨 초입에 있는 십자가상에 그림을 그리신 분이에요. 바로 저분 그림이지요. 네 조각으로 되어 있는 그 그림 말이에요! 아, 정말 대단하지요!

그럼, 바로 저분이 스완 씨와 친구 사이기도 하면서, 그 유명하다는 예술가란 말이지?

생루와 나는 엘스티르 씨에게 우리 이름을 함께 적어 넣은 편지를 건넸다.

nous sommes
amateurs
votre talent, passionné
grands amis de Charles Swann
Nous aimerions tant vous
nos hommages et vous
vous accorder un
afin que

엘스티르 씨는, 예전에 이 레스토랑이 아직 농가 수준의 초라한 식당이었을 때 일단의 예술가들을 끌고 와서 식사를 했던 초창기 때부터의 손님이었다. 그후 예술가들은, 거의 야외나 다름없는 곳에 덩그러니 천막 하나만 쳐 놓은 상태로 식사를 하던 이 레스토랑이 지금처럼 우아한 신사 숙녀들의 집합소가 되어 버린 이래 모두 떠나갔다. 엘스티르 씨 자신도 레스토랑에서 그리 멀지 않은 곳에 살고 있긴 하지만, 지금처럼 그의 부인이 부재할 때만 이 레스토랑에 와서 식사를 하곤 했다.

저분께서 저한테 〈바다의 일출〉이란 그림을 한 장 주셨는데, 나중에 한 재산 하겠지요?

하지만 그때는, 사실 우리가 엘스티르 씨를 열렬하게 존경한다고까지는 말할 수 없었는데, 왜냐하면 우린 그의 그림을 한 번도 본 적이 없었기 때문이다. 이를테면 존경치고는 공허한 존경이었다.

?
?

엘스티르 씨는 함께 어울릴 만한 사람이 없어서 홀로 외로이 지내고 있었는데, 이를 두고 사교계 사람들은 그가 건방지고 예절이 없는 사람이라고 평을 했고, 관공서 사람들은 못된 사람이라고 했고, 그의 이웃은 그가 미쳤다고 했고, 그의 가족들은 그가 이기적이고 거만하다고 입방아들을 찧어댔다.

엘스티르 씨가 우리 테이블로 와서 몇 마디 말을 하는 동안 내가 여러 차례에 걸쳐 스완 씨의 이름을 입에 올렸지만, 거기에 대해서는 일언반구도 없었다. 나는 마침내 엘스티르 씨가 스완 씨를 모르는 모양이라고 단정했다. 하지만 그는 어떤 이유에서인지 나에게 자기 아틀리에로 한번 놀러 오라는 말을 했다. 오로지 나 혼자만 초대한 것이다.

나는 이삼 일 후에나 그의 아틀리에를 방문하기로 마음먹었다.

하지만 그다음 날…

?

이제까지 키가 큰 아가씨에게
눈독을 들여 왔는데, 이날 이후 나는
골프채를 들고 있는 아가씨가
시모네 양일 거라고 생각하며
그녀에게 관심을 갖기 시작했다.

어쩌면 내가
제일 끌렸던
아가씨는
제라늄처럼 붉은
피부에 초록빛
눈동자를 한
아가씨였는지도
모르겠다.

나는 아가씨들 각각이 아니라,
모두를 사모했다.

내가 특히 관심을 두고 있는 아가씨의 모습이 어느 날 보이지 않는다 할지라도, 무리의 다른 아가씨들을 보는 것만으로도 내 마음은 쉽사리 흥분되었다. 나는 처음으로 아가씨들의 무리를 보았을 때 느꼈던 혼돈스러운 마음 상태처럼 아직도 어떤 때는 이 아가씨, 어떤 때는 저 아가씨 하는 식으로 끊임없이 대상이 바뀌었지만, 그럼에도 언제나 아가씨들 모두를 무리 지어 생각하고, 아가씨들 스스로가 그렇게 의식하고 처신하듯 나 자신도 그들을 그들만의 동떨어진 생명체로 여겼다. 내가 마치, 종교인들 사이에 섞여 있긴 하지만 세련된 태도 때문에 표가 나지 않는 무신론자이거나 야만인들 사이에 버젓이 끼어든 조심스러운 기독교도처럼 아가씨들 틈에 비집고 들어갈 수만 있다면, 그 속에서 건강과 무심함, 관능, 잔인함, 반지성(反知性), 기쁨이 넘치는 젊음의 활력을 마음껏 누릴 수 있을 듯이 보였다.

자꾸만 미루면서 엘스티르 씨를 보러 가지 않으면 실례예요.
하지만 나는 아가씨들 생각뿐이었다.

아주 멋진데! 그러고 보니 요즘 매일 옷이 바뀌네.

심지어 나는 파리에 편지를 하여 모자와 넥타이를
새로 사서 보내라고까지 했다.

나는 핑계를 대어 아가씨들이 해변가를 거닐 시간에 맞춰서 빠져나오곤 했다.

얘야, 나하고 조금 더 있지 않고. 쯧쯧….
그때 나는 아가씨들 때문에 할머니를 생각할 겨를이 없었다.

나는 아가씨들이 언제 훌쩍 미국이나 파리로 떠나갈는지 전혀 짐작을 할 수 없었다. 바로 이런 불안감 때문에 아가씨들에 대한 집착은 더욱 강해졌다.
우리는 어떤 사람을 좋아할 이유가 있어서 좋아할 수도 있다. 하지만 그때는 지금이 아니면 영영 아가씨들을 다시 볼 수 없을지도 모른다는
슬픔과 불안감이 찾아들었고, 사랑은 그렇게 싹트기 시작했다. 불가능을 시도할 필요가 있었다.

나는 할머니의 강권에 못 이겨, 결국 제방에서 멀리 떨어진
발벡 신시가지에 있는 엘스티르 씨의 아틀리에를 마지못해 찾아 나섰다.
BUISSON
tailleur-chemisier
Costume Complet
depuis 35 frs
Balbec
-19- rue de la Plage

엘스티르 씨가 살고 있는 집은 외양이 꽤나 흉측한 집이었다. 그럼에도 불구하고 그가 이 집을 택해 사는 까닭은, 이 집이 발벡에서 그가 아틀리에로 쓰기에 충분한 공간을 가지고 있는 유일한 집이기 때문이었다.◈

엘스티르 씨의 아틀리에◈는 새로운 세계를 창조해내는 일종의 실험실처럼 보였다.

당연한 일이기도 하지만,
그의 아틀리에에 있는 그림들은
거의 대부분 그가 발벡에서 그린
바다 풍경화들이었다.
나는 그 그림들을 보면서,
그의 그림이 간직하고 있는 매력이,
이를테면 시에서 은유라고 부르는
기법과 마찬가지로 대상을
변모시키는 힘에 있다는
것을 알 수 있었다.

그의 그림에서 가장 빈번하게 볼 수 있는 이 변모의 기법은, 육지와 바다를 함께 그리면서도
이 둘 사이의 경계를 없애 버리는 데에서 찾아볼 수 있었다.

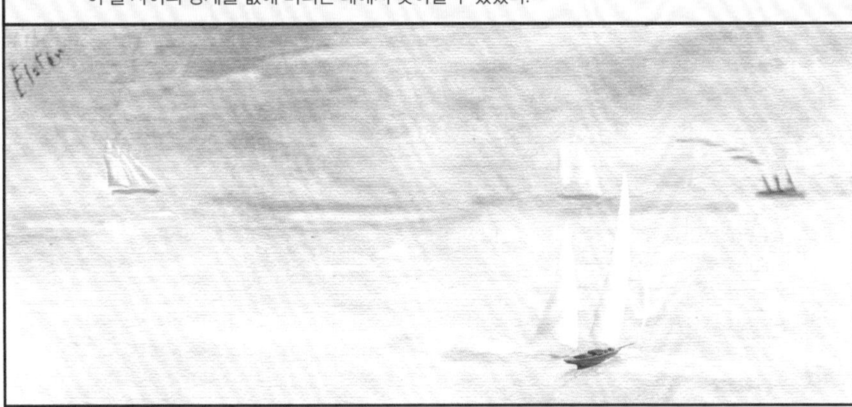

예컨대 이런 종류의 은유는 엘스티르가 불과 그 며칠 전 완성한 카르케튀트 항구 그림에서도 볼 수 있는데,
화가는 그림을 보는 사람들에게 마을은 바다의 요소를 빌려 표현하고,
반대로 바다는 뭍의 도회지적 요소를 빌려 표현하고 있다는 점을 주지시키고 있는 듯했다.

그래서 항구를 그린 그림이긴 하지만, 이 그림은 바다가 육지 깊은 곳까지
들어와 있고, 육지는 바다의 속성을 갖고 있는 듯이 보이는 것이다.
또한 사람들은 물과 뭍 모두에 사는 양서류처럼 그려지고,
사방에 바다의 활력이 살아 움직이고 있었다.

엘스티르는 그림을 그리기에 앞서 우선 현실에 대해 자기가 갖고 있던 모든 생각들을 떨구려고 엄청난 노력을 기울였는데, 그는 그렇게 함으로써 스스로 아무런 편견을 갖지 않고, 완전한 무의 상태에서 그림에 임하고자 했다.(사실 우리가 안다고 하는 것은 그 자체로 자명하지 않다.) 하지만 그는 실상 엄청난 지적 능력을 가진 사람이었다.

네? 발벡 성당이라고 했어요?
성당 정문을 보고 실망을 했다고요?

하지만 그 성당 정문은 이제껏 인류가 성경을 회화적으로 표현한 것 중에서 가장 훌륭한 작품입니다!

거기 새겨져 있는 성모상이나 성모의 일생을 나타내는 저부조(低浮彫)를 보세요. 아마 중세가 성모 마리아의 영광에 바치는 가장 감미롭고도 가장 독창적인 운율의 찬사일 겁니다!

천사들이 커다란 천으로 성모 마리아를 감싸고 있는 모습은 참으로 기가 막힙니다. 너무나 신성해서 감히 성모 마리아의 몸에 직접 손을 댈 수가 없는 거죠….

그리고, 천사가 예수 그리스도가 목욕하고 있는 물에 손가락을 담그고 물이 알맞은지 보고 있는 모습만 해도 그래요….

막 구름에서 나오는 천사상도 그렇고…

저 하늘 높은 곳에서 아래를 굽어보는 천사들도 그렇고….

성당 정문에 새겨진 조각들은 그 자체로 천상의 모든 존재들을 표현하는, 신학적이고도 상징적인 거대한 하나의 시라고 할 수 있어요. 정말 기가 막히죠, 대단해요. 이탈리아에서 볼 수 있는 모든 것들을 합친 것보다 백배 천배는 더 위대한 작품입니다.
삼각면(三角面)에 새겨진 조각들은 그 후에 또 얼마나 많이들 고대로 흉내를 냈는지 모를 정돕니다.

한마디로, 이건 천재의 작품이란 말이죠. 이해하시겠죠? 어느 시대건 간에 천재란 그리 쉽게 나오는 것이 아닙니다. 이 사람도 천재고 저 사람도 천재라고 하는 것은 완전히 거짓말입니다. 한 사람의 천재가 한 위대한 시대 전체보다 월등한 법이에요.

나는 이토록 놀라운 천상의 재현이자
이토록 엄청난 신학상의 서사시를
그제서야 이해할 수 있었다.
내가 실제로 성당 정면에 새겨진
조각상을 보러 갔을 때는,
눈을 뜨고는 있었지만 욕망에 어두워
이를 보지 못한 것이다.

저는 발벡 성당이 페르시아풍 성당일
거라고 기대하고 갔었거든요. 그런데
제가 잘못 생각했던 것 같아요.

아니지요. 사실 맞는
얘깁니다.
완전히 동방식으로 된
부분이 있거든요.

성당 어느 기둥머리에 페르시아풍 테마가 정교하게
재현되어 있는 것이 사실입니다. 동방 문물이
여러 세기 동안 유행했던 건 사실이지만,
그것 하나만으론 설명이 되질 않아요.
틀림없이 그 기둥머리를 조각한 조각가는 뱃사람들이
가져온 페르시아 궤짝을 보고서 그대로 옮겼을 겁니다.

?

저 아가씨 혹시 알고 계신가요?

엘스티르 씨는 그 아가씨의 이름이 알베르틴
시모네라고 가르쳐 주었을 뿐 아니라, 함께 다니는
다른 아가씨들도 그가 혼동하지 않도록 내가 자세히
생김새를 설명하니까 대번에 이름을 댔다.

거의 매일 그 아가씨들 중 적어도 한 사람은
반드시 여길 들른다오.

나는 이제껏 그 아가씨들의
사회적 지위에 대해서 잘못 알고 있었다.

나는 그 아가씨들이 돈푼깨나 있는
소시민 집안이거나, 공장을 가지고 있거나
사업을 하는 하찮은 집안의 사람들일
거라고 생각했다.

할머니 말씀대로 내가 일찍이 엘스티르 씨를 만나러 왔었다면, 벌써 오래전부터 알베르틴과 사귈 수 있었을 것이다.

나는 프랑스 부르주아 계급이 그토록 풍요롭고도 다양한 조각 아틀리에를 형성하고 있다는 것을 처음으로 알고는 놀라지 않을 수 없었다.

이들 부르주아 집안의 아가씨들은 얼마나 다채롭고 독창적인 얼굴을 하고 있는가! 또한 이들의 용모는 얼마나 수려하고 신선하며 순수한가! 나에게는 이들 디아나*와 요정들을 낳아서 기른 그들의 늙고 인색한 부르주아 부모들조차 가장 위대한 조각가처럼 보였다.

나는 알베르틴이 친구들과 합류하려고 해변으로 갔을 것이라고 생각했다. 그래서 만일 내가 엘스티르 씨와 함께 그곳에 간다면, 드디어 그들과 인사를 나눌 수 있으리란 생각이 들었다.

나는 엘스티르 씨로 하여금 나와 함께 해변으로 산책을 나가도록 만들기 위해서 별의별 묘안을 다 썼다.
좋지요. 하지만 먼저 이 그림을 마치고 나서 나가도록 합시다.

나는 우연히 그림을 뒤적이다가 엘스티르 씨가 젊었을 때 그린 수채화 한 장을 보게 되었다.

나는 그림 밑에 '사크리팡 양, 1872년 10월'이라 씌어 있는 것을 보고는 감탄을 금할 수 없었다.

아, 그거 별거 아닙니다. 젊을 적에 장난 삼아 그린 거예요. 모델이 복장을 한 그림인데, 통속 잡지에 쓰려고 그린 거지요. 무척이나 오래전 일입니다.
이 모델은 지금 뭘 하나요?

젊은이, 그 그림 어서 나에게 줘요. 우리 아내 소리가 나는데, 정말 아무 일도 아닌 것을 가지고 공연히 중산모 쓴 이 여자가 누구냐고 묻기 시작하면 골치 아프거든요.
이 그림은 그저 그 시대를 나타내는 흥미로운 자료 정도로 간직하고 있을 뿐입니다.

이제 보니 머리 부분만 남기고 나머지는 모두 없애 버려야겠구먼. 어쩌면 이렇게 못 그렸을까. 손은 완전히 장사꾼 손이네.

나는 엘스티르 부인이 들이닥친 것이 못내 아쉬웠고, 우리가 나갈 시간이 지체되어 더더욱 그러했다.
하지만 부인과 대화를 나눈 시간이 그리 길지는 않았다.

부인은, 현재 나이가 스무 살이고 로마의 벌판에서 소나 모는 처지였다면 아름답다고도 할 수 있는 얼굴이었다.
오, 나의 아름다운 가브리엘!
내가 나중에 신화를 주제로 한 엘스티르의 그림들을 보았을 때에서야 비로소 나도 또한 부인이 아름답다는 생각을 하게 되었다.

그때 나는, 그 시각에 아직도 아가씨들이 거닐고 있을 만한 장소로 엘스티르 씨를 이끌기 위해서 얼마나 애를 썼던가!
내 생각으론 해변가 끝을 향해 거닐다 보면 아가씨들 무리와 마주칠 가능성이 가장 높아 보였다.

저, 카르케튀트항(港) 말이죠….
아!
정말 가 보고 싶거든요.

나는 당시 엘스티르의 그림 〈카르케튀트 항구〉가 발휘하는 신선한 매력이 항구의 특별한 성격 때문이라기보다 오히려 화가의 재능 때문이라는 사실을 미처 깨닫지 못하고 있었다.

해가 저물어 돌아가야 할 때가 되었다.

그때 갑자기, 마치 파우스트 앞에 메피스토펠레스가 모습을 드러내듯….◈

우리가 아가씨들과 마주칠 수밖에 없는 상황이고, 또 엘스티르 씨가 나를 소개하려고 부르리라는 계산하에, 나는 마치 바다에서 파도가 우리를 덮치려 할 때 등을 돌리듯 순간적으로 휙 돌아서서 못 본 척했다.

나는 뒤에 홀로 떨어져서, 고개를 숙이고 골동품 가게의 진열장을 구경하는 척했다. 이제 조금만 있으면 엘스티르 씨가 마치 기다리던 공이 넘어오듯 내 이름을 부를 참이었다.

드디어 아가씨들과 인사를 나눌 수 있는 긴장된 순간이었다.

이제 곧 엘스티르 씨가 나를 부르겠지….

?!

그런데 이게 어찌 된 일인가.

좀 전에 아가씨들하고 인사를 나눴으면 좋았을 텐데요.
아니, 그렇다면 왜 혼자서 멀찌감치 있었나요?

아까 카르케튀트 얘기를 했지요? 그곳 해안선이 잘 나타나게 그린 소품이 한 점 있어요.
젊은이가 원한다면 그걸 우정의 표시로 선사하고 싶소이다.

저는 차라리 사크리팡 양의 초상화 복제품이 있으시면 그걸 얻었으면 하는데요.
그런데 그 이름은 어디서 온 거죠?
음, 그 이름은 그림 모델을 섰던 여자가 삼류 오페라에 출연했을 때 맡았던 역 이름이라오.

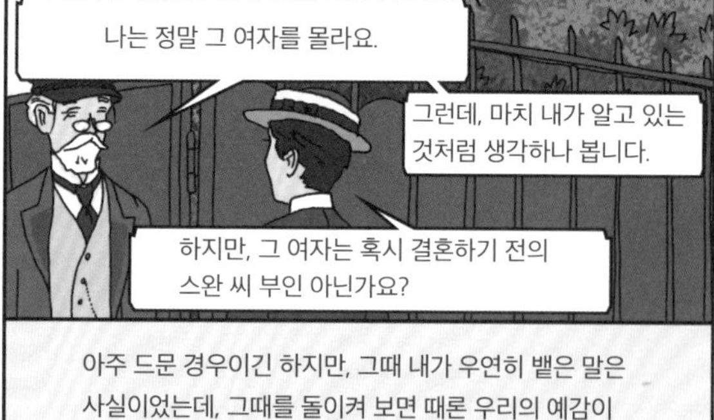
나는 정말 그 여자를 몰라요.
그런데, 마치 내가 알고 있는 것처럼 생각하나 봅니다.
하지만, 그 여자는 혹시 결혼하기 전의 스완 씨 부인 아닌가요?

아주 드문 경우이긴 하지만, 그때 내가 우연히 뱉은 말은 사실이었는데, 그때를 돌이켜 보면 때론 우리의 예감이 얼마나 정확할 수 있는가 하는 생각이 들기도 한다.

하지만 엘스티르는 아무런 대답이 없었다. 그림의 모델은 오데트 드 크레시임이 틀림없었다. 그녀는 자기 그림을 간직하고 싶지 않았던 것이다.

과연 이 위대한 예술가가 예전에 베르뒤랭 부부의 후원을 받았던 그 우스꽝스런 화가와 동일인이란 말인가!*

나는 엘스티르 씨에게 혹시 베르뒤랭 부부를 알고 있는지, 또 이들 부부가 그를 '비슈'*라는 이름으로 부르지 않았는지 물어보았다.

그는 내가 대답을 들으면 뻔히 실망하리라는 것을 알면서도 아무렇지도 않다는 표정으로 내 말에 모두 수긍을 하는 한편, 고개를 들어 나의 얼굴 위로 지나가는 실망의 표정을 바라다보았다.

비슈 씨, 전시회를 가 보셨다니 여쭙고 싶은데, 그 사람 말년 작품에는 이전 작품에서처럼 이미 사람들을 놀라게 했던 그 재주 말고, 뭐 특기할 만한 점들은 없던가요?

글쎄, 그림들이 뭘로 만들어졌는지 보려고 가까이 가 보지 않았겠습니까. 코를 갖다 댔지요. 근데 말입니다, 우엑!
비슈 씨는 얼마나 재밌는지 모르겠어!

풀로 만들었는지, 루비로 만들었는지 도통 모르겠던걸요. 비누로 만들었나, 아니면 청동? 태양으로? 똥으로?

이처럼 엘스티르 씨는 자기가 과거에 했던 행동에 대해 들려주면서 그럴듯하게 미화하기는커녕, 나에게 뭔가를 가르쳐 주려고 했다.

아무리 현명한 사람이라 할지라도 젊었을 적에 자기가 했던 말이나 행동을 후회하지 않는 사람은 아무도 없을 겁니다. 생각만 해도 부끄럽고 끔찍해서, 차라리 없었더라면 더 좋았을 텐데 하는 추억 말이에요.

렘브란트보다 더 세던걸요….
오오오!
〈야간순찰〉에서처럼, 뭘로 그렸는지 도대체 알 수가 없더란 말입니다….
아무튼 냄새가 좋던데요. 머릿속이 다 휑해지더군요. 숨이 막힐 지경이고, 전신이 가려워지고, 대체 무슨 도깨비 수작인지, 내 원 참.

악마 같고, 속임수 같고, 기적 같다고나 할까요.
그래서 어쩐지 수상쩍던걸요.
아주 정직하기도 하고요!
요즘 젊은이들에게 정신의 고귀성이니 도덕적 우아함이니 하는 것들을 가르치려 드는 사람들이 있다오. 모두 부질없는 짓이지. 원칙은 무슨 원칙인가, 아무 소용도 없는걸.

사람은 자기 스스로가 깨칠 때라야 비로소 현명해지는 법이라오.

나는 엘스티르 씨의 아틀리에를 나왔다.

아가씨들과 인사를 나누지 못한 것이 못내 아쉬웠다. 하지만 언젠가 다시 만날 수 있는 길은 열려 있는 셈이었다.

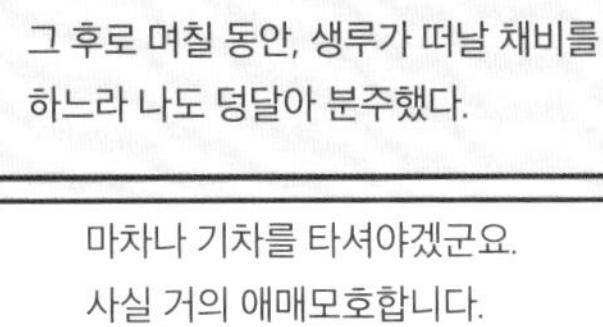
그 후로 며칠 동안, 생루가 떠날 채비를 하느라 나도 덩달아 분주했다.

마차나 기차를 타셔야겠군요. 사실 거의 애매모호합니다.
으음, 차라리 '완행열차'를 타야겠군.

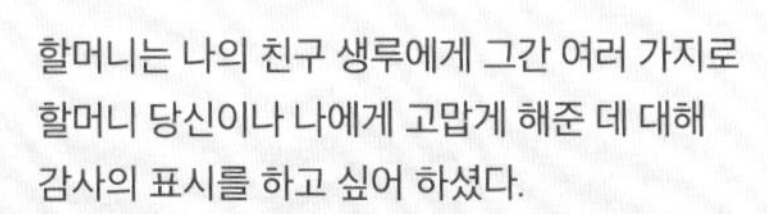
할머니는 나의 친구 생루에게 그간 여러 가지로 할머니 당신이나 나에게 고맙게 해준 데 대해 감사의 표시를 하고 싶어 하셨다.

그래요, 이건 프루동*의 친필 편지예요.
이걸 줄 테니 가져요. 그대에게 주려고 파리에 전갈을 해서 가져온 거라오.

다음날 아침…
자네 할머니께 고맙다는 인사를 제대로 못 했네.

일주일에 몇 번은 자넬 보러 가겠다고 약속하겠네.
아무렴, 그렇고 말고. 점심이나 저녁 함께하자고. 아예 동시에르에 와서 묵어도 괜찮고.

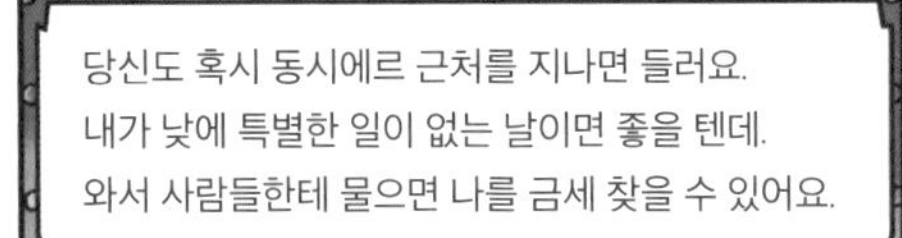
당신도 혹시 동시에르 근처를 지나면 들러요. 내가 낮에 특별한 일이 없는 날이면 좋을 텐데. 와서 사람들한테 물으면 나를 금세 찾을 수 있어요.

하지만 내가 일이 없을 때라야 합니다. 하기야 그럴 때는 거의 없지만.

우리 언제 생루를 보러 갈까?
?

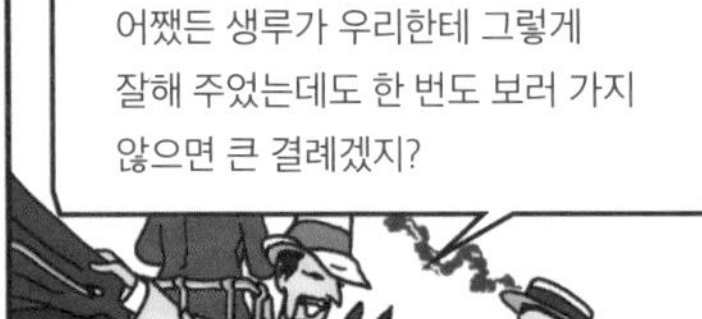
어쨌든 생루가 우리한테 그렇게 잘해 주었는데도 한 번도 보러 가지 않으면 큰 결례겠지?

아가씨들의 무리가 지나가는 때는 아니었지만, 그 시간에 그렇다고 해서 언제나 바다만 바라다보며 보낸 것은 아니었다.

나는 생활 주변이나 '정물'에서처럼 이제까지 거기에 아름다움이 숨어 있다고는 한 번도 생각해 보지 않았던 것들을 보면서 그 안에서 아름다움을 찾아보려고 했다.

생루가 떠난 지 며칠 후, 나는 마침내 엘스티르 씨로 하여금 조촐한 파티를 열도록 하여 알베르틴을 만날 수 있는 기회를 마련하는 데 성공했다. 내가 파티에 참석하기 위해 호텔을 나설 때 여러 사람에게서 어쩌면 그렇게 멋지고 우아하냐는 칭송을 들었지만, 내가 들인 이 정성과 시간이 보다 가치있는 사람들을 정복하는 데 쓰였더라면 더 좋았을 텐데 하는 후회의 감정이 들었다.

내가 엘스티르 씨 댁에 도착했을 때, 처음 순간에는 알베르틴의 모습이 아틀리에에서 보이지 않았다.

대신, 어떤 한 아가씨가 앉아 있는 모습을 보았는데…

처음엔, 나는 평소 폴로 모자를 쓰고 자전거 선수 복장을 한 채 바닷가를 거니는 아가씨의 모습을 알아보지 못했다.

하지만 그 아가씨는 알베르틴이었다.

나는 그 아가씨가 와 있는 것을 보고서도, 당장은 신경이 가질 않았다.

어떤 사교 모임이나 그렇지만,

특히 젊은 나이일 때는,

일단 모임에 참석하면 얼이 빠져서 전혀 다른 사람이 되는 법이다. 특히나 처음으로 참석하는 사교계 모임이라면 이제까지와는 다른 분위기를 접하게 되어, 내일이면 생각조차 나지 않을 그곳에 모인 사람들이며 춤, 카드놀이 따위에 완전히 사로잡히게 되는 것이다.

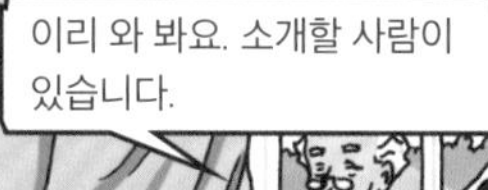
이리 와 봐요. 소개할 사람이 있습니다.

나는 드디어 알베르틴과 인사를 나눴지만, 거기에 특별히 더 큰 비중을 두지는 않았다.

그렇다고 해서 알베르틴과 인사를 나눈 일이 기쁘지 않았다는 것은 아니다.

어쩌면 당연한 일이기도 하지만, 그 기쁨은 파티가 끝나고 내가 호텔로 돌아와 비로소 나 혼자가 되었을 때 제대로 음미할 수 있었다.
그 기쁨은 사진술에서 느끼는 기쁨과도 같은 것이다. 사랑하는 사람과 대면하고 있을 때는 그저 '찰칵'하고 네거티브 필름만 찍은 셈이어서
나중에 숙소에 돌아와서야 현상을 할 수 있고, 다른 모든 사람에게는 닫혀 있는 내 안의 암실에 홀로 들어앉아 있을 때라야
비로소 차분히 감상할 수 있기 때문이다.

하지만 사교계 모임 중에 우리의 이름이 주인의 입을 통해
소리 높이 고해지는 순간, 그것도 엘스티르와 같은
인물에 의해서 이름이 고해질 때,

마치 동화 속 요정이 대번에 사람을 다른 모습으로 바꾸는 것과도 같은
이 엄숙한 순간에, 우리가 그토록 곁에 있고 싶어 하던 사람은
일시에 우리의 눈앞에서 사라지는 법이다.

아가씨에게 접근을 해서 궁금했던 것들을 점차로 알아 가는 동안, 아가씨에 대한 인식은 마치 뺄셈처럼 이루어졌다.
내가 가장 먼저 수정해야 했던 것은 그녀의 이름과 가족관계에 관한 것이었다. 다음으론, 사근사근해 보이는 아가씨의 성격에 관한 것이었다.
마침내 나는 이 아가씨가 말할 때마다 '아주'란 단어 대신 '완전히'란 부사를 쓴다는 사실을 알고는 놀랐다.

그 여잔 완전히 미쳤어요. 하지만 마음은
아주 착한걸요….

'완전히'란 말이 귀에 거슬리기는 했지만, 이 말은 자전거 선수 차림에
골프에 미쳐 있을 정도로 끼가 있고 톡톡 튀는 여자라고 여겼던…

그 사람은 완전히 진부하고, 완전히 따분한 사람이에요….

이 아가씨가 어느 정도의 지식과 교양을 갖고 있다는 것을
나타내 주고 있었다.

나는 알베르틴과 처음으로 대면했을 때의 모습을 떠올리며 그녀의 눈 밑에 있는 점을 머릿속으로 그려 보는 순간, 그날 저녁 마침내
그녀가 엘스티르 씨 댁을 떠나는 무렵 그녀의 턱 위에서 점을 보았던 기억을 떠올렸다. 하지만 나중에 알베르틴을 다시 만날 때마다,
그녀의 얼굴에 점이 있는 것은 사실이지만 정확하지 않은 나의 기억 때문에 언제나 점의 위치가 달라 보였다.

그로부터 며칠이 지난 어느 날 아침…

?

날씨 참 좋지요? 끝없이 이어지는 발벡의
여름이 장난이 아니네요!

나는 지난번 처음으로 인사를 나눌 때 그녀의 '고상한 태도'에 깊은 인상을 받았던 터라, 그녀가 이번에는 험한 말씨를 쓰고 '패거리'끼리나 하는 거친 태도를 취하는 것을 보고는 또 한 번 놀라지 않을 수 없었다.

이곳에서 특별히 하는 일은 없으시죠?
골프장이나 카지노 무도회 때 한 번도
뵌 적이 없어요. 말도 타지 않으시는 것 같고요.
정말 따분하시겠어요!

종일 해변에 나와 있는 것이
바보짓 같아 보이지 않으세요?
아, 햇빛을 쬐면서 걷는 걸 좋아하시는군요?
시간이야 얼마든지 있으실 테니까요.
저는 달라요. 전 스포츠라면 뭐든지
좋아하거든요!

근데, 소뉴 경마장에 가 본 적 있으세요?
우린 거길 갈 때 트램을 타고 갔었어요.
그런 고물 타코*를 타는 것엔
관심 없으시죠? 글쎄, 가는 데만 무려
두 시간이나 걸리더라니까요!
제 털털이 자동차를 타고 가도 세 번이나
왕복하고도 남을 시간인데요….

나는 생루가 이 지역을 다니는 지방 열차를 가리켜 아무렇지도 않은 표정으로 '완행열차'라고 했을 때 감탄해 마지않았는데 (왜냐하면 이 기차는 오만 데를 모두 둘러서 가는 기차이기 때문이다), 알베르틴이 이번에는 '트램'이니 '타코'니 하며 거침없이 말하는 것을 듣고는 겁이 덜컥 났다.

뺨에 있는 것도 같고 턱 위에 있는 것도 같았던 알베르틴의 점은 이제 영원히 코와 윗입술 사이에 자리를 잡았다.

그런데, 이렇게 오래
친구분들하고 다니지
않아도 뭐라고 하지 않을까요?

괜찮아요. 걔네들이 저를
아랑곳이나 하는 줄 아세요?

옥타브, 골프장에서 오는 길이에요?
어휴. 이젠 지긋지긋해요.
영 점수가 나오질 않네요.

앙드레도 거기 있던가요?
네, 오늘 핸디가 77이에요.
와, 기록이네!

실례합니다.

나는 이 젊은이가 옷 입는 것하며 행동거지, 시가, 영국산 음료, 말 등에 관해서는 흠잡을 데가 없는 반면에, 그러면서 머리는 텅 비었다는 사실에 놀라지 않을 수 없었다.

저 사람 아버지께서 굉장한 사업가세요. 발벡시 사업자협회 회장까지 지내고 있는걸요.

그럼, 절 좀 소개해 주시지….
안 돼요! 저런 제비족을 어떻게 소개해 드려요!

여긴 제비족 투성이예요. 하지만 당신은 그런 사람들과는 차원이 달라요. 저치는 골프라면 도사지만, 그뿐이에요. 제가 좀 알거든요. 당신과는 도저히 상대가 안 되는 사람이에요.

저 괴짜는 이름이 뭐예요?

어이, 실례하네. 내가 내일 동시에르에 간다는 걸 자네한테 말해 주려고. 더 이상 기다리게 하면 예의가 아닐 듯해서 말이야. 생루앙브레 후작이 나에 대해 뭐라 생각할까 고려해 보지 않을 수 없거든.

나는 블로크에게 도저히 함께 갈 수가 없다고 말했다.

그럼 하는 수 없지. 나 혼자 가네.

잘생기긴 했지만, 영 밥맛이네요!

나는 이제껏 한 번도 블로크가 잘생겼다는 생각을 해 본 적이 없었다. 하지만 다시 생각해 보니, 그런 것 같았다.

제 친군데, 블로크라고 해요.

틀림없이 유태인일 거예요. 유태인들은 모두 밥맛이거든요.

우리는 헤어지기 전에 언제 한번 소풍을 함께 가자고 약속했다. 그렇게 말은 했지만, 그때가 언제가 될는지는 전혀 내 머릿속에 없었다.

나는 다음 번에
알베르틴을 만날 때는
좀더 대담하게
굴어야겠다고 속으로
다짐을 했지만, 그 후
실제로 그녀를 만났을
때는 내가 전혀
의도하지도
않았던 말을
하곤 했다.

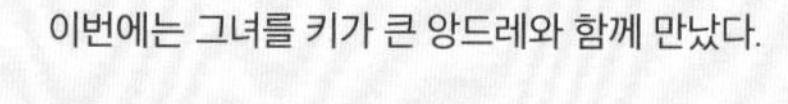
이번에는 그녀를 키가 큰 앙드레와 함께 만났다.

알베르틴이 나를 앙드레에게 소개해 주었다.

내가 발벡에 도착한 이래 얼굴을 익히 알게 된 다섯 명의 신사가 우리들 앞으로 지나갔다. 나는 평소에 저들이 과연 누구일까 하고 궁금해 하던 차였다.

잘나가는 사람들은 아니에요. 저기 키 작고 나이 좀 들고 피부가 까무잡잡한 사람 있잖아요, 노란 장갑 낀 사람 말이에요. 멋도 부릴 줄 아는 사람인데, 발벡 치과의사예요. 괜찮은 남자죠.

저기, 뚱뚱한 사람이 시장이에요.
저 땅딸보 말고요. 그 사람은 무용 선생인걸요. 제발 저 사람이 우리가 카지노에서 소리 좀 낸다고 뭐라고 하지 않았으면 좋겠어요.

저기, 또, 생트크루아 씨도 있네요. 시의회 의장인데, 돈 때문에 공화당 쪽에 붙은 사람이에요.
저기 삐쩍 마른 사람은 오케스트라 지휘자예요. 혹시 「카발레리아 루스티카나」* 들으러 오신 적 있으세요? 와, 정말 최고예요! 오늘 저녁에도 음악회를 한대요.

근데, 저흰 가고 싶어도 갈 수가 없어요. 시청 강당에서 하거든요. 카지노라면 모를까, 시청 강당에서 그리스도상까지 끌어내리고 한다니, 참….

아! 혹시 앙브르사크 집안 아가씨들 아세요? 모두 아주 상냥해요. 하지만 너무 엄하게 자라서 카지노 근처에 얼씬도 하지 않죠.
꼭, 무슨, 백조 새끼들 같아요.

저희 숙모님 남편이 관공서 관리라서 당신은 불만이시죠? 하지만 어쩌겠어요. 숙모는 숙모인걸요. 하지만 제가 저희 숙모라서 좋아하는 게 아니거든요. 사실 저희 숙모는 머릿속에 저를 내쫓을 생각밖에 없는 사람이거든요.

어쩌면 그 아가씨들이 마음에 드실지도 모르겠네요. 왜냐하면 그중 하나가 벌써 생루 후작과 약혼을 했다고 하던걸요.
?!

하지만 말할 때 입술 끝만 움직이는 걸 보면
정말 신경질이 나요. 게다가 옷도 볼썽사납게 입거든요.
아, 저기, 엘스티르 부인께서 오시네요. 정말 기품있는 분이에요.

그래요? 전 부인 차림새가 아주
소박한 것 같던데요.
그래요, 아주 소박하게 입으시죠. 하지만 그게 바로
세련된 거거든요.

알베르틴은 엘스티르 씨를 무척이나 존경했고, 그녀가 「카발레리아 루스티카나」 같은 오페라를 좋아하는 것과는 대조적으로 그림에 조예가 깊었다.
알베르틴의 그림 보는 눈은 그녀의 옷맵시에 버금가는 수준이었다.

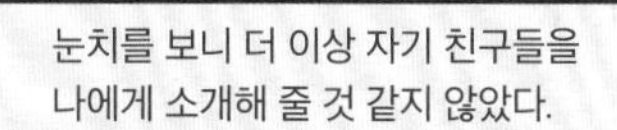
눈치를 보니 더 이상 자기 친구들을
나에게 소개해 줄 것 같지 않았다.

제 친구들한테 그렇게까지 신경을 쓰시다니
어지간히도 좋은 분이시네요. 하지만
전혀 그러실 것 없어요. 별 볼 일 없는
애들이거든요.

하지만 앙드레는 똑똑하긴 해요. 생각이 엉뚱해서 탈이지, 정말 좋은 애예요.
다른 애들은 모두 멍청하고요.

나는 갑자기 생루가 나한테 약혼했다는 사실을 감추고, 그것도 자기 애인과의 관계를
정리하지도 않고서 결혼하려 한다는 것이 몹시 슬펐다.

어느 날 아침…

안녕! 방해가 되는 건 아닐까?

알베르틴은 자기 친구가 무례하게 모자를 쓰지도 않고 있는 것을 보고는 뾰로통해졌지만, 그럼에도 불구하고 그 친구는 가지 않고 있었다.
알베르틴은 자기 친구한테서 나를 떼어 놓으려고 잠시 그녀와 함께 뒤처져 걷기도 하고, 혹은 친구를 뒤로 한 채 나와 함께 걷기도 했다.

나는 마침내 알베르틴에게 친구를
소개해 달라고 요구했다.

상냥한 미소가 아가씨의 얼굴을 스치고,
표정이 환해지는 것을 보았다.

이내 그 친구의 얼굴은 발갛게 물이 들었는데, 나는 속으로
저 아가씨는 마음에 드는 남자 앞에서는 수줍어하는
아가씨로구나 하는 생각을 했다. 아가씨는 내가 마음에
드는 까닭에 우리와 함께 있고 싶어 하는 듯했다.

하지만 나는 지젤이란 이름의 그 아가씨에게 도저히 속내를 드러낼 수 없었는데, 왜냐하면 알베르틴이 고집스럽게 우리들 중간에 끼어서 묻는 말에 몇 마디 퉁명스러운 말투로 대답을 하더니, 급기야 아주 입을 다물어 버리자 그 친구가 마침내 가 버렸기 때문이다.

어쩌면 친구한테 그렇게 쌀쌀맞아요?
그래야 버릇을 고치지요.
대체 뭣 땜에 그렇게 달라붙는담, 흥!

게다가, 걔 머리 보셨지요?
정말 취미도 저속해요.
어, 전 잘 모르겠던데.

어쩜, 그렇게 뚫어져라
쳐다보고서. 누가 봤으면
초상화라도 그리고 싶어서
그런다고 했을 텐데요?

어쨌든 걘는 우리한테 달라붙어서 훼방 놓고
싶어도 그럴 수 없게 됐어요. 조금 있다가
파리로 떠나거든요.
!
입방아 꽤나 찧어댈 거예요. 가련한 것.

나는 호텔에 닿자마자, 마차를 불러 타고
역으로 달렸다.

지젤도 나를 보고서 그리 놀라지는
않을 것이다.

파리행 기차에는 틀림없이 복도가 있을 테니, 하녀가 잠든 사이 지젤을 복도 어두운 곳으로 끌고 갈 수 있을 것이다.

그러고선 내가 어떻게 해서든지 파리로 빨리 돌아갈 테니, 파리에서 보자는 약속을 해야겠지.

하지만 만일 내가 자기와 자기 친구들 사이에서 오랫동안 저울질을 했고, 또 내가 자기만큼이나 알베르틴에게도 마음을 두고 있다는 사실을 지젤이 눈치챈다면 어떻게 하나?

어디 그뿐인가. 밝은 눈동자의 아가씨도 있고, 또 로즈몽드도 있는걸!

내가 지젤과 쌍방간의 사랑으로

맺어질 수 있는 바로 그 순간, 이와 같은 여러 생각들로 내 가슴은 아팠다.

그로부터 며칠 후, 알베르틴은 내켜 하지는 않았지만 마침내 나에게 자기 친구들 모두를 소개해 주었다. 이리하여 나는 발벡에 처음 도착하던 날 보았던 아가씨들 모두를 알게 되었을 뿐 아니라, 내가 사귀고 싶었던 다른 아가씨들 두세 명도 알베르틴의 소개로 알게 되었다.

그로부터 얼마 지나지 않아, 나는 이 아가씨들과 함께 하루 종일 어울려 지내게 되었다.

하지만, 얼마나 서글픈 일인가! 제아무리 생기로 가득한 꽃이라 하더라도, 제대로 볼 줄 아는 사람의 눈은 그 꽃에 영근 씨앗에서 이미 어쩔 수 없이 예정된 미래의 모습을 보는 것을!

지금 활기에 넘치는 이 아가씨들이 삼십 년이 채 되지 않는 앞으로의 세월 동안 그 끔찍한 내적 힘에 이끌린 채 건너야 하는 거리를 측정하려면, 그들과 함께 그들의 어머니나 숙모를 견주어 보는 것으로 충분했다.

나는 마치 같은 나무이긴 하지만 가지에 달린 여러 꽃들이 서로 시차를 두고 만개하는 광경을 바라보기라도 하듯, 단단한 씨앗과도 같은, 돌기가 돋은 연질(軟質)과도 같은 이곳 발벡 해변에서, 생기발랄한 아가씨들을 보면서 앞으로 찾아올 미래의 늙은 모습을 함께 연상하지 않을 수 없었다.

5
16

17
24
26

67

하지만 무슨 상관이란 말인가? 지금은 꽃이 피는 계절이 아닌가!

CASINO
Théâtre du Casino

Roulette
Baccara

알베르틴과 나는 이따금씩 블로크의 여자 형제들과 마주치곤 했다.

저는 '유-태인'하고는 춤을 출 수 없어요.

신앙심 깊은 부르주아 집안 출신 여자들은, 유태인이라고 하면 기독교 집안 어린아이들의 목을 따서 죽인 사람들이라고 믿고 있었다.

어쨌든, 저 여자들은 저질 인간들이에요.

유태인에 관계된 모든 것이 그렇듯이 말이에요.

블로크의 사촌 자매 하나가 여배우 레아 양에 대해서 내놓고 칭찬을 하는 바람에 카지노에 있던 사람들이 크게 놀랐던 일이 있었다.

블로크의 부친도 그 여배우의 재능을 대단히 높이 샀는데, 이러한 취향은 특히나 남자들 사이에 인기가 없는 것이었다.

처음엔 아가씨들 무리 중에서 앙드레가 제일 쌀쌀맞아 보였는데, 지금은 정반대로 제일 상냥하고, 정도 많고, 또 제일 섬세한 아가씨였다. 앙드레는 알베르틴을 대하면서 마치 언니가 동생을 대하듯 갖은 애정과 관심을 쏟았다.*

얘, 앙드레, 뭘 그리 망설여? 너, 우리 함께 골프 치러 가기로 한 거 알고 있잖아?
아니야, 난 여기서 그냥 얘기나 하고 있을래.

근데, 뒤리외 부인이 널 초대했잖아!
어쨌든, 그렇게 애들처럼 굴 거 없잖아.

네 맘대로 해. 난 지금 서둘러 갈 테야. 너 느려 터진 건 알아줘야 돼.

정말 매력있는 아이예요. 놀라운 점이 있어요.

나는 이처럼 놀기 좋아하는 알베르틴에게서 내가 어린 시절 알았던 질베르트의 모습을 보는 듯했다. 우리가 차례로 사랑을 하게 되는 여자들에게는 어떤 유사성이 존재하는데, 그 유사성이 진화하면서 이어지는 것은 아닌가 하는 느낌이 들었다.

비가 오는 날을 제외하고는 우린 언제나 자전거를 타고서 절벽이나 시골로 소풍을 갔기 때문에, 나는 호텔을 떠나기 한 시간 전쯤이면 몸치장하느라 정신이 없었고, 프랑수아즈가 소풍 가는 데 필요한 것을 행여 빠뜨리기라도 하면 우는 소리를 했다.
프랑수아즈, 내 윗도리가 안 보여요.
먼지 앉지 말라고 장에 넣어 놨으니까 안 보이지요.

도련님은 어쩌면 옷을 이렇게 마구 굴리나 모르겠어요.
이리 와서 한번 좀 보세요, 얼마나 엉망인가. 귀신이 보고 혀를 내두르겠어요.
발벡으로 휴가를 왔다지만, 저는 잠시도 쉴 짬이 없어요.

도련님 말씀대로 체스터 치즈하고 샐러드를 넣어 만든 샌드위치예요.
아 참, 파이는 사다 놨어요?

네.
하지만, 아가씨들이 다 먹지 않고 남기면, 제가 모두 챙겨서 돈으로 받을 거예요!

우리들은 떠났다.

예전 같으면, 소풍 가는 날 차라리 날씨가 나빴으면 더욱 기뻤을 것이다. 왜냐하면 그때는 발벡이 '킴메르인의 고장'◆이라고 생각했기 때문에 날씨가 좋은 날이란 존재할 수도 없으며, 안개 자욱한 유서 깊은 이 땅에 만일 그런 날이 찾아온다 하더라도 저속한 해수욕객들이 휘젓고 다닐 거라고 여겼기 때문이다.

하지만 지금 나는 예전이라면 거들떠보지도 않았을 햇빛이며 유람선이며 경주마에 온통 마음을 빼앗기고 있었다.

이따금씩 아가씨들과 함께 엘스티르 씨의 아틀리에를 방문하기도 했다.

엘스티르 씨가 우리에게 즐겨 보여주던 그림은 배에 타고 있는 아리따운 여인네들의 모습을 포착한 크로키였다.

그런데, 이 그림 좀 봐요. 경마장에 있는 모든 것들이, 이 거대한 빛 속에서는 다른 때와는 달리 보이는 거예요. 미묘한 그림자며, 반사광이며…
그곳 아니면 볼 수 없거든요!
특히 예비 경마 장면이 기가 막히는데,

혹은, 그는 발벡 근처 경마장에서 그린 스케치를 보여주기도 했다.

이 빛… 바로 이걸 화폭에 옮기고 싶었거든요.

그리고, 또 요트 경기도요!

그는 얘기가 말에서 요트로 옮겨 가자 더욱 흥분했다.

나는 그의 말을 들으며, 예전에 베로네세나 카르파초◆가 축제 장면을 즐겨 그렸듯이, 현대의 화가들에게는 요트 경기나 스포츠 경기가 중요한 모티프가 될 수 있다는 것을 알게 되었다.

젊은이가 말한 비교가 정확한 것이, 과거에는 화가들이 주로 도회지에서 그림을 그렸는데, 그들이 그렸던 도시의 축제에선 물이란 요소가 중요한 역할을 했거든요.

이를테면 카르파초가 그린 〈우르술라 성녀의 전설〉◈에서 볼 수 있듯이, 주로 그곳 도시로 부임해 오는 대사를 영접하기 위해 선상 창시합이 지금 이곳에서처럼 개최되곤 했죠.
아, 베네치아에 가 보고 싶어라!
거길 가면 당시에 베네치아 사람들이 입었던 기가 막힌 옷감들을 볼 수 있어요.
그런 옷감은 베네치아 화가들 그림에서만 볼 수가 있지요.
그런데, 베네치아 화가 중의 한 명인 포르투니◈가 그 옷감 만드는 비밀을 알아냈다는 얘기가 있어요.
하지만 난 베로네세나 카르파초 시대 때 의상보다 요즘의 현대식 의상을 더 좋아해요.
특히 요트를 보고 있으면 그렇게 아름다울 수가 없어요. 색조가 통일되고, 단일하고, 밝고, 회색이 도는 것이, 날씨가 흐릴 때면 푸른 기가 있으면서도 옅은 크림색을 띠거든요.
요트에 타고 있는 여인들 의상도 마찬가지예요. 여인들이 입고 있는 의상이 어쩌면 그렇게 고와 보이는지, 가볍고 단일한 흰색 베며, 한랭사며, 북경 비단이며, 아마포가 푸른 바다를 배경으로 햇빛을 받으면 흰색 돛과 함께 눈부시기가 이루 형용할 수 없을 정도예요.◈
애석하게도 요즘은 옷을 잘 입는 여성들이 그리 많지 않아요. 하지만 옷을 기가 막히게 잘 입는 여성들이 몇몇 있는 건 사실이지요. 여배우 레아 양이 이따금씩 경마장에 흰색 모자에 흰 양산을 쓰고 나타나는데, 정말 매력적이에요.

우리 아가씨는 이미 모자하고 양산에는 도통한 사람이지요.

부자라서 요트가 있었으면 좋겠어요. 그럼, 멋진 여행을 할 텐데!
자동차도 있었으면 좋겠고요!

자동차 타는 여자들 의상은 어떻게 생각하세요? 멋지다고 보세요?

아직은 아니에요, 하지만 곧 그리 되겠지요. 자동차 타는 여성을 위한 의상으로 괜찮게 만드는 디자이너는 고작 한두 사람 정도예요. 칼로, 두세, 셰뤼, 그리고 좀 처지긴 하지만 파캥 정도예요.* 나머지는 끔찍해서 봐 줄 수가 없어요.

디자이너마다 차이가 나나 보죠?
그럼요, 엄청 달라요, 우리 신사 양반.
앗! 죄송해요.

알베르틴 말이 맞아요. 엄청나게 다르다고까지는 못해도, 랭스 대성당*의 조각상하고 생토귀스탱 성당*의 조각상이 다른 정도의 차이는 있어요.

성당 얘기가 나왔으니 말인데, 내가 지난번 젊은이한테 발벡 성당을 커다란 절벽에 빗대서 말을 한 적이 있었지요? 그런데, 이번에는 거꾸로, 이 절벽 그림 좀 와서 봐요.

바로 근처 크뢰니에에서 그린 스케칩니다.

이걸 봐요. 조각난 이 거대한 바위 절벽이 마치 성당처럼 보이잖아요.

알베르틴과 앙드레는 나더러 그곳에 꼭 가 봐야 한다고 백 번은 더 말했다. 어쨌든 나는 그곳에 한 번도 가 보지는 않았지만, 언젠가 그곳에 가서 절벽을 보게 되면 아름다움이 어떤 것인지 저절로 알게 될 거라고 생각했다.

우리는 근처에 농가를 개조해서 만든 레스토랑에 가서 식사를 할 때도 여러 날 있었다. 우리가 갔었던 농가 레스토랑의 이름은 '에코르' '마리테레즈' '라 크루아데를랑' '바가텔' '칼리포르니' '마리 앙투아네트' 따위였다.

마침내 아가씨들 일당이 택한 농가 레스토랑은 마리 앙투아네트였다.

하지만 이따금씩 우리는 농가 레스토랑에 가서 식사를 하는 대신에, 절벽 정상으로 소풍을 가기도 했다.

아가씨들이 함께 모여 있는 걸 바라다보면, 서로 조금씩 다른 생김생김이, 마치 하늘에 사는 어느 정원사가 장미꽃 사이를 누비며 다닐 수 있도록 환한 빛을 부어 만든 오솔길 같다는 느낌이 들었다.

해 질 무렵, 아가씨들 얼굴이 붉은 노을에 물들 때에는 누가 누군지 거의 분간하기가 힘들 정도로, 아직 자기만의 개성이 뚜렷하게 나타나 있지는 않았다.

그러다가도 갑자기, 기다릴 짬도 없이 아가씨의 얼굴이 영원히 고정된 형태로 굳어지는 순간이 찾아오는데, 그 후론 그 얼굴은 우리에게 더 이상 아무런 놀라움도 주지 않는다.

아가씨들의 얼굴을 비추는 아침 햇살은 너무도 빨리 지나가기 때문에,

우리는 언제나 더욱더 젊은 아가씨를 사랑하게 되는지도 모른다.

나는 아가씨들의 재잘거리는 목소리를 환희와 함께 들었다. 마치 어린아이에겐 어른에게는 없는 분비샘이 있어서 우유를 마셔도 별 탈이 없듯이, 이 앳된 아가씨들의 목소리에는 성숙한 여인에게는 없는 특별한 음조가 담겨 있었다.

우리는 가지고 온 음식을 다 먹고 나면 놀이를 했는데, 나는 우리가 하는 놀이가 예전엔 그토록 재미있는 줄 미처 몰랐다.

'망보기 놀이'하자!
아니야, '웃지 않기 놀이' 하자!

나는 이처럼 아가씨들과 함께 하는 '족제비 놀이'나 '수수께끼 놀이'를 위해서라면,
그 어떤 사교계 모임이나 빌파리지 부인과 함께 마차를 타고 하는 산책도
얼마든지 희생할 각오가 되어 있었다.

Bien à toi;
Robert de Saint Loup
ta venue, mais suis un peu
souffrant, et préfère que
tu ne viennes pas

나는 빌파리지 부인이나 생루와 함께 있을 때라면
내가 느끼는 필요 이상으로 대화를 통해
어떤 지적 기쁨을 추구했을 테지만, 이와는 정반대로
지금처럼 아가씨들 틈에 누워 있는 동안에는
그 자체로 마음이 충만하여, 함께 나누는 대화의 수준이
빈약하거나 설사 거의 말을 나누지 않는다 할지라도
아무렇지도 않았다. 나를 감싸는 행복의 파도가
이 활짝 핀 장미꽃 발치에 부딪쳐 부서지는 것이었다.

어느 날…
누구 연필 있는 사람?

앙드레가 연필을 주고, 로즈몽드가 종이를 주었다.
우리 착한 아가씨들은 내가
뭐라고 쓰는지 보면 안 돼요.

다른 애들이
보면 안 돼요.

당신을
진정으로
사랑해요

차라리 당신한테 바보 같은
편지를 쓰느니,

오늘 아침 지젤한테서 받은 편지를
읽어 드리는 게 낫겠어요.

지젤은 자기 친구한테
졸업 작문으로 쓴 것을 보내 주는 것이
자기 의무라고 생각했다.

주제, "소포클레스*가 지옥에서
라신에게 그의 작품 「아탈리」*의
실패를 위로하는 편지를 써서
보낸다고 가정하고 작문해 보시오."

당신을
진정으로
사랑해요

난 역시 사랑을 한다면
알베르틴하고 해야겠어.

우리가 '족제비 놀이'◈를 하고 놀던 어느 날 오후…
나는 알베르틴 옆에 있는 남자를 몹시 부러운 눈으로 쳐다보았는데, 왜냐하면 내가 만일 그 사람 자리에 있었더라면 몇 분 동안이나 알베르틴의 손을 잡아 볼 수 있을 것이기 때문이었다. 아마도 그런 기회는 결코 다시 오지 않을 터였다.

내 살이 알베르틴의 손에 닿는 것만 해도 굉장할 텐데, 알베르틴의 손이 내 손을 쥔다고까지 생각을 하면 몸이 저려 올 정도로 관능적으로 느껴졌다. 내 손을 쥐는 알베르틴의 손을 머릿속으로 느껴 볼 때, 나는 그녀가 비둘기 울음소리나 점잖지 못한 소리를 내지르고 거침없는 웃음소리를 낼 때도 그랬지만, 그녀의 속으로, 그녀의 감각 깊은 곳으로 뚫고 들어가는 듯했다.

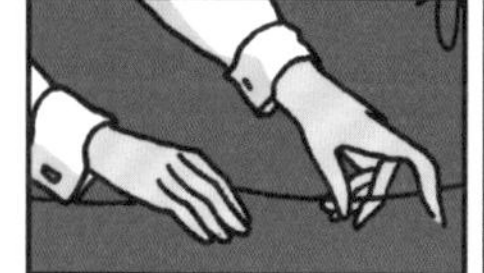

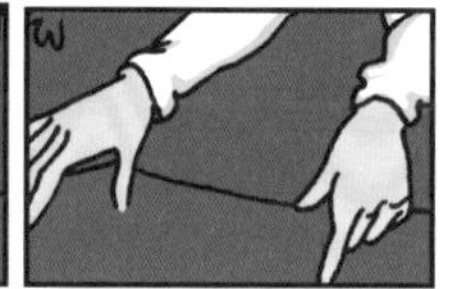

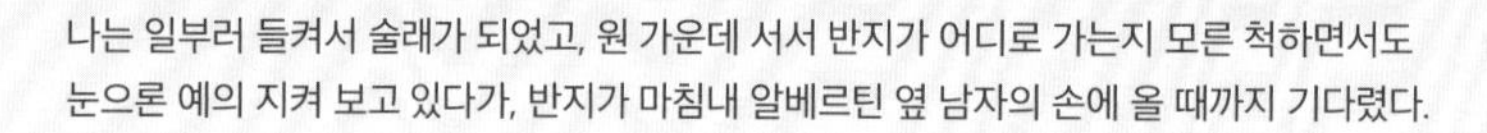
나는 일부러 들켜서 술래가 되었고, 원 가운데 서서 반지가 어디로 가는지 모른 척하면서도
눈으론 예의 지켜 보고 있다가, 반지가 마침내 알베르틴 옆 남자의 손에 올 때까지 기다렸다.

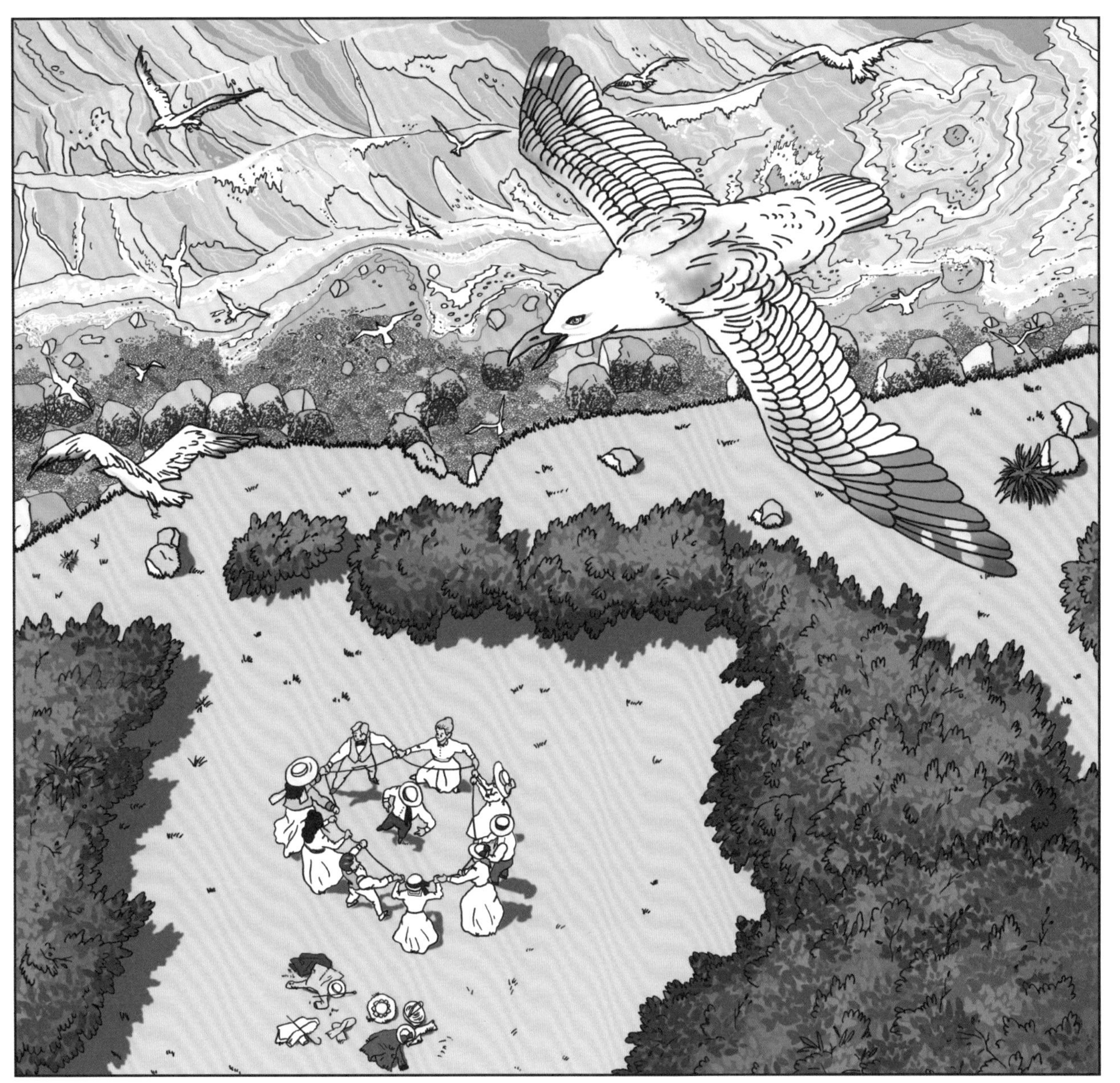

여기 숲이 정말 맘에 들어요….

"숲속의 족제비가 이리로 지나갔어요, 부인,
아름다운 숲속의 족제비가 이리로 지나갔어요…."

알베르틴, 그대는 라우라 디안티◈, 엘레오노르 드 기옌◈, 그리고 샤토브리앙*이 그토록 사랑한 기옌의 후손이 했던 갈래머리를 했군요.
언제나 지금처럼 흘러내리는 머리를 하고 있으면 좋겠어요.

함께 놀이를 하던 사람들은 어쩌면 내가 그리도 둔한지, 어쩌면 반지를 그리도 못 잡는지 모두들 놀라워했다.

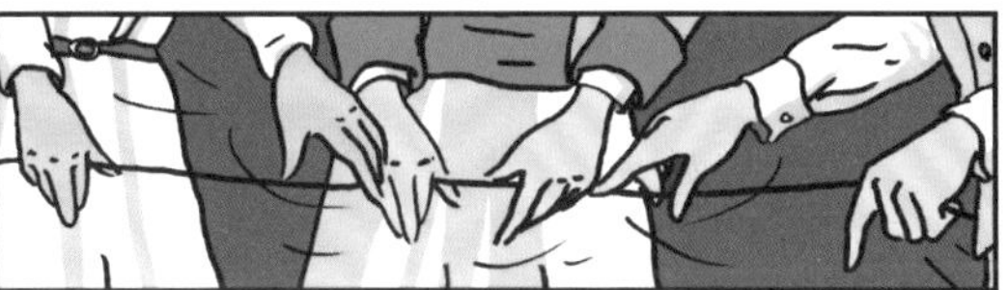

나는 드디어 알베르틴 옆 남자에게 반지가 넘겨지는 것을 포착했다.
그 즉시…
!

남자는 원 가운데의 내 자리로 와야 했고, 나는 알베르틴 옆에 있는 그 남자의 자리를 차지했다.

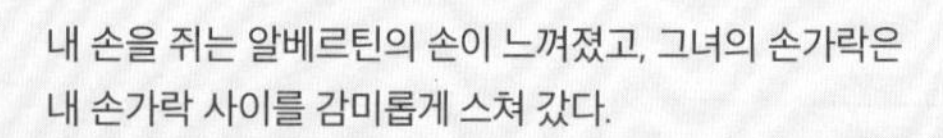
내 손을 쥐는 알베르틴의 손이 느껴졌고, 그녀의 손가락은 내 손가락 사이를 감미롭게 스쳐 갔다.

알베르틴은 이런 식으로 나한테 사랑한다는 것을 알리고 싶어 하는 거야.
이와 동시에, 알베르틴은 나에게 눈을 깜짝하면서 눈치를 주었다.

뭐 하는 거예요? 반지를 넘긴 지 한 시간은 됐겠다!

나는 술래한테 들켰다.

그래서 다시 원 안으로 들어가야 했다.

한눈파느라고 다른 사람까지 지게 만드는 사람하고는 함께 놀이하기 싫어!

앙드레, 이제 앞으론 우리가 놀이할 땐 마르셀 부르지 마! 아니면, 내가 오지 않을 테야.

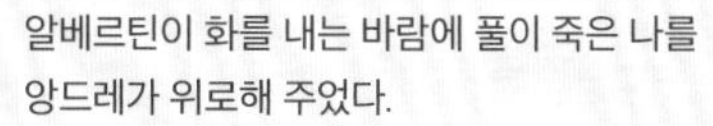
알베르틴이 화를 내는 바람에 풀이 죽은 나를
앙드레가 위로해 주었다.

그렇게 보고 싶어 하셨던
크뢰니에가 바로 이 근처예요.
여덟 살짜리 아이들처럼 놀고 있는 저 애들은
그냥 내버려 두고, 제가 거기까지 멋진
오솔길로 안내해 드릴게요.

앙드레는 무척이나 자상했기 때문에, 나는 앙드레와 함께 걷는 동안 내가 어떻게 하면
알베르틴으로부터 사랑받을 수 있을지에 대해 생각한 것을 털어놓았다.

앙드레는 알베르틴도 나를 무척 사랑한다고 대답했다. 하지만 앙드레는,
내가 알베르틴을 칭찬하는 말을 들으면서 그리 흔쾌해 보이지는 않았다.

갑자기…

?

나는 어린 시절의 감미로운 추억이
되살아나 걸음을 멈추었다.

나는 안타깝게도 봄이 이미 끝이 나 시들어 버린
산사나무를 발견한 것이었다.

내 주위로는 예전 성모의 달* 일요일 오후에 맛보았던
바로 그 분위기가 감돌았다.

앙드레는 고맙게도 내가 산사나무의 푸른 잎과 잠시 대화를 나누는 동안, 홀로 다소곳이 있어 주었다.

나는 다시 앙드레 곁으로 가서,
알베르틴에 대한 칭찬을 늘어놓았다.

하지만 앙드레는 내가 한 말을 알베르틴에게
전할 것 같아 보이지 않았다.

나는 나중에도 이때 내가 했던 말을
알베르틴이 전해 들었는지 알 도리가 없었다.

그때 앙드레가 알베르틴과 나 사이의 관계에 대해
해 주었던 고마운 얘기만 놓고 본다면,
앙드레는 우리의 사랑을 위해서라면 무슨 일이라도
마다할 것 같지 않았다.

알베르틴은 앙드레처럼 남을 배려할 줄 아는
섬세한 마음을 갖지 못했다. 나는 한참 후의
일이긴 하지만, 나중에 알베르틴을 의심하지
않을 수 없었던 것처럼, 이때의 앙드레가
진심이었는지에 대해 의심하지 않을 수 없었다.

여기가 바로 그 유명한 크뢰니에예요.
오늘 참 운이 좋네요. 지금이 엘스티르 씨가 그림에서 포착하려고 했던 바로 그 빛이에요.

하지만 여전히 나는 족제비 놀이 중에 일이 틀어진 것이 너무나 슬펐다.

그로부터 며칠 후, 우리 일행이 아주 멀리까지 산책을 나갔다가 이인승 마차 ‘술통’◈을 타고서 돌아올 수밖에 없는 절호의 기회가 찾아왔는데…

난 로즈몽드하고 타고 갈게요.
아니면, 앙드레하고요.

나는 내키지는 않지만, 내가 과연 알베르틴과 함께 마차를 타고 가도 좋은지를 다른 사람들의 결정에 맡기겠다는 식으로 말을 했다. 다른 사람들이 뭘 그러느냐고 하면, 그때 가서 못 이기는 척하고 수락하기로 했다.

그 다음 주 동안에는, 나는 알베르틴을 만나려고 하지 않았다. 그러면서, 알베르틴보다 앙드레를 더 좋아하는 듯이 행동했다.

내가 앙드레를 만나 알베르틴에 관한 이야기를 할 때는 일부러 쌀쌀맞게 말을 했지만, 아마도 앙드레는 나의 위선적인 태도를 나 자신보다도 더욱 정확하게 꿰뚫고 있었을 것이다.

당신이 알베르틴을 좋아한다는 것뿐만 아니라, 알베르틴의 가족들에게 접근하려고 갖은 방법을 모두 쓰고 있다는 것도 알고 있어요.

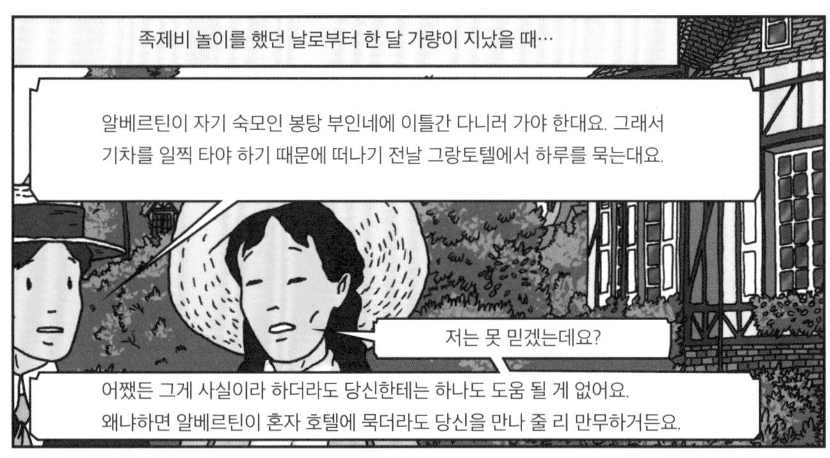
족제비 놀이를 했던 날로부터 한 달 가량이 지났을 때…
알베르틴이 자기 숙모인 봉탕 부인네에 이틀간 다니러 가야 한대요. 그래서 기차를 일찍 타야 하기 때문에 떠나기 전날 그랑토텔에서 하루를 묵는대요.
저는 못 믿겠는데요?
어쨌든 그게 사실이라 하더라도 당신한테는 하나도 도움 될 게 없어요. 왜냐하면 알베르틴이 혼자 호텔에 묵더라도 당신을 만나 줄 리 만무하거든요.

경우가 아니거든요.
당신은 제가 어떡하길 원하세요? 당신이 알베르틴을 만나든 만나지 않든 간에,
저와는 아무 상관도 없어요.

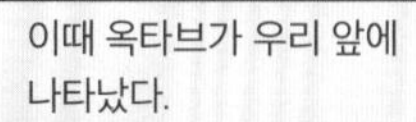
이때 옥타브가 우리 앞에 나타났다.

곧이어 알베르틴이 나타났다.

빌파리지 부인께서 당신 아버님께 제발 제방(堤防)에서는 공중팽이 놀이를 못 하도록 금지시켜 달라고 하셨다지요, 아마?
부인이 얼굴에 팽이를 맞으셨대요.

큰일이네. 여긴 가뜩이나 놀 것도 없는데.
SYNDICAT d'INITIATIVE
그 부인께서 왜 그리 일을 만드시나 모르겠네요. 나이 드신 캉브르메르 부인도 얼굴에 팽이를 맞았지만 아무 말도 없었는걸요.

옥타브와 앙드레가 떠나고, 나는 알베르틴과 단둘이 되었다.

저 좀 봐 주세요. 지난번 당신께서 말한 대로 갈래머리를 했어요. 당신말고는 제가 왜 머리를 이렇게 했는지 아무도 몰라요. 숙모님이 제 머릴 보면 놀리실 테지만, 아무 말도 안 할 거예요.

나는 알베르틴에게 내가 들었던 말이 사실인지 물었다.

네, 맞아요. 오늘 밤 당신 호텔에서 잘 거예요. 감기 기운이 좀 있어서, 저녁 식사 시간 전에 일찍 자려고 해요. 오셔서 제 침대 옆에서 저하고 저녁 함께 먹어요. 그러고 나서 당신이 하고 싶은 놀이를 같이 해요.

일찍 오세요!
우리가 오래 함께 있을 수 있게요.

나는 할머니와 함께 저녁을 먹으면서도, 할머니는 모르는 나만의 비밀을 가슴에 품고 있었다.

잠시 후 무슨 일이 벌어질는지 나 자신도 전혀 감을 잡을 수 없었다.

어쨌든, 저녁이 되어서도
그랑토텔은 더 이상 텅 비어
보이지 않았다. 호텔은
행복감으로 충만해 있었다.

내가 층계참에서 알베르틴의 방에까지 이르는 동안 아무도 나를
가로막을 수 없었다. 나는 기쁘면서도 신중한 태도로 걸어갔다.

그러다가 나는 갑자기 내가 공연한 의심을 품을 필요는
없으리란 생각이 들었다. 알베르틴 자신이 나더러
자기가 잠자리에 들었을 때 오라고 하지 않았던가.

알베르틴은 내 마음에 들려고
검고 곱슬곱슬한 머리를 완전히 풀어
양쪽 뺨 위로 늘어뜨리고 있었다.

?

이제 나는 미지의 장밋빛 열매의
향과 맛을 맛볼 참이었다.

그러나 알베르틴은 내가 자기를 덮치려드는 것을 보고는…

안 돼요!
벨을 울리겠어요!

하지만 나는 속으로, 젊은 아가씨가 젊은 남자더러 은밀하게
자기 방으로 오라고 한 까닭은 그저 얌전히 있다가
돌아가란 뜻은 아닐 거라고 생각했다.

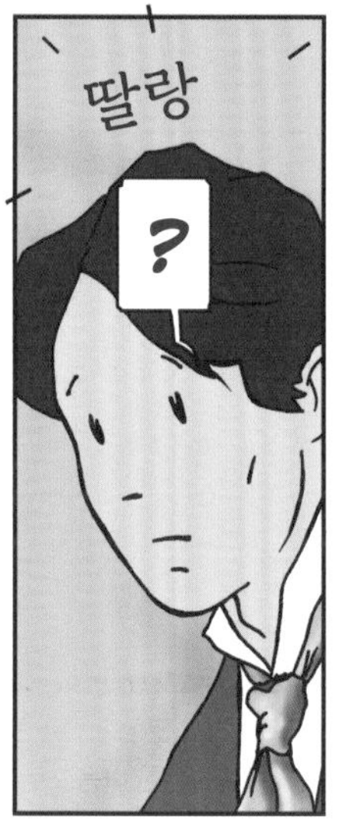
딸랑
?

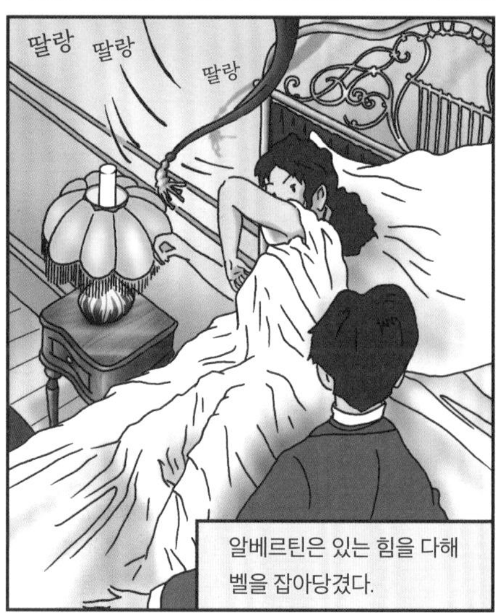
딸랑
딸랑
딸랑

알베르틴은 있는 힘을 다해
벨을 잡아당겼다.

알베르틴이 자기 숙모네 집에 다녀온 지 일주일 후…
용서할게요. 당신한테 고통을 줘서 오히려 후회하고 있어요. 하지만, 다신 그런 짓 하지 마세요.

나는 이제껏 알베르틴에 대한 사랑과 그녀의 육체를 갖고 싶다는 욕망이 별개의 것이라고 여겼었는데, 내가 앞으로 알베르틴의 육체를 가질 수 없다고 생각하자 그녀에 대한 갈망이 사라져 버렸다.

알베르틴은 나의 관심이 사라지는 것을 보고는 안타까워하면서, 나에게 황금 연필 한 자루를 주었다.

내가 당신과 포옹하는 것만큼은 아니지만, 그래도 나한테 큰 기쁨을 줄 수 있는 게 있어요.

그때 당신이 허락했더라면 좋았을 것을… 그런다고 당신에게 큰 해가 되는 건 아니잖아요? 당신이 거부하는 것을 보고 얼마나 놀랐는지 몰라요.
제 행동을 보고 놀라셨다니, 당신이 이제까지 어떤 여자들을 상대해 왔는지 궁금하네요.
내 말은, 그게 뭐 그리 중요하냐는 거요.

포옹을 한 번 허락한다고 해서, 그것도 친한 친구가 포옹을 하는 건데… 당신도 제가 당신 친구라고 하지 않았나요.
친구긴 해요. 하지만 당신 전에도 친구는 많았어요.

흠, 그럼, 그 전에도 포옹하려 했던 친구가 없었단 말이로군.
그러다간, 양쪽 뺨에 따귀를 맞을 거란 걸 알고 있었죠.

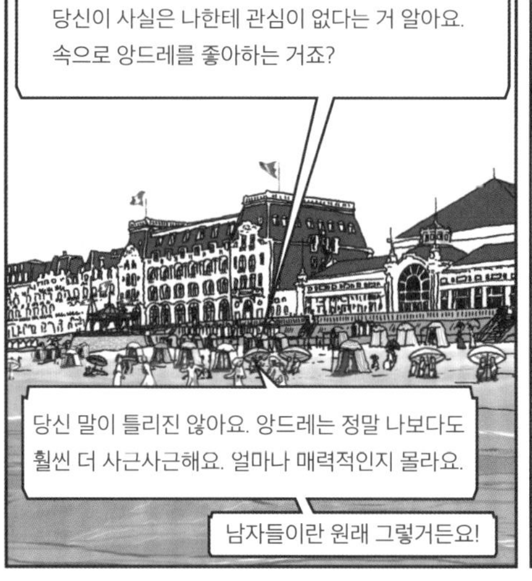
당신이 사실은 나한테 관심이 없다는 거 알아요. 속으로 앙드레를 좋아하는 거죠?
당신 말이 틀리진 않아요. 앙드레는 정말 나보다도 훨씬 더 사근사근해요. 얼마나 매력적인지 몰라요.
남자들이란 원래 그렇거든요!

아가씨들과 함께 얘기를 하고, 함께 밥을 먹고, 함께 놀면서 보낸 오랜 시간 동안, 나는 이 아가씨들이 바다를 배경으로 해서 거닐고는 있지만,

사실 내가 어린 시절 보았던 알레고리 벽화에 그려진 관능적이면서도 무자비한 여자들과 똑같은 얼굴을 하고 있다는 것을 미처 깨닫지 못하고 있었다.*

요컨대, 우리들이 멀리서 볼 때는 아름답고 신비스러워 보이는 사람과 사물들이 실상 가까이 다가가서 보면 그렇게 신비롭지도 아름답지도 않다는 사실은, 우리들이 살아가면서 터득하게 되는 경험 중의 하나이다.

그렇다고 해서 이런 관점이 항상 옳다고는 할 수 없으며 그리 권장할 만한 것도 아니지만, 우리가 인생을 되돌아보면서 이러한 관점을 취할 때 마음의 고통은 훨씬 누그러들고 죽음의 순간이 와도 보다 평온한 마음으로 맞이할 수 있는 것이다.

제일 먼저 알베르틴이
기별도 없이 발벡을 떠나가 버렸다.

아가씨가 가타부타도 없이
아무 말도 않고 떠나 버렸어요.

아가씨들이
하나둘씩
모두 발벡을
떠났다.

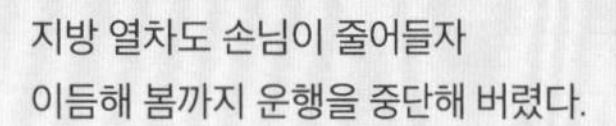
지방 열차도 손님이 줄어들자
이듬해 봄까지 운행을 중단해 버렸다.

지금 충격수단이
부족한 상탭니다.

올해는 제가 부리는 일꾼들이
모자랐죠.
하지만 내년엔 쟁쟁한 인력들을 고용해 놓겠습니다.

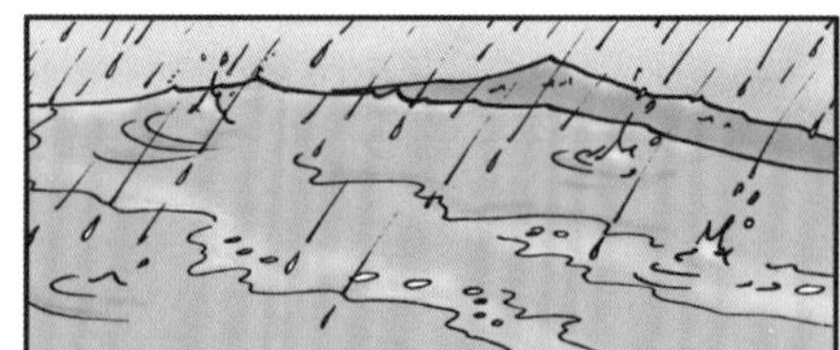

이따금씩 모진
비바람이 부는 날에는,
할머니와 나는
바람이 불 때
뱃사람들이
배의 바닥으로
피신을 하듯,
카지노도 문을
걸어 닫은 황량하기
그지없는 호텔에
갇혀 있어야만 했다.

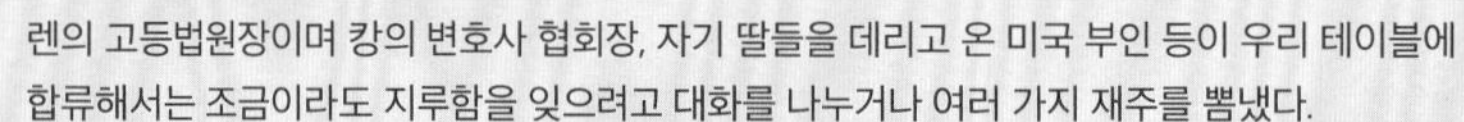
렌의 고등법원장이며 캉의 변호사 협회장, 자기 딸들을 데리고 온 미국 부인 등이 우리 테이블에
합류해서는 조금이라도 지루함을 잊으려고 대화를 나누거나 여러 가지 재주를 뽐냈다.

결론적으로 볼 때, 나는 발벡에 있는 동안 이곳에서
충분히 즐기지 못했다는 생각이 들었다. 그래서
이곳에 다시 오고 싶은 마음이 더욱 간절했다.

GRAND

내년에 오시면 더 좋은
방을 드리겠습니다.

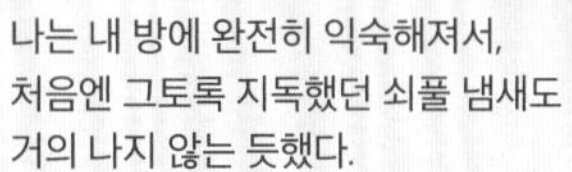
나는 내 방에 완전히 익숙해져서,
처음엔 그토록 지독했던 쇠풀 냄새도
거의 나지 않는 듯했다.

날씨가 추워지면서 습기가 뼛속 깊이 파고들자 마침내 발벡을 떠나지 않을 수 없었다.
그 후 나는 발벡에서 지낸 마지막 몇 주 동안의 일을 금세 잊어버렸다.

발벡을 회상할 때마다
거의 언제나 변함없이 떠오르는
장면은, 매일 오후 나절이면
알베르틴과 다른 아가씨들과
함께 산책을 나갔던 기억이나,
화창한 날 아침이면 할머니가
의사의 지시대로 나로 하여금
잠이 깨고 나서도 한동안
어둠 속에 누워 있도록
했던 장면들이었다.

그때는 아가씨들이 이미 해변에 나와 있는 시각이었지만, 그들의 모습을 볼 수는 없었다.
마치 감미로운 파도 속에서 뛰노는 네레이데스*와도 같은 아가씨들의 웃음소리가 내 귓전에
들려오면, 나는 그들의 모습을 머릿속에 그려 보곤 했다.

나는 육중한 보라색 커튼을 친 채로 누워 있었다.
하지만 프랑수아즈가 커튼이 벌어지는 곳을 제아무리
핀으로 고정시키고 잡아당겨서 가리려 해도,
거기엔 항상 빛이 새어 들어오는 틈새가 있었다.

당신이 우릴 보러 내려오나 보고 있었어요.
하지만 음악회를 하는 시간에도 덧창이 닫혀 있던걸요.

정오가 되면 프랑수아즈가 방으로 들어왔었다.

프랑수아즈가 커튼을 젖히면 방안으로 쏟아져 들어오던 여름날도 이제는 머나먼 과거의 일처럼 보였다. 마치 수천 년 묵은 장엄한 미라만큼이나
아득한 옛날 일처럼 생각되는 이 여름의 빛을 방안에 들이려면, 우리의 늙은 하녀는 번쩍이는 황금 옷으로 치장한 미라를 드러낼 때처럼
겹겹이 감아 놓은 천 조각을 조심스레 벗겨내야만 했다.

끝

부록

등장인물

화자의 주변인물들

어머니

아버지

화자(마르셀)

외할머니(바틸드)

왕고모

프랑수아즈

스완네 가족

샤를 스완

질베르트 스완
(샤를과 오데트의 딸)

오데트 스완
(옛 오데트 드 크레시)

예술가들

상상 속 작가 베르고트와
실제의 베르고트

화가 엘스티르
(「스완의 사랑」에서의 비슈)

비극배우 베르마

귀족

사강 왕자

마틸드 공주

아그리장트 왕자

뤽상부르 대공부인

드 노르푸아 후작

로베르 드 생루 후작

팔라메드 드 게르망트,
일명 '메메'로 불리는 샤를뤼스 남작

마들렌 드 빌파리지
후작부인

캉브르메르 후작

캉브르메르 후작부인

드 스테르마리아 씨

부인들

고등법원장 부인

공증인의 부인

봉탕 부인

코타르 부인

여성들

라셸

화장실 여성 관리인

매음굴의 여주인

발벡에서

치과의사, 시장,
시의회 의장

무용 선생,
발벡 오케스트라 지휘자

르 망의 유명 공증인

캉의 고등법원장

셰르부르의 변호사 협회장

알베르 블로크

옥타브

하인들

화자의 집

가족의 하인 니콜라

레오니 이모의 죽음 후
화자의 가족을 돌보는 프랑수아즈

스완네 집

하인 우두머리

시종

하녀

하녀

경비원

의사들

콧수염이 있는 코타르, 콧수염이 없는 코타르

주치의

발벡의 의사

발벡과 파리의 상인들

파리의 제빵업자

파리 시장의 푸줏간 주인

발벡 제방의 행상

샹젤리제의 중국 골동품점 주인

발벡의 호텔

그랑토텔의 지배인

리브벨 레스토랑의 지배인

호텔 소유주

엘리베이터 보이

에메

리브벨의 웨이터

활짝 핀 아가씨들

질베르트

질베르트의 친구들

건널목지기의 딸

리브벨의 두 아가씨

드 스테르마리아 양

블로크의 자매들

활짝 핀 아가씨들

알베르틴 시모네

앙드레

지젤

로즈몽드

활짝 핀 아가씨

활짝 핀 아가씨

자전거 타는 아가씨

우유 통을 든 아가씨

물고기를 든 아가씨

마르셀 프루스트

마르셀 프루스트는 1871년 7월 10일 파리 16구 오퇴유 지역의 라퐁텐가(街) 96번지에서 태어났고,
1922년 11월 18일 파리 16구의 아믈랭가 44번지에서 오십일 세의 나이로 세상을 떠났다.

그는 부유한 부르주아 가정에서 자랐다. 저명한 위생학 의사인 아버지 아드리앵 프루스트는 파리 의과대학의 교수이자 국제위생단체의 총감이었다. 마르셀은 아주 어려서부터 귀족들의 살롱에 드나들었고, 사교계 인사로 시간을 보내는 동안 수많은 예술가와 작가 들을 만났다.

그는 여러 편의 짧은 산문과 시, 단편소설을 썼고(『기쁨과 나날들』), 기사와 모작 들을 묶은 『모작과 잡문』을 펴냈으며, 존 러스킨의 『아미앵의 성경』을 영어에서 프랑스어로 번역했다. 또한 그는 1895년에 첫 소설 『장 상퇴유』의 집필을 시작했으나 포기하고 마는데, 이 소설은 그의 사후인 1952년에 처음 출간되었다. 그는 1907년에 『잃어버린 시간을 찾아서』를 집필하기 시작한다. 일곱 권으로 이루어진 이 소설은 1913년에서 1927년 사이에 출간되었다.

『스왼네 집 쪽으로』(1913) 『활짝 핀 아가씨들의 그늘에서』(1919) 『게르망트 쪽』(1920-1921) 『소돔과 고모라』(1921-1922) 『갇힌 여인』(1923) 『사라진 알베르틴』(1925) 『되찾은 시간』(1927)

소설의 첫번째 권인 『스완네 집 쪽으로』는 세 부분(「콩브레」「스완의 사랑」「고장의 이름:이름」)으로 되어 있다.

소설의 두번째 권인 『활짝 핀 아가씨들의 그늘에서』는 두 부분(「스완 부인의 주변에서」「고장의 이름: 고장」)으로 되어 있고, 그는 이 책으로 1919년 공쿠르상을 수상했으며, 소설의 마지막 세 권인 『갇힌 여인』『사라진 알베르틴』『되찾은 시간』은 프루스트 사후에 출간되었다.

『잃어버린 시간을 찾아서』는 소설 전체가 일인칭으로 서술되는데, 화자가 태어나지 않았거나 아주 어린 나이였으리라 간주되는 1880년대의 파리를 무대로 펼쳐지는 「스완의 사랑」만이 예외이다.

몸이 허약했던 마르셀 프루스트는 평생토록 중증의 천식으로 고생했다. 1922년 10월, 그는 에티엔 드 보몽 백작을 만나러 가던 중 감기에 걸리고, 결국 11월 18일에 기관지염이 도져 사망했다. 그는 파리의 페르라셰즈 공동묘지(85구역)에 묻혔다.

프루스트의 설문지

'프루스트의 마들렌'(「콩브레」)이나 '카틀레야를 하다'(「스완의 사랑」)처럼, '프루스트의 설문지' 또한 프랑스어에 편입되어 통용되고 있다. 하지만 이 설문지는 프루스트 자신이 만든 것은 아니다. 영어로 작성된 설문지로, '고백'이란 별명으로 불리기도 한다. 프루스트는 적어도 두 차례 이 설문지에 응답했던 것으로 알려져 있다. 열세 살 때 처음으로 앙투아네트 포르의 설문지에, 두번째는 스무 살 때 설문지에 응했다. 질문들(그리고 대답들)은 똑같지는 않지만 거의 유사하다. 프루스트 설문지의 두 버전은 콜브 프루스트 재단의 홈페이지에서 열람할 수 있다.(http://www.library.uiuc.edu/kolbp/proust/qst.html)

어휘풀이

원작 소설 『잃어버린 시간을 찾아서』의 두번째 권 『활짝 핀 아가씨들의 그늘에서』를 구성하는
만화본 네 권이 완성된 시점에 원서 출판사가 내용 이해를 위해 덧붙인 자료로, 이 합본에만
수록되어 있다. 『활짝 핀 아가씨들의 그늘에서』 원작 소설에서 발췌한 인용문은 출처를 생략했다.

스완 부인의 주변에서

4.

'조키 클럽' 회원으로서의
스완이란 이미지에,

조키 클럽(Jockey Club): 1834년 마종(馬種) 개선 증진협회에서 설립한 이 프랑스 클럽은 1836년부터 경마를 후원하기 위해 '조키 클럽 상'을 수여했다.

마르셀 프루스트는 조키 클럽을 세상에서 가장 폐쇄적인 모임이자, 엘리트만의 성전으로 여러 차례 언급한다. 하지만 샤를 스완도 사실상 이 클럽의 회원으로 소개되는데, 왜냐하면 대다수의 회원들이 귀족이긴 하지만, 이 클럽이 반드시 귀족들만의 클럽은 아니기 때문이다.

클로드 모네(Claude Monet): 마르셀 프루스트는 지베르니에서 클로드 모네를 만났을 것이다. 하지만 건강상의 이유로 그곳에 머물지는 못했다. 모네의 정원은 계절의 흐름에 따라 완벽한 색채적 조화를 꾀하기 위해 고안됐는데 이미 모든 이들의 칭송을 받았다. 마르셀 프루스트는 1907년 6월 15일자 『피가로』 문학 특집호에서 인상파 대가의 이 의도에 대해 아래와 같이 말했다.

"마침내, 장 보니 씨의 보호 아래 내가 클로드 모네의 정원을 언젠가 방문하게 된다면, 나는 색조의 정원이자 화원 이상으로 다양한 색채를 뽐내는 이 정원에서 고전적 정원사의 정원이라기보다, 말하자면 색채화가의 정원을 보게 될 거란 생각이 든다. 이곳의 꽃들은 다양한 뉘앙스가 동시에 서로 어우러지도록 파종되었다는 점에서 볼 때 완전히 자연적인 전체를 이루지 않고, 오히려 화가의 뚜렷한 의도에 따라, 이를테면 색채가 아닌 모든 요소를 배제한 채 비물질화한 푸른빛과 분홍빛 표면에서 무한히 조화를 이룬다. 이 정원이야말로(회화작품의 모델이 아닌 진정 예술을 그대로 옮겨 놓은 듯하고, 대화가의 시선 아래 빛을 발하는 자연에 바로 그려 놓은 듯한 회화작품이다) 처음이자 생생한 소묘라 할 만하고, 모든 조화로운 색조들이 마련된, 적어도 이미 준비돼 있고 감미로운 팔레트인 양, 대가가 기막히게 화폭 위에 재현해낸 대지의 꽃이자 동시에 물의 꽃이기도 한 이 감미로운 연꽃들은 (…)."

프루스트는 『스완네 집 쪽으로』에서 콩브레의 비본강에 핀 연꽃을 환기하기 위해 지베르니에 있는 모네의 연꽃 정원에서 영감을 얻었다. "정원의 팬지

꽃은 마치 나비가 이 물의 화단뿐 아니라 하늘의 화단인, 이 투명한 사선 위로 푸르스름하고 차가운 날개를 살포시 내려놓는 것 같았다. 그것은 (…) 마치 하늘 가득 피어 있는 듯 보였다."

6.

노르푸아 후작(p.20의 대화 참조): "노르푸아처럼 하다(Faire son Norpois)"라는 말은 케 도르세(프랑스 외무성의 별칭—옮긴이)에서 외교관이 동료 외교관의 과장된 스타일과 애매모호한 분석방식을 꼬집기 위한 표현으로 사용된다.

5월 16일의 대사: 왕당파인 공화국 대통령과 공화파가 다수를 차지한 국민의회가 대립했던 1877년 5월 16일 헌정위기 후에 유지됐던 대사직을 일컫는다. 드 노르푸아 후작은, 프루스트가 1896년 10월 6일에서 8일까지 있었던 러시아의 차르 니콜라이 2세의 방문에서 크게 영감을 얻어 만든 인물인 테오도즈 왕(가상의 군주)의 방문을 분석한다. 차르는 엘리제궁에서 축배를 들며, 그 자리에서 "우리의 두 국가를 하나가 되게 하는 무척이나 고귀한 관계"와 두 국가를 하나가 되게 하는 "군사적 우의"를 암시함으로써, 동맹을 통해 대대로 내려오는 적을 함께 무찌르자고 했다.

화자의 아버지가 언급하는 전보란 황제인 빌헬름 2세가 1895년 전직 수상이었던 비스마르크에게 그의 군국주의 정책을 칭송하기 위해 보낸 것으로 여겨진다.

1890년대 중엽, 비스마르크가 프랑스를 고립시키기 위해 구축했던 체재가 위기에 들어선다. 그의 후임자는 러시아와의 우호 협정을 재추진하지 않기로 한 까닭에, 프랑스-러시아 간의 동맹이 맺어질 수 있었다. 장차 1902년에는, 프랑스와 영국이 우호 협정을 맺음으로써, 친불 성향의 영국 왕 에드워드 7세가 무척이나 만족해 한다. 영국과 러시아는 한참 후인 1907년에 화해한다. 이 만화본에서는 소개되지 않지만, 드 노르푸아는 익살스럽게 이같은 연합전선을 예고한다.

"모든 지리책이 이에 대해 불완전하게 다루고 있더라도 앞으로 교육은 이루어져야 하고, 바칼로레아에서 그렇게 제대로 답변을 못하는 지원자는 가차없이 떨어지리란 사실을 케 도르세에서는 잘 알고 있어야 한다. 다시 말해, 과거에 모든 길은 로마로 통한다는 말이 있었다면, 이젠 파리에서 런던으로 통하는 길은 반드시 상트페테르부르크를 거쳐야 한다는 사실을 말이다."

위원회: 아마도 카미유 바레르(Camille Barrère)가 주재하여 콜레라 예방에 관한 여덟 차례의 국제 컨퍼런스에 참여한 프랑스 대표단을 일컬을 것이다. 위생학자인 프루스트의 아버지는 콜레라가 발흥한 주요 발생지인 이집트와 오스만 튀르크에 위생 전담팀을 창설하는 등, 이 조직에서 결정적 역할을 했다. 이를 위해서는, 과학적으로 매우 강력한 성과를 만들어내야 했을 뿐 아니라, 영국과 오스만 튀르크를 설득하기 위한 상당한 외교적 노력이 필요했다.

8.

"좀처럼 입을 여는 사람이 아니거든": 프랑스어로 '부토네(boutonné)'는 하는 말이 비밀스럽고 신비하며, 감정을 표출하지 않는 것을 뜻한다.

이 모자들을
구하려고 찾아
나선 게 아닙니다.

그냥 갖고 있었죠.

뤼시앵 기트리: 작가이자 배우인 사샤 기트리의 아버지 뤼시앵 기트리(Lucien Guitry, 1860-1925)는 사라 베르나르(Sarah Bernhardt)와 쌍벽을 이루는 남자 배우로, 당대의 가장 유명한 배우였다.

9.
낮 공연: 극장에서 '마티네(matinée)'란 오후에 있는 공연을 일컫는다. 늦은 오후에 행하는 공연은 '수아레(soirée)'라고 한다.

『르뷔 데 되 몽드(Revue des Deux Mondes)』: 1829년 프로스페르 모루아와 피에르 드 세귀르 뒤페롱이 창간한 『르뷔 데 되 몽드』는 정치와 행정, 풍속에 관한 글들을 발표하기 위해 만들어졌으며, 유럽의 다른 여러 나라와 미대륙과의 관계에서 프랑스에 사유의 토론장을 마련해 주기 위한 잡지였다. 19세기 동안 이 잡지는 위대한 작가들의 표현의 장이었고, 주로 문학을 다루었다. 유럽에서 가장 오래된 잡지이고, 현재도 발간되고 있다.

10.
「앙드로마크(Andromaque)」(1667): 장 라신의 5막 비극으로, 이 작품은 다음과 같은 유명 구절로 요약된다. "오레스트는 에르미온을 사랑하고, 그녀는 피뤼스를 사랑하고, 또 피뤼스는 앙드로마크를 사랑하고, 그녀는 죽은 엑토르를 사랑한다."

「마리안의 변덕(Les Caprices de Marianne)」(1833): 처음 『르뷔 데 되 몽드』에 발표된 알프레드 드 뮈세의 이 2막 희곡은 원작이 비도덕적이란 이유로 검열에 의해 무수히 많은 수정을 겪고 나서, 1851년에 비로소 코메디 프랑세즈에서 초연된다.

「페드르(Phèdre)」(1677): 장 라신의 5막 비극이다. 고대 비극에서 차용한 이 작품은 페드르(페드라)가 자기 남편인 아테네의 왕 테제(테세우스)와 아마존 사이에 태어난 아들 이폴리트(히폴리토스)에 대한 페드르의 근친상간적 사랑을 그린다. 라신의 희곡 중에서 가장 많이 무대에 오른 「페드르」는 그의 최고 성공작으로 꼽힌다.

프라리 성당의 티치아노: 화자는 자신이 흡사 베네치아에 있는 프라리 성당의, 티치아노 베첼리오가 그린 〈성모 승천〉의 발치에 있다고 상상한다.

산 조르조 델리 스키아보니에 있는 카르파초의 대작: 베네치아의 라 스쿠올라 디 산조르조 델리 스키아보니 성당에는 카르파초의 유명한 그림들, 예컨대 성 게오르기우스, 성 트리폰, 성 히에로니무스의 역작들이 소장돼 있다.

대로변 극장: 18세기 말 사설 연극에 의해 발흥한 대로변 희곡들은 비록 일부의 극작가들에 의해 사회 비판극이 씌어지기도 했지만, 오로지 오락만을 위한 것이었다. 대로변 극장은 주로 드라마와 범죄를 주제로 다뤘기 때문에 범죄의 대로로도 불렸던 탕플 대로변에 자리를 잡았다. 19세기 말에는 오락물이지만 극적 성격이 덜한 보드빌(춤과 노래를 곁들인 가벼운 형태의 희곡—옮긴이)이 성행했다.

12.
파리 레알(Les Halles) 시장: 1181년, 파리 1구의 생라자르 나병환자 수용소가 있던 자리에 위치하여, 동쪽으로는 생드니가(街), 남쪽으로는 페로너리가, 서쪽으로는 토넬르리가, 그리고 북쪽으로는 그랑드 트뤼앙드리가와 접한 곳에, 프랑수아즈가 자주 들르는 시장이 있었다. 이 시장은 에밀 졸라의 소설 『파리의 배(Le Ventre de Paris)』의 주무대이기도 했는데, 1857년에서 1874년 사이, 생퇴스타슈 성당 근처에 건축가 빅토르 발타르가 세운 열두 채의 철골 구조물로,

유리로 된 지붕을 얹은 도로에 이어지게끔 했다. 이 시장은 1971년에서 1973년 사이에 허물어지고, 파리 중심부를 떠나 렁지스로 이사했다.

13.
미켈란젤로와 카라라 대리석: '일 디비노'(신적인 예술가)라고도 불리는 미켈란젤로(1475-1564)는 하나의 커다란 돌덩어리로 기념비적인 동상을 제작함으로써 칭송받았는데, 대리석을 고르기 위해 아푸안 알프스에 있는 카라라 채석장을 일고여덟 차례나 찾았다. 교황 율리우스 2세는 미켈란젤로에게 자신의 무덤을 치장하고 조각하는 일을 맡겼지만 완성되지 못했고, 그의 유해는 산피에트로 대성당의 평범한 바닥 아래 묻혔다.

네브요크 햄: 프랑수아즈가 네브요크['뉴욕(New York)'의 잘못된 발음이다—옮긴이] 햄이라고 했지만, 실상 그것은 요크 햄을 가리킨다.

개막극: 연극에서 '개막극'이란 본격적인 연극이 시작되기 전 행해지는 소연극이다.

16.

코메디 프랑세즈(Comédie-Française): 코메디 프랑세즈 또는 테아트르 프랑세즈(또는 '르 프랑세')는 1680년에 창립되어, 1799년에 파리 1구의 팔레 루아얄의 중심에 자리잡았다.

17.
무타티스 무탄디스(Mutatis mutandis): '무타티스 무탄디스'란 '비교를 위해 차이점들을 배제한 후에'(직역하면 '바꿀 것을 바꾼 후에' '필요한 부분만 바꾼 후에'가 된다—옮긴이)란 뜻을 가진 라틴어 성구로, "그 밖의 모든 것이 동일하다면"이란 뜻을 가진 '세테리스 파리부스(Ceteris Paribus)'란 표현과 매우 흡사하다.

18.
도덕과학 아카데미(Académie des Sciences Morales): 1795년에 창립된 도덕과학 및 정치과학 아카데미는 프랑스 학사원을 구성하는 다섯 아카데미 중 하나이다. 1803년에 폐쇄되었다가 1832년에 부활한 도덕과학 아카데미는 사회문제가 불거질 때 공권력의 요청으로 의견을 주곤 한다. 더불어, 주요 교육기관이나 연구기관의 선거에 대한 의견을 발표하기도 한다.

사 퍼센트 수익률의 러시아 공채: 다섯 종의 러시아 공채는 연 사 퍼센트의 이자율을 제시했었다. 그중 셋은 국채(1888년 1월, 1890년 2월, 1901년 5월 발행), 나머지 둘은 금 사 퍼센트의 영구공채(1889년 2월과 5월 발행)였다.

ИМПЕРАТОРСКОЕ
РОССІЙСКОЕ ПРАВИТЕЛЬСТВО
РОССІЙСКІЙ ЧЕТЫРЕХПРОЦЕНТНЫЙ ЗОЛОТОЙ ЗАЕМЪ
ШЕСТОЙ ВЫПУСКЪ 1884 ГОДА
ПЯТЬ
ОБЛИГАЦІЯ
ШЕСТЬСОТЪ ДВАДЦАТЬ ПЯТЬ РУБЛЕЙ

볼셰비키 혁명 이후 이 채권이 처할 운명에 비추어 봤을 때, 노르푸아 후작이 "그 정도 특급 가치의 채권이라면, 비록 수익률이 아주 높진 않지만, 원금을 잃어버릴 염려는 없습니다"라고 한 말은 의미심장하다. 사실상 1918년 1월 16일, 리시아 혁명 정부는, "국부(國富) 고등위원회는 제정 정부와 부르주아 정부가 발행한 모든 국채를 무효화할 수 있는 법령 시안을 마련했다"고 공표했다. 이 채권의 무효화로 수십만의 프랑스 가정이 파산했다.

20.
존 불, 엉클 샘: 존 불(프랑스인이 영국인을 조롱하기 위해 만든 인물로 주로 중년의 배불뚝이에 중절

모를 쓴 부르주아의 형상으로 희화화되곤 한다—옮긴이)과 엉클 샘(미국을 의인화한 인물로, 대개 흰 머리에 턱수염을 하고 미국의 국기를 연상시키는 복장을 한 나이 든 남자로 그려지곤 한다—옮긴이)은 이를테면 프랑스의 마리안(프랑스 공화국을 상징하는 젊은 여성상이다—옮긴이)처럼, 각각 영국과 미국을 상징하는 인물들이다.

수석 요리사: 라틴어 '마기스테르'(우두머리)와 '코쿠우스'(요리사)에서 비롯된 말로 수석 요리사(maître queux)란 성이나 대저택에서 일하는 요리사들의 우두머리를 뜻한다.

프랑수아 바텔(François Vatel, 1631-1671): 바텔은 재무성 총감 니콜라 푸케의 집사였고, 후에 루이 2세 드 부르봉 콩데[대(大) 콩데]의 집사가 된다. 대 콩데는 1621년 샹티이성에서 거행되는 삼 일간의 축제에 루이 14세를 초대했다. 바텔은 금요일, 즉 금육재(禁肉齋) 때 회식자들에게 생선요리를 대접하고자 했다. 하지만 주문한 대량의 생선이 지체되자, 자신의 명예가 실추됐다고 여겨 칼로 자결한다.

23.
루쿨루스: 루쿨루스의 성찬은 장군이자 정치가인 루키우스 리키니우스 루쿨루스의 전설적인 식도락 잔치와 관련된 풍부하고 세련된 식사를 뜻한다. 플루타르코스는, 루쿨루스가 손님들이 없을 때 단출한 식사를 내온 자기 요리사를 책망하며, "오늘 저녁 루쿨루스가 루쿨루스네에서 저녁을 먹는다오"란 말을 건넸던 일화를 전한다.

칼스바트: 카를로비바리의 독일어 이름으로, 따듯한 물이 샘솟는 체코의 유명 온천도시이다. 19세기에서 20세기 초까지 중부유럽의 사교장이 되었다.

25.
파리 대공: 파리 대공이자 프랑스 왕가의 왕자인 루이 필리프 알베르 도를레앙(1838-1894)은 프랑스의 왕위 요구자이자 오를레앙파 인사이다.

26.
겉치레: 프랑스어로 '아페트리(afféterie)'는 꾸밈, 우아하거나 까탈스럽고 기교적인 것을 과장되게 나타낸다는 것을 뜻한다.

27.
메테르니히 공주: 빼어난 미모를 가졌던 파울리네 폰 메테르니히 공주(Pauline Von Metternich, 1836-1921)는 자신이 운영하는 파리 문학살롱과의 환담을 좋아한 대귀족이었고, 유명한 박애주의자이기도 했다.

앙피트리옹: 바람 피우는 부인한테 속는 남편으로 유명한 신화 속의 인물인 앙피트리옹은 식사 초대를 하는 집주인이란 이미지가 되었다. "진정한 앙피트리옹은 저녁 식사를 베푸는 앙피트리옹이다."—몰리에르의 「앙피트리옹」 중에서

29.
진부: 본래 '퐁시프(poncif)'란 작은 구멍들이 숭숭 뚫려 있어 복제하기(유명한 프레스코 화가들이 애용하던 기법으로, 이들은 사전에 아틀리에에서 밑그림을 그려 놨었다)에 용이하도록 만든 투사지를 일컬었다. 이와 같은 의미가 확장되어, 독창성 없는 생각이나 인물, 그저 반복되거나 되풀이되는 방식, 상투어 등을 뜻하게 되었다.

30.

"우리 부모님은 너를 별로라고 생각한다는 걸(Ils ne vous gobent pas)": '고베(gober)'는 씹지 않고 굴, 계란 따위를 삼키는 행위를 가리킨다. 즉, 순진하게, 생각 없이 누군가를 '고베'한다는 것은 그 사람한테 기꺼이 속아도 좋다거나, 그 사람을 제대로 살피지 않고 받아들인다는 뜻이다. 누군가를 '고베'하지 않는 것은 그 사람을 용납하지 않는다는 뜻이다.

31.
입시세(入市稅) 납부소: 건축가 니콜라 르두(Nicolas

Ledoux)가 설계한 입시세 납부소는 제각기 다른 양식으로 지어졌는데, 입시세(자동차가 통과할 때마다 요금을 징수하는 톨게이트와는 달리, 상품 가치에 따라 세금을 매기는 방식이었다)란 이십사 킬로미터에 걸쳐 파리 외곽을 에워싼 통로(경계벽)에서, 이를 넘을 때마다 징세 청부인이 세금을 징수했던 기념비적 건물이었다. 물론 대중은 이를 싫어했다. "파리를 '에워싸는(murant)' '방벽(mur)'은 파리를 '수근거리게(murmurant)' 만든다."

이 방벽은 오늘날 샤를 드골 에투알 광장에서 나시옹역(驛) 사이를 오가는 지하철 노선인 2호선(북쪽 방향)과 6호선(남쪽 방향)의 궤적과 거의 일치한다.

오십사 번 입시세 경계벽, 특히 에투알 광장의 장벽은 프루스트 생전에 아직 흔적이 남아 있었다. 오늘날은 빌레트 로터리, 몽소 공원 로터리, 나시옹 광장 주변의 트롱 장벽, 당페르 로슈로 광장의 당페르 장벽 등이 남아 있다. 샹젤리제 공원 화장실의 기념비적 양식은 입시세 납부소를 많이 닮았다.

지하로 통하는 문: 지하 구조물(hypogée)이란 묘소나 장례식장을 위해 마련된 공간이다.

35.
불면증: '아그리프니(agrypnie)'란 잠을 전혀 자지 못하는 상태를 의미한다.('아그리프니'는 불면증을 뜻하는 옛말이다—옮긴이)

37.
친절한 에우메니데스: 그리스 신화에서 에리니에스는 복수의 여신들이었다. 하지만 그들이 이름을 에우메니데스로 바꾸고, 아테나가 그들에게 이유 없는 잔혹함을 버리고 정의를 실행하라고 설득한 이래 선량해졌다. 스완네 집 경비원도 그런 식으로 태도가 변한다.

39.
콜롱뱅의 토스트: 콜롱뱅은 캉봉가(街)와 몽타보르가 모퉁이에 있던 인기 찻집이다.

40.
위니옹 제네랄 사태(Krach de l'Union Générale): 위니옹 제네랄 은행은 1875년, 왕당파 가톨릭 은행가 그룹에 의해 설립된 후, 오트잘프의 도의원인 봉투와 국회의원 페데르가 인수했는데, 심각한 증권가 파동이 있었던 1882년에 파산한다. 그 결과, 사십 억 프랑이 연기 속으로 사라졌다. 봉투와 페데르는 외국으로 도피한다. 에밀 졸라의 소설 『돈(L'Argent)』에서, 봉투는 '사카르'로, 위니옹 제네랄 은행은 '뤼니베르셀'로 각색된다.

42
"여행자들이여, 스파르타에 가서 전하시오(Étranger, va dire à Sparte)": 헤로도토스가 케오스의 시모니데스의 삭품이라며 인용하는 시 구절이다. "여행자들이여, 라케다이몬(스파르타)에 가서, 우리가 그들의 명을 수행하고 여기에 누워 있다고 전하시오"란 구절이 콜로노스 정상의 비석에 새겨져 있는데, 이는 스파르타를 침략한 페르시아를 무찌르기 위해 테르모필레 협곡에서 싸우다 죽은 군인들을 기리기 위해 바쳐진 묘비명이다.

명함을 놔두다: 예전엔 방문자가 자기 명함을 방문하는 집의 쟁반 위에 놔두곤 했는데, 그러면 하인의 우두머리가 집주인에게 전달했다. 행여 방문했는데 집주인이 없는 경우, 방문자는 자신이 몸소 찾아왔다는 표시로 명함의 한 귀퉁이를 접어서 작은 쟁반 위에 올려놨다.

51.
돈꾸밈음: 음악에서 돈꾸밈음(gruppetto)이란 긴 주제음 앞뒤로 연주되는 서너 개의 짧은 음으로 이뤄진 멜로디 그룹을 뜻한다.

52.
아클리마타시옹 공원: 1860년 10월, 나폴레옹 3세와 황후 외제니에 의해 개장됐다. 불로뉴 숲 부근에 십오 헥타르에 달하는 이 공원은 공학자 알팡(그는 뱅센 숲, 뷔트 쇼몽 공원, 몽수리 공원, 몽소 공원, 바티뇰 공원을 비롯해 수많은 공원과 파리의 녹지대 리모델링도 담당했다)에 의해 "인공적이지만, 가능한 한 자연적 환경과 흡사하게 조성하여 먼 곳에서 온 동식물종들을 보여주고 적응시키는 역할"을 할 수 있도록 리모델링됐다. 이 부지는 1854년에 아클리마타시옹 황실동물협회에 양도된 땅이다.

제3공화국 치하에서 작은 기차가 운행을 시작했고, 식민지가 팽창함에 따라 1877년부터 이십 년간 누비아인, 아르헨티나의 가우초족, 사미족 등을 비롯해, 야만적인 식인종(p.54에서 스완은 바로 이같은 맥락에서 일화를 들려준다)에 이르기까지 다양한 인종 전시회(아클라마타시옹협회는 부정하지만, 이는 대중 사이에 큰 성공을 거뒀다)가 있었다.

팔마리움: 종려나무 종들이 자라는 온실을 말한다.

아르므농빌: 아르므농빌관(館)은 불로뉴 숲 내의 연못과 면한 롱샹 대로변에 있었던 수렵별장이다. 지금은 주로 연회장으로 쓰인다.

53.

사보나롤라: 제롬 사보나롤 또는 지롤라모 사보나롤라(Girolamo Savonarola, 1452-1498)는 1494년에서 1498년까지 피렌체에서 종교적 독재를 펼쳤던 도미니크회 종교인이자 교육자였다.

그는 반인본주의적 설교로 유명했고, 1497년 마르디 그라 때 제자들로 하여금 '허영의 소각'을 설치하게 해서 수천 권의 책과 악기, 외설적 이미지와 그림들을 불태우게 했다. 개중에는 신화에서 영감을 얻은 보티첼리의 작품 같은 피렌체 회화의 걸작품들도 포함돼 있다.

그는 두 차례의 고문 끝에 목이 졸리고 화형 당해 죽었다.

프라 바르톨롬메오: 프라 바르톨롬메오(Fra Bartolomeo, 1472-1517)는 도미니크회의 수도사가 된 이탈리아 피렌체의 화가이다.

베노초 고촐리: 베노초 고촐리(Benozzo Gozzoli, 1420-1497)는 '동박박사의 행렬(Cavalcata dei Magi)'(피렌체 메디치 리카르디궁의 동방박사 예배당에 그려진 연작)을 그린 피렌체파의 중요 화가이다.(이 연작은 메디치가의 인물들이 동방박사로 그려진 것으로 유명하다—옮긴이)

54.
패트로나이징: '관대한'이란 뜻의 영어 단어이다.

56.

마틸드 공주(1820-1904): 제롬 보나파르트의 딸, 즉 나폴레옹 1세의 조카딸이자 나폴레옹 왕자의 누이인 그녀는 부모가 망명 생활을 했던 로마와 피렌체에서 자랐으며, 처음엔 장차 나폴레옹 3세가 되는 사촌 루이나폴레옹 보나파르트와 약혼했으나 결혼으로 이어지지는 못했고, '산 도나토 왕자'로 임명된 아나톨 드네도프 공작과 결혼했는데, 그는 난폭했고 다른 정부(情婦)와 친밀하게 지냈다.

사촌이 공화국 대통령이 되고 나서 황제로 등극하자 그가 결혼할 때까지 잠시 가문의 여주인 역할을 수행했으며, 그 후 그녀는 파리와 생그라티앙에서 자유롭게 살았다. 이탈리아 통일과 러시아에 우호적이었던 그녀는 자신의 형제보다 조심스럽게 제정의 좌파를 대변했다.

보나파르트의 확고한 지지자였지만, 그녀는 온갖 종류의 정치색을 가진 작가들을 집에 초대하고 비호했다. 제2제정의 문화적 감수성을 견지했던 그녀는 사실상 파리에서, 그 후론 제3공화국 치하에서 주목받는 문학 살롱을 주재했고, 공쿠르 형제와 투르게네프, 마르셀 프루스트, 귀스타브 플로베르, 텐(하지만, 제정 시절의 기억에 충실했던 그녀는 텐이『르뷔 데 되 몽드』에 발표했던 비평문의 처음 두 장은 용납할 수 없었다. 여기에 관해서는, p.56의 여덟번째 칸의 그녀의 말을 참조할 것) 등을 맞아들였다. 자신의 특권적 운명을 의식하는 그녀는 프루스트가 인용하듯, 다음과 같은 말을 했다고 전해진다. "나폴레옹만 없었더라면, 나는 아작시오(나폴레옹이 태어난 코르시카 섬의 주도—옮긴이)에서 오렌지를 팔고 있었을 겁니다."

페르디낭 바크는 공주의 성격을 잘 드러내고, 실상 그녀가 정치적 무게를 거의 갖지 못했다는 점을 보여주는 일화를 소개한다. 그녀는 보나파르트가의 사람으로서 프랑스 땅에 살고 있는 유일한 인물인 까닭에, 당시 장관이었던 펠릭스 포르는 앵발리드 성당에서 거행한 러시아 황제 부부의 환영식에 그녀를 초대했다. "제국이 망한 지 사반세기가 흐른 후였는데, 공주는 이렇게 말하며 장관에게 초대장을 돌려줬다. '이런 초대장은 필요 없어요. 난 열쇠가 있으니까요.'(나폴레옹 1세 황제의 묘는 앵발리드 소성당에 있다.) 결국 뒤페레 제독는 그녀에게 1896년 10월 7일 아침 오직 그녀의 기도대만 놓여 있는 가족묘에 출입할 수 있는 특별 초대장을 재차 건넸다."

"그 사람한테 '페페세'가 적힌 명함을 남겼답니다": 명함에 '페페세(P.P.C., pour prendre congé)'란 문구를 남겼다는 것은 여행이나 이사 등으로 인해서이거나, 화가 났기 때문에 다시 만날 수 없으리란 뜻이다.

58.
"러시아 황제가 보내온 모피랍니다": 프루스트가 이 장면에서 언급하고 있는 모피 망토는 실상 러시아의

차르 니콜라이 2세가 마틸드 공주에게 보낸 것이 아니라, 1896년 그레퓔(E. Greffuhle) 공작부인에게 보낸 것이었다. 이는 1868년 러시아 보호령에 있던, 사마르칸트를 포함한 부하라 칸국에서 제작된, 이른바 '칼라트'라 불리는 멋지고 화려한 망토였다.

공작부인은 이 모피를 자신의 옷 수선공인 장필리프 워스에게 이브닝 케이프로 만들어 달라고 부탁했다. 망토는 금은을 입히고 장미창 문양을 한 도드라진 금속 실이며, 금은의 금속 실로 엮은 기계식 레이스며, 직조기로 짜낸 진홍색, 붉은색, 노란색, 초록색, 파란색과 흰색의 비단실 장식으로 수놓아져 있었고, 베이지색 비단 새틴 천으로 안감을 댔다.

이 털옷은 1904년에 수선되었고, 1916년『피가로』지는 사라 베르나르 극장에서 개최된 러시아 부상병들을 위한 갈라쇼에서 공작부인이 "황금 직물로 만든 커다란 러시아 망토"를 걸치고 참석해서 커다란 반향을 일으켰다고 전한다.

마르셀 프루스트는 그레퓔 공작부인의 차림새라면 일거수일투족 알고자 했기 때문에, 아클리마타시옹 공원 일화에서 러시아 황제가 마틸드 공주에세 선사했다는 이 망토를 묘사하면서 분명 그레퓔 공작부인의 이 특별한 의상을 떠올렸을 것이다.

명함 귀퉁이를 접다: 명함은 누구한테 감사한다거나 꽃이나 선물 따위를 선사할 때 서로 주고받는다. 하지만 어느 집에 가서 한 '귀퉁이'를 접은 '명함'을 놔둔다는 것은 자신이 몸소 찾아왔었다는 것을 나타낸다.

이번 주 내로 공주마마 댁에 가서 이름을 적어 두고 와야 할 거요. 영국인들이 흔히 말하듯, 저 부인 정도의 '로열티'에게는 명함의 귀퉁이를 접어둘 필요는 없어요.
그대가 이름을 남기면, 공주께서 초대할 겁니다.

뒤 부아로: 1854년에 조성된 이래, 앵페라트리스로(路)는 나폴레옹 3세의 양위 이후 제네랄위리크로가 되었다가 부아드불로뉴로(또는 뒤 부아로)로 이름이 바뀌었으며, 이후 포슈로가 되었다. 이 거리는 파리에서 가장 폭이 넓은 길이다. 파리에선 유일하게도, 장장 천삼백 미터에 달하는 데다가 오직 한 군데에서만 건널 수 있는데, 북쪽으론 말라코프로, 남쪽으론 레몽 푸앵카레로가 가로지르는 곳에서이다. 차도와 정원 사이에 조성된 이 승마길은 아스팔트가 깔려 있지 않아서 말 탄 이들이 에투알 광장에서부터 말을 탄 채 오늘날에는 없는 포르트 도핀의 근사한 철제 난간을 지나 불로뉴 숲에 닿을 수 있었다.

60.

단춧구멍에 꽂은 카네이션: 모든 꽂이꽃 중에서 카네이션은 가장 수명이 긴 꽃이다. 전통적으로, 프랑스에서는 치자꽃을, 영국에서는 카네이션을 선호했다. 하지만 꽃이 오래 간다는 생물학적 특성 탓에 카네이션이 점차 널리 사랑받게 되었다(게다가, 오데트처럼 영국풍을 좋아하는 인물들이 영국식 관습을 선호한다는 점 또한 무시할 수 없다).

64.

퐁데자르 다리(혹은 퐁데자르 육교): 퐁데자르(Pont des Arts) 다리는 1801년에서 1804년 사이에 건립된 다리로서, 파리 최초의 금속교였다. 이 다리는 센강의 좌우, 즉 좌안에는 프랑스 학사원, 우안에는 루브르의 사각 안뜰을 연결한다. 애초에 이 다리의 이름은 근처의 '에콜 데 보자르(École des Beaux-Arts)'에서 딴 게 아니라, 개관 당시 '예술의 궁(Palais des Arts)'이라고 불렀던 루브르궁에서 비롯한다.

카리아티드: 카리아티드(카리아티드는 여성 조각상으로, 남성 조각상은 아틀랑트라 불린다)란 머리로 기둥이나 원주를 지탱하는 조각이다. 의상의 주름은 이오니아식 원주의 홈을 연상시킨다.

외논: 외논은 장 라신의 비극 「페드르」에 등장하는 페드르의 유모이자 심복이다.

헤게소: '프로크세노스의 딸, 헤게소'의 묘비는 조각가 칼리마코스의 작품이라 추정되며, 오늘날까지도

온전하게 보전되고 있다. 이 묘비는 전체가 펜텔리코스산(産) 대리석(아크로폴리스와 같은 재질이다)으로 제작되었다. 한편 베르고트는 이를 '세라믹 묘비'라 부르는데, 그 까닭은 이 묘비가 아테네 서쪽의 고대 도자기촌인 '케라메이코스' 외곽의 옛 공동묘지인 세라믹 공동묘지에서 발견됐기 때문이다.

이 묘비 조각에는 서 있는 하녀가 앉아 있는 한 여인의 왼쪽 손에 열린 보석함〔픽시스(Pyxis)〕을 건네는데, 여인은 보석(사라지고 없는 채색 목걸이)을 쳐다보며 다른 손으로 가볍게 들어 올린다. 베르고트가 언급하고 있는 것은 바로 이 여인의 오른손 동작이다.

고대 에레크테이온의 코라이: 에레크테이온은 아테네 아크로폴리스에 있는, 파르테논 신전 북쪽에 위치한 이오니아식 신전이다. 아크로폴리스 위에 마지막으로 세워진 기념물로서, 독창적이고 세련된 건축으로 유명하다. 신전의 남쪽 면에 바로 그 유명한 여섯 카리아티드로 이뤄진 주랑(柱廊)이 있다. 이 신전은 어느 특정 신에게 바쳐진 것이 아니고, 아테나 여신이며 제우스 신, 포세이돈 신 등을 섬기는 여러 신전으로 이루어져 있다.

코라이(Koraï)는 코레(Korè)의 복수형으로, 코레란 고대 그리스 예술의 전형인 젊은 여성 조각상을 뜻한다.

73.

'라셸, 주께서(Rachel, quand du Seigneur)': '라셸, 주께서'는 5막으로 구성된 유명한 오페라 「유태 여인」의 가장 아름다운 아리아의 첫 가사로, 외젠 스크리브(Eugène Scribe)의 대본을 기초로 프로망탈 알레비(Fromental Halévy)가 작곡했다. 이 오페라는 1414년 독일의 콘스탄츠라는 도시를 배경으로, 유태인 박해를 폭로하는 내용이다. 보석세공인 엘레아자르는 자신의 아들들이 브로니 공작에 의해 고발되고 이단으로 화형 당하는 광경을 보게 된다. 한편 엘레아자르는 불타는 집 근처에서 갓난 여자아이를 죽기 직전 구해내고 라셸이란 이름을 지어 준다. 그런데 그 집은 당시 그곳에 없었던 브로니 공작의 소유였다. 아내와 딸을 잃은 고통으로 광기에 사로잡힌 공작은 종교에 귀의하여 나중에 추기경이 된다.

여러 해가 지난 다음, 라셸과 함께 신성모독죄로 사형을 선고받은 엘레아자르는 그에게 복수를 한다. 그는 추기경에게 로마에 있던 그의 집에 불이 났었다는 사실을 일깨우며, 그의 딸이 오로지 자기만 아는 유태인에게서 구조되었다는 사실을 털어놓는다. 브로니는 그를 추궁하지만, 그가 누군지 알아내지 못한다. 홀로 있는 엘레아자르는 스스로에게 묻는다. 과연 자신은 라셸을 희생시킬 권리가 있는가? 바로 그 순간, 그는 노래한다. "라셸, 주께서 넓디넓은 은총으로 이 떨리는 나의 두 손에 너의 요람을 맡기셨을 때, 나는 나의 모든 삶을 너의 행복을 위해 바쳤단다. 그런 내가 이젠 너를 형리에게 바친다니…!"

브로니: 이제 죽을 준비가 되었을 테니, 너에게 간청하는 목소리에 대답하거라. 화염 속에서 이 유태 여인을 구한 유태인이 누구인지….
엘레아자르: 뭐라고?
브로니: 대답해 봐라: 내 딸이 아직 살아 있느냐?
엘레아자르: 그렇다!
브로니: 신이여, 제 딸이 어디 있습니까? (사람들이 라셸을 장작불에 떠다민다) 내 딸이 어디 있느냐? (엘레아자르가 그녀를 가리킨다)
엘레아자르: 여기 있도다!

80.

마치 베르뒤랭 부인의 살롱과 경쟁 관계에 있는 살롱을 세운다고 믿는 오데트: 뒤 데팡 후작부인(Marquise du Deffand, 1696-1780)은 서간문 작가이자 살롱 운영자였다. 그녀가 주재하는 살롱엔 퐁트넬이며 몽테스키외, 마르몽텔, 마리보, 콩도르세, 달랑베르 등과 같은 작가와 철학자 들이 출입했다. 그녀는 자기 조카딸인 쥘리 드 레스피나스를 바로 이같은 세계에 발 들이게 했고, 조카딸 또한 머지않아 두각을 나타냈다. 하지만 저녁 여섯시 전에는 일어나지 않았던 뒤 데팡 후작부인은 조카딸이 부인의 살롱에 드나들던 거의 대부분의 사람들을 한 시간 일찍 자기 집에서 맞이하여 대화를 선점한다는 사실을 알게 되었다. 이에 배신감을 느낀 후작부인은 1763년에 쥘리를 내쫓았으며, 조카딸이 요절한 다음에도 질투심을 누그러뜨리지 않았다.

쥘리 드 레스피나스(Julie de Lespinasse, 1732-1776)

는 뒤 데팡 부인의 살롱에서 추방을 당한 이후 1764년에 벨샤스가(街)에 자신의 살롱을 열었다. 그녀는 이곳에서 예전 숙모네에서 교제했던 인사들뿐 아니라, 콩디야크며 콩도르세, 튀르고 등을 맞이했다. 사람들은 그녀의 살롱을 '백과전서의 실험실'이라고 했는데, 그곳에서 그녀는 뮤즈로서 활약했다. 많은 사람들이 지적으로 뛰어난 이 젊은 여인의 매력에 빠졌고 특히 그녀는 달랑베르와 깊은 우정을 맺었다.

91.
얼음의 성인들, 성주간: 민간에 전해지는 바에 따르면, 얼음의 성인들(Les saints de glace, 교회력에서는 각각의 날짜에 해당되는 성인이 있다—옮긴이)이 찾아드는 시기는 언제라도 추위와 서리가 찾아들 수 있는 5월 11-13일에 해당한다. 예전의 성 마메르투스, 성 판크라티우스, 성 세르바티우스 축일은 오늘날 성 에스테르, 성 아킬레우스, 성녀 롤랑드 축일에 해당한다. 기독교인들에게 성주간이란 부활절 직전의 주를 뜻한다.

94.

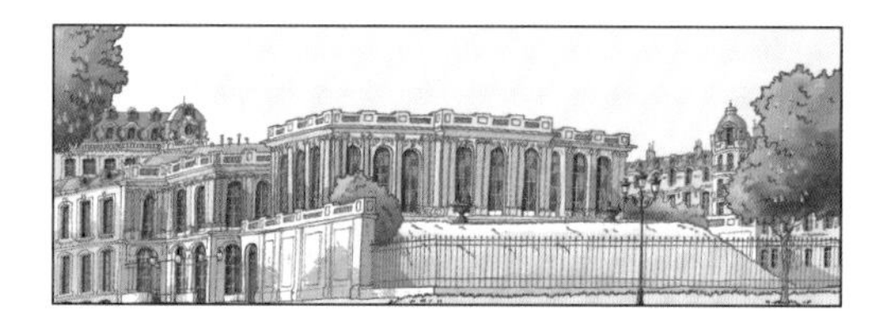

포슈로의 로즈궁: 로즈궁은 지금은 사라지고 없지만, 파리 16구 뒤 부아로(路) 40번지(오늘날 포슈로 50번지)에, 보니파스 드 카스텔란 공작과 미국 출신의 거부이자 그의 아내였던 안나 굴드를 위해 1896년에서 1902년 사이에 지어진 개인 저택이다.

이 궁전은 20세기 초 파리에 지어진 모든 개인 저택 중에서 가장 멋진 건축물로 꼽혔다. 파리는 물론이고 전 세계의 유명인사들이 모여 대연회가 개최되던 장소였다. 이 건물은 프랑스 정부에 의해 역사적 유적으로 지정되어야 한다는 의견들이 분분했으나, 당시 유행하던 모더니즘의 영향으로 거부되었다. 역사기념물 관리위원회는 이 건물이 "고고학적 가치를 지니지 못한다"는 이유로 1969년에 허물었다.

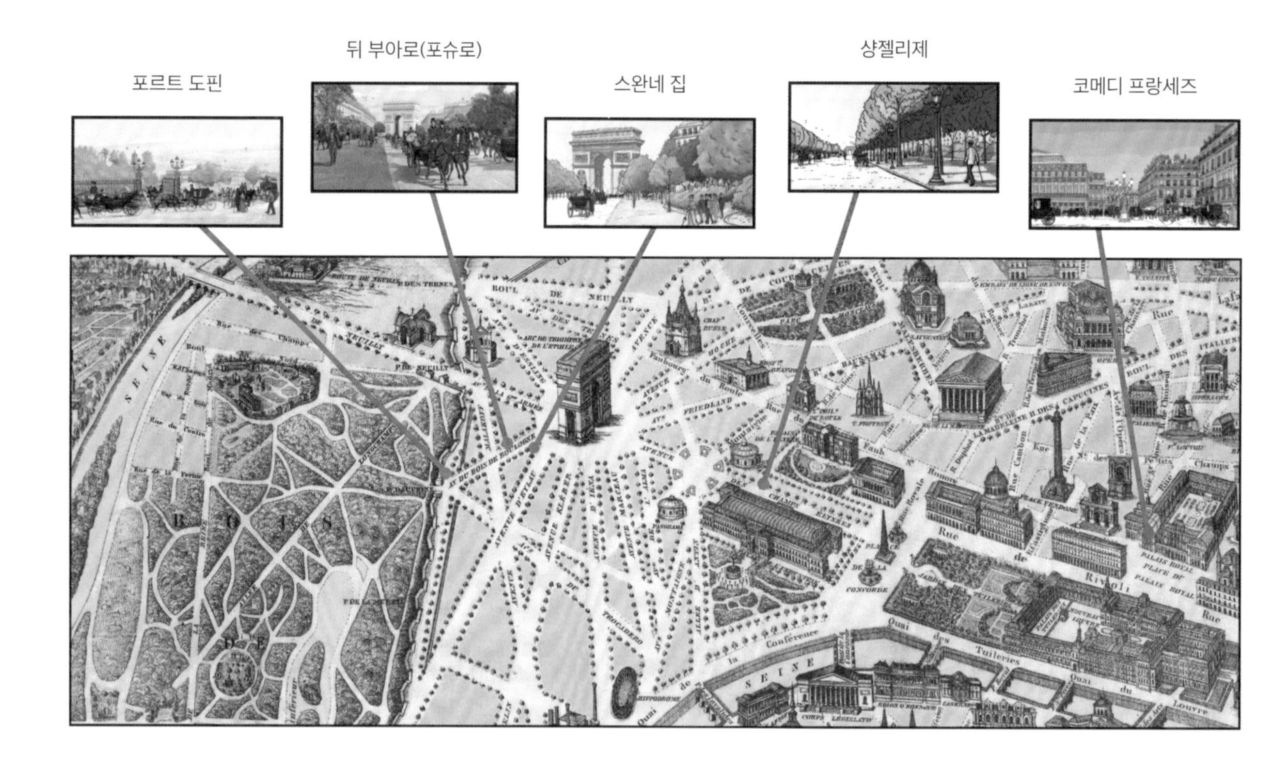
포르트 도핀
뒤 부아로(포슈로)
스완네 집
샹젤리제
코메디 프랑세즈

95.

서부철도의 기차: 서부철도회사(La compagnie des chemins de fer de l'Ouest)는 1855년 6월 16일, 노르망디와 브르타뉴를 운행하던 여섯 개의 철도회사들〔파리-생제르맹 철도회사, 파리-루앙의 철도회사, 르아브르-루앙 철도회사, 디에프와 페캉 철도회사, 서부 철도회사(파리-베르사유-렌 노선), 파리-캉 및 파리-셰르부르 철도회사〕의 합병으로 탄생했다. 그 후 1909년에 국가철도청에 매각됐다.

러스킨: 존 러스킨(John Ruskin, 1819-1900)은 영국의 영향력있는 작가이자 화가, 예술비평가이다. 그는 라파엘 전파 예술운동의 일원이었고, 『베네치아의 돌(The Stone of Venice)』의 저자이다. 마르셀 프루스트는 그에 관한 여러 비평문을 썼고, 자신의 어머니와 함께 그의 저서 두 권, 즉 『아미앵의 성경(The Bible of Amiens)』과 『참깨와 백합(Sesame and Lilies)』을 번역했다. 또한 프루스트는 1897년에 만났던 휘슬러(J. Whistler)의 작품도 잘 알았는데, 러스킨은 그의 회화작품을 '고의적인 사기'라고 폄하하는 비평문을 썼다. 프루스트는 그 두 사람을 중재하고자 했지만, 여의치 않았다. 그 후 두 사람은 소송전을 펼쳤고, 결국 휘슬러가 승소했다.

96.

세비네 부인: 마리 드 라뷔탱샹탈 세비네 후작부인은, 줄여서 흔히 '세비네 부인'(Madame de Sévigné, 1626-1696)이라 불리는데, 유명한 서간문 작가로서 자신의 딸 그리냥 백작부인(Comtesse de Grignan)과 주로 궁정 소식이며 어미와 자식 간의 사랑의 표현을 담은 상당량의 편지를 주고받았다. 화자는 그녀에게 애착을 가지지 않을 수 없었다.(마르셀의 할머니와 어머니는 작품 전편에 걸쳐 세비네 부인에게 각별한 애정을 나타낸다.-옮긴이)

1931년 이전의 유럽광장의 철교: 유럽광장은 파리 8구, 생라자르역의 철로 위에 조성되었다. 팔각형 형태의 광장은 1826년에 만들어졌다. 1832년에는 그 밑으로 터널을 뚫어 기차가 다닐 수 있게 됐는데,

1837년에는 광장의 낮은 쪽에 있던 서부 플랫폼이 몇 년 후 지어진 생라자르역에 의해 대체되었다. 광장은 1863년 사라지고, 그 자리엔 공학자 쥘리앵이 설계한 철교가 들어서게 되었다.

별의 형태를 지닌 이 철교에서부터 유럽의 대도시 이름을 딴 여섯 개의 거리, 즉 빈가(街), 마드리드가, 콘스탄티노플가, 상트페테르부르크가, 리에주가, 런던가가 시작된다. 광장의 사면엔 철책을 두른 정원이 조성된 오스만풍 건물(오스만 남작이 파리의 시장으로 재직하던 때 유행한 양식으로 규격화된 스타일의 건물을 뜻한다-옮긴이)들이 세워졌다. X자 형태로 보강재를 댄 이 다리는 클로드 모네나 귀스타브 카유보트 등과 같은 화가들에 의해 수차례 그림으로 그려졌다. 이 철교는 1931년에 그보다 현대적인 것으로 대체되었다.

99.

기적을 행하는 예수의 전설을 담은 스테인드글라스: 전설의 내용은 다음과 같다. 1001년경, 디브의 어부들은 그물에서 십자가가 없는 예수상을 발견한다. 신앙심 없는 한 어부가 도끼로 그 조각상을 건드리자, 조각상이 피를 흘리기 시작했다. 그로부터 삼 년 후, 바다에서 십자가가 발견되었고, 앞서 발견된 예수상에 그대로 맞았다. 이를 두고 디브의 어부들과 십자가가 발견된 교구인 카부르의 어부들 사이에 논쟁이 벌어졌다. 성당의 스테인드글라스가 들려 주는 이같은 구세주 그리스도의 전설은 아나톨 프랑스의 글 「대양의 예수(Le Christ de l'océan)」와 흡사하다. 아나톨 프랑스는 마르셀 프루스트가 좋아하는 작가이

자 베르고트라는 인물을 창조하는 데 영감을 줬다.

정복왕 윌리엄의 여관: 간조(干潮)를 기다리려면 머물 수밖에 없는 디브쉬르메르(모래사장을 통해 캉에서 루앙까지 이어지는 도로상에 위치한다)의 역참은 일부가 15세기 말에 지어졌다. 루이 14세, 알렉상드르 뒤마, 제롬 나폴레옹 왕자, 스페인 여왕, 푸앵카레 대통령 등 수많은 유명 인사들이 이곳에 머물렀다.

100.
성당 정문에 새겨져 있는 성모상: 1904년에 마르셀 프루스트가 번역하고 긴 서문을 달았던 『아미앵의 성경』에서, 존 러스킨은 아미앵 성당의 남쪽 정문을 묘사한다. 그 남쪽 가로 회랑의 입구 기둥에는 그가 '마리아 락탄스'라 부르는 '황금빛 성모상'이 있다. 그 모습이 너무나 인간적이어서, 그는 성모의 미소를 "흥에 겨워 어쩔 줄 몰라 하는 하녀의 미소"에 비견하며, "모든 어여쁨을 농축한 까닭에 퇴폐적인 성모"라 칭했다.

성당 입구: "나는 마음속에서 성당 입구의 성모상을 내가 바라보고 있는 성당 복제 데생 바깥으로 끄집어냈다. (…) 그러자 조각가가 천 번은 조각했을 그 성모상이 본연의 석재로 쪼그라들고, 내 팔이 닿는 그곳에 기껏 경쟁자라곤 선거 벽보와 내 지팡이의

VOTEZ
COLBERT-LAPLACE

뾰족한 끝뿐이었다."

성당 입구에는 콜베르 라플라스 백작으로 불리는 장 피에르 루이 장 바티스트(Jean Pierre-Louis Jean-Baptiste)의 선거 벽보가 붙어 있다. 대학자 라플라스의 증손이자, 칼바도스의 보수당 도의원이다. 그는 1876년 도의원에 선출되었고, 그 다음 선거에서도 재차 선출되었다. 1895년, 그는 개인적인 이유로 도의원직에서 사퇴했다.

그는 『고급 포도주 증류공의 문제』(1886)와 『고급 포도주 증류공들에 대한 고발의 비판적 검토』(1895)를 출간했다.

102.

전 루마니아 독창성입니다.

그랑토텔 지배인의 말: 화자에 의하면, 프랑수아즈가 '연독(連讀)의 오류(cuir)'[프랑스어에서는 연독의 오류를 'cuir(가죽)'라 일컫는데, 가죽을 얻기 위해 짐승의 표피를 벗겨내듯, '언어의 가죽을 벗긴다(écorche la lange)'는 데서 유래됐다]를 저지른다면, 그랑토텔의 지배인은 장사치처럼 내뱉는 말에 "골라서 쓰는 표현이긴 하지만, 이치에 어긋난" 어투를 다음과 같이 마구 뒤섞는다.

"전 루마니아 독창성(루마니아 출신)입니다."
(d'originalité roumaine → d'origine roumaine)

"후작부인, 부인께 합당치 않은 방(부인께 합당한

방)을 준비해 놨사옵니다."(une chambre dont vous êtes indigne → une chambre indigne de vous. p.107)

"어르신께선 당연히 레지옹 도뇌르 사령관 채찍(장식 휘장)을 들고 계셔야겠지요."(la cravache → la cravate. p.110)

"저는 손님들처럼 후식으론 과일에 경솔하지요(과일을 무척 좋아하지요)."(je suis plus frivole de fruits → je raffole de fruits. p.111)

"마차나 기차를 타셔야겠군요. 사실 거의 애매모호합니다(매한가지입니다)."(équivoque → équivalent. p.159)

"지금 충격수단(교통수단)이 부족한 상탭니다."(les moyens de commotion → les moyens de locomotion. p.184)

104.
"저 친구 바카라할 때 보니까 돈을 엄청 걸더군요": 카지노에서 행해지는 바카라(baccara)는 이탈리아에서 시작된 카드게임으로, '뱅커'와 '플레이어'(카드를 쥐고 판돈을 거는 사람과 카드 없이 판돈을 거는 사람 두 부류로 나뉜다)가 다투는 게임이다.

105.

야외 음악당: 발벡의 주요 모델 중 하나인 카부르에는 제방 아래 모래사장 중턱에, 공공 음악회가 열리는 야외 음악당이 있었다.

"알베르틴은 저녁 무렵 나에게 이렇게 말하곤 했다. 당신이 우릴 보러 내려오나 보고 있었어요. 하지만 음악회를 하는 시간에도 덧창이 닫혀 있던걸요. 사실상 열시가 되면 내 방 창문 아래서 콘서트가 폭발했었다. 바다가 만조일 때, 악기들이 연주하는 중간중간마다, 파도는 수정 소용돌이 속에 바이올린 선율을 감싸는 듯하고, 바닷속 음악의 간헐적인 메아리 위로 거품을 뿜는 듯한 파도는 잇따라 미끄러지며 그 움직임을 반복했다."

116.
생트뵈브: 샤를 오귀스탱 생트뵈브(Charles-Augustin Sainte-Beuve, 1804-1869)는 문학평론가이자 수필가, 시인, 콜레주 드 프랑스의 교수 겸 프랑스 한림원 회원으로, 작가의 전기를 통한 문학연구 방법론으로 유명하다. 마르셀 프루스트는 그의 수필집 『생트뵈브에 반하여(Contre Sainte-Beuve)』에서 처음으로 그 방법론에 의문을 제기했다.

117.

카르크빌의 성당: 생마르탱 성당은 마르셀 프루스트가 『활짝 핀 아가씨들의 그늘에서』에서 상상해낸 해변가 도시인 카르크빌에 위치하는데, 일명 '송악으로 뒤덮인 성당'이라 불리기도 한다. 이 성당은 트루빌과 옹플뢰르 중간의 크리크뵈프에 있다.

"빌파리지 부인이 한때 언급했던, 언덕 위에 세워진 송악으로 뒤덮인 성당이 마을과 마을을 관통하는 강물의 모습, 그리고 그 위로 중세의 작은 다리가 걸쳐 있는 풍경을 굽어보는 카르크빌에 우리를 데려간 날, 할머니는 내가 홀로 그 성당을 감상하길 원하리라 생각하여, 자기 친구한테 빵집에 가서 요기나 하자고 했다. (…) 나는 사람들이 나를 홀로 내버려 둔 초록 뭉치에 파묻혀 저 건물이 성당이라는 생각이 들도록 애를 써야만 했다. 이를테면, 학생이 다른 방식이나 다른 주제를 채택함으로써 익숙해져 있는 형식을 벗어던질 수밖에 없을 때 문장의 의미를 더욱 확실히 포착할 수 있듯이, 성당이 이러저러하리란 이 생각 (…) 여기, 송악 뭉치가 덮은 아치는 고딕 유리창 자리이고, 저기, 송악 잎이 돌출한 곳은 성당의 튀어나온 기둥머리 때문이란 사실 등, 나는 잊지 않기 위해 그것이 성당이라고 끊임없이 생각해야만 했다. 그때 바람이 조금 불어오자 성당의 움직거리는 정문이 파르르 떨리면서 그 파동이 마치 빛마냥 퍼져나가고 흔들렸다. 잎들이 서로 부딪히며 마구 소용돌이쳤다. 전율하는 정문을 뒤덮은 덩굴은 굴곡지고, 살랑거리고, 달아나는 듯한 기둥들로 번져 나갔다."

122.
"소뮈르 기병학교를 준비 중인 내 조카가 있는데…": 소뮈르 기병학교는 메네루아르의 소뮈르에 있는 프랑스 육군사관학교이다. 이 학교의 명성은 세계적인데, 특히 뛰어난 기마술은 말을 훈련시키는 엘리트 기수들로 구성된 '카드르 누아르'(검은 테두리라는 뜻이다—옮긴이) 부대가 유명하다.

123.
『수도원』: 생루에게 『수도원』은 스탕달을 필명으로 쓰는 앙리 베일의 소설 『파름의 수도원(La Chartreuse de Parme)』을 가리킨다. [나폴레옹 전쟁을 전후로 한 이탈리아를 배경으로 젊은 청년의 파란만장한 삶을 낭만적으로 그린 소설이다. 그 무대인 파름(Parme)은 이탈리아의 북부에 위치한 도시로, 원래의 이탈리아 지명은 '파르마(Parma)'이나, 여기서는 원작의 프랑스식 표기를 존중했다.—옮긴이]

124.
콩쿠르 제네랄: 콩쿠르 제네랄(Concours général)에서는 고등학교의 경우 이학년과 삼학년 중에서 가장 우수한 학생들을, 또 직업학교의 경우 가장 우수한 학생들을 선발하여 표창한다.

인민대학: 인민대학(Université populaire) 운동은 대중교육을 명시적으로 주창했고, 1895년 드레퓌스 사건을 필두로 우민정치와 반유태주의에 대항하여 인본주의적 대응을 하고자 했다. 19세기 말에는 무려 이백이십 개에 달하는 인민대학이 설립됐고, 제일차세계대전이 발발할 무렵 그 수가 현저하게 줄어들었다.

125.

예쁜 훅 달린 페플로스 좀 잘 여미시지.
어째 이렇게 얌전히 점잔들만 빼실까!

페플로스, 훅: 페플로스(péplos)는 고대 그리스 시대의 큰 주름이 달린 도리아식 여성 튜닉을 뜻하는 그리스어 명칭[라틴어로 '페플룸(péplum)']이다.

양쪽으로 갈라진 천은 어깨 부위에서 훅으로 고정된다.

126.
속물주의, 속물: 속물주의(snobisme)란 엘리트들이 취하는 방식이나 기호, 표식 등을 모방함으로써 그들처럼 보이고자 하는 성향을 뜻한다. 속물(snob)들이 닮고 싶어 하는 엘리트들은 대개 귀족이었는데, 이 말은 고대 로마 시대에 황제가 귀족이 아니면서도 귀족 학교에 자녀를 진학시키고자 했던 모범시민들의 이름 옆에 's.nob', 즉 라틴어로 '귀족이 아님(sine nobilitate)'을 약어로 적은 데서 유래한다.

악마 케르: 케레스[kères, '케르(kèr)'의 복수형이다—옮긴이]는 그리스 신화에 나오는 신으로, 죽은 자의 영혼을 지옥에 데려간다. 반면에, 타나토스는 영광스런 죽음의 신으로, 죽은 자의 영혼을 죽음의 한 형태인 망각의 어둠 속으로 인도한다.

하데스: 크로노스(로마 신화의 사투르누스)의 장남인 하데스는 그리스 신화에서 '지옥의 우두머리'이다. 로마 신화에서는 플루톤에 해당한다.

아레스: 아레스(로마 신화의 마르스)는 고대 그리스인에게는 전쟁의 신이었다. 바로 기병 장교인 로베르 생루의 전문 분야이다.

암피트리테: 암피트리테는 그리스 신화에 등장하는

포세이돈(로마 신화의 넵투누스)의 아내로, 바다의 여신이자 바다의 여성적 의인화이다.

127.
삼미신: 그리스 신화에서 삼미신은 아글라이아, 에우프로시네, 탈리아로 각각 미와 유혹, 독창성의 여신이다.

138.
동시에르: 『잃어버린 시간을 찾아서』에서의 '동시에르(Doncières)'는 로렌 지방에 있는 동명의 소도시가 아니다. 기병 부대가 주둔하는 가상의 도시로서, 발벡에서 그리 멀지 않으며, 로베르 드 생루가 장교로 복무 중인 연대가 있는 곳이다.

142.

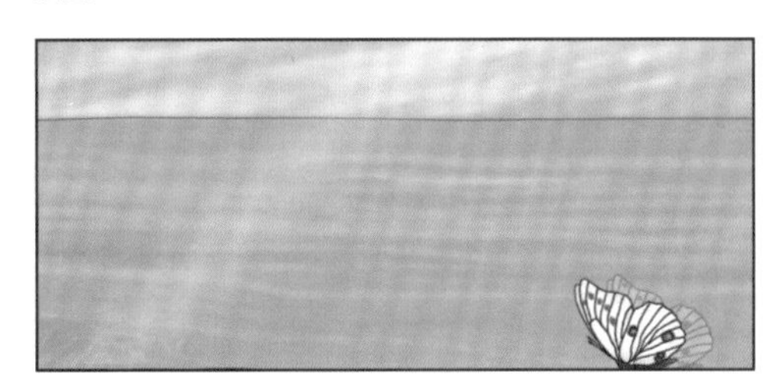

나비: "그런데 이따금씩, 한결같이 회색빛을 띤 하늘과 바다 위로 약간의 분홍빛이 무척이나 섬세하게 감돈다. 한편, 창문틀 아래쪽에서 잠자고 있던 작은 나비는 휘슬러풍의 '회색과 분홍색의 조화' 아래 날갯짓으로 첼시의 대가의 서명을 찍는 듯 보였다."

마르셀 프루스트는 '첼시의 대가'란 별명을 지닌 제임스 애벗 맥닐 휘슬러의 다음과 같은 유명 그림의 특징적인 제목들을 환기한다. 〈백색 교향곡 1번: 흰옷을 입은 아가씨〉 〈백색 교향곡 2번: 흰옷을 입은 소녀〉 〈청색과 은색의 야상곡: 첼시〉 〈청색과 황금색의 야상곡: 옛 배터시 다리〉 〈살색과 녹색의 황혼: 발파라이소〉 〈흑색과 황금색의 야상곡: 추락하는 불꽃〉 〈회색과 녹색의 조화: 시슬리 알렉산더 양〉 〈녹색과 분홍색의 조화: 콘서트장〉 〈청색과 황금색의 조화: 공작새의 방〉 〈살색과 적색의 조화〉 〈회색과 흑색의 배열 1번: 화가 어머니

의 초상〉 〈분홍색과 회색의 조화: 레이디 뮤의 초상〉.

144.

리브벨: 화자와 생루는, 1866년 우이스트레암 모래언덕 위에 세워지고 소유주가 '벨 리브'(아름다운 해변이라는 뜻이다—옮긴이)라고 명명한 별장의 이름에서 따온, 상상의 공간인 리브벨에 가서 종종 저녁식사를 하곤 했다. 이 모래언덕 위로 펼쳐지는 일몰 장면이 이탈리아를 상기시킨다고 여긴 어느 화가가 '리바벨라'라고 재차 명명했고, 이 이름은 그곳의 해안가의 이름과 우이스트레암 리바벨라란 도시명이 되었다.

레스토랑은 옹플뢰르 언덕 위, 당시 인상파 화가들이 드나들던 레스토랑인 생시메옹 농가를 연상케 한다.

152.

엘스티르의 집: 유명한 예술가의 집 중에 이같이 '꽤나 흉측한' 집을 묘사하자면, 메당에 있는 에밀 졸라의 집이 야릇한 면모를 보여준다는 점에서 손꼽을 수 있다. 부분적으론 왼쪽의 집처럼 생겼는데, 졸라는 이 집을 '토끼장'이라 불렀고, 오른쪽의 집은 나나의 탑이라 불렀다.

엘스티르 씨의 아틀리에: "엘스티르 씨의 아틀리에는 새로운 세계를 창조해내는 일종의 실험실처럼 보였다. 그는 사방에 놓인 다양한 사각형의 캔버스 위에 그림을 그림으로써, 우리가 보는 모든 것들의 무질서로부터, 예컨대 이곳엔 모래사장 위로 성난 듯 백합 빛 거품을 뿜어대는 바다의 파도를, 저곳엔 갑판에 팔을 기댄 채 백색 아마포 옷을 입은 젊은이를 끄집어냈다. 젊은이의 외투나 넘실대는 파도는 비록 누군가에게 입힐 수도 없고 아무것도 적시지 못하는 등 본질을 상실했지만, 계속해서 존재하는 까닭에 새로운 존엄성을 부여받고 있었다. 내가 아틀리에에 발을 들여놓은 순간, 창조자는 손에 붓을 쥔 채 태양이 지는 광경을 마무리하고 있었다."

여러 명의 화가들이 엘스티르란 인물의 창조에 동원되었다. 폴 세자르 엘뢰(Paul-César Helleu)와 제임스 애벗 맥닐 휘슬러(이 두 화가의 이름을 뒤섞으면 엘스티르란 이름을 얻게 된다)뿐 아니라, 마르셀 프루스트와 레날도 안(Reynaldo Hahn)이 브르타뉴의 베그 메유에서 만났던 색조주의 계열의 미국 화가 토머스 알렉산더 해리슨(Thomas Alexander Harrison)도 한몫한다.

풍경화를 좋아하는 엘스티르의 성향은 본질적으로 해리슨의 영향을 받은 결과이다.

"해리슨의 기질, 그의 예술정신 자체는 프루스트가 바다 풍경화와 그 풍경화를 시적 은유로 전환하는 방식에 영향을 끼쳤다."—데이비드 클리블랜드, 「마르셀 프루스트와 토머스 알렉산더 해리슨의 역할」 중에서

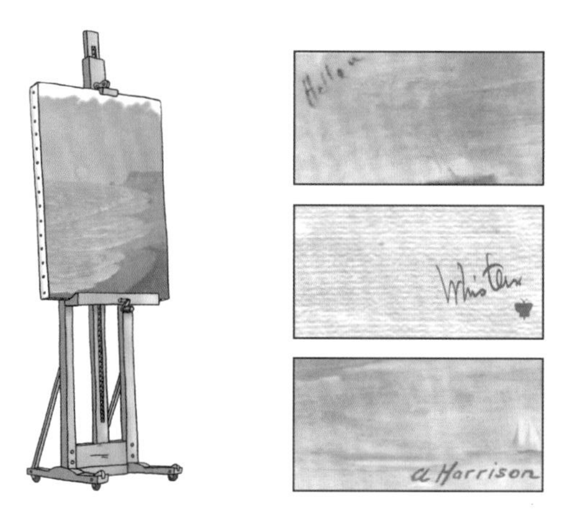
a Harrison

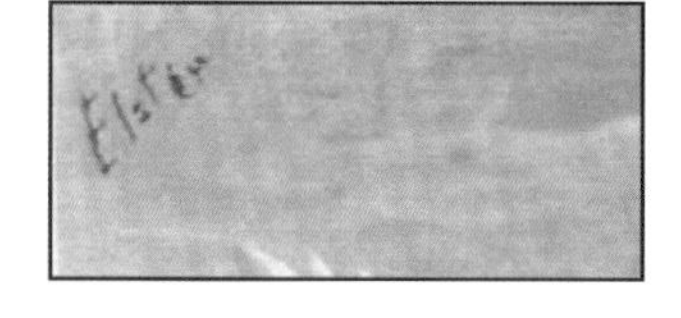

엘스티르는 이 장면에서 알렉산더 해리슨의 〈바다 풍경 소묘〉를 연상시키는 그림을 마무리하는 중이다.

157.
"파우스트 앞에 나타난 메피스토펠레스가 모습을 드러내듯": 메피스토펠레스는 사탄(혹은 루시퍼)의 명령에 따르는 지옥의 일곱 군주(벨리알, 베엘제붑, 아스모데우스, 레비아탄, 마몬, 벨페고르, 메피스토펠레스) 중 한 명이다. 그는 지상에서 파우스트 박사를 만나도록 사탄이 선택한 악마이다.

파우스트는 여러 전설에서 영감을 얻은 괴테의 2막으로 된 희곡의 주인공이다. 구노(C. Gounod)는 이 작품을 오페라 「파우스트」로 만들었다.〔이 오페라의 3막에서 유명한 '보석의 노래'의 가사인 "아! 이 거울에 비친 이토록 아름다운 나의 모습에 웃음이 지어지네"가 나온다. 이 아리아는 마리아 칼라스와 『탱탱의 모험(Les Aventures de Tintin)』(벨기에 출신 만화가 에르제의 만화 시리즈로, 전 세계적으로 엄청난 성공을 거두었다—옮긴이)에서 카스타피오레가 불러 더욱 유명해졌다.〕 이야기는 16세기 독일에서 펼쳐진다. 황혼기의 파우스트 박사는 자살하기 직전의 의기소침한 상태에서 메피스토펠레스의 방문을 받게 되는데, 악마는 그에게 계약을 제안한다. 즉, 악마는 자기한테 영혼을 맡기면 그에게 젊음을 되찾아주겠다고 한 것이다. 젊고 사랑스러운 마르가레테에게 마음을 빼앗긴 파우스트 박사는 이 계약을 수락한다.

168.

발벡 카지노의 이탈리아식 극장: '쿠르살'은 바닷가에 위치한 온천도시이자 발벡이라는 도시의 주요 모델이 된 카부르에 1909년 지어진 카지노이다. 그곳에는 연주회며 무도회, 오페레타, 연극 등이 공연되는 멋진 이탈리아식 극장이 있었다. 이탈리아식 극장은 말굽 형태로, 계단식 좌석은 없지만, 칸막이 좌석과 회랑이 에워싸고 천장은 궁륭 형태로 샹들리에가 설치되어 있었다.

170.

카르크빌 성당(어휘풀이 p.213도 참조): 카부르에서 동쪽으로 해안선을 따라 이십칠 킬로미터 떨어진 곳에 위치한 크리크뵈프 성당(『활짝 핀 아가씨들의 그늘에서』 소설 속에서는 카르크빌 성당)은 12세기에서 13세기 사이, 센만(灣)을 굽어보는 작은 언덕 위에 지어졌다.

171.

킴메르인의 고장: 킴메르인은 크림반도와 아조우해(海) 연안에 살았던 고대 민족이다. 하지만 여기서 화자는 활짝 핀 아가씨들과 여름 산책을 나서기 이전 시기에 꿈꿨던 태풍 몰아치는 발벡을 환기한다. 이 민족은, 호메로스의 『오디세이아』에서 오디세우스가 지옥으로 하강할 때 언급하는, 바로 그 영원한 어둠 속 악천후에 파묻혀 사는 민족을 떠올리게 한다.

"그곳에, 킴메르인은 무리 지어 도시를 이루고 살고 있다. 이 족속은 햇빛이라곤 한 줄기도 들지 않는 구름과 안개에 뒤덮여 산다. 오디세우스가 하늘의 별을 향해 오를 때는 물론이고, 그가 마침내 별들이 영롱한 지상으로 되돌아왔을 때조차 그러했다. 죽음의 어둠이 불운한 필멸의 존재들을 짓누른다."—호메로스의 『오디세이아』 중에서

베로네세, 카르파초: 파올로 칼리아리(Paolo Caliari, 1528-1588)는 베로나에서 태어나 '베로네세(Veronese)'라 불렸다. 그는 티치아노(Tiziano), 틴토레토(Tintoretto)와 더불어 후기 르네상스기 베네치아의 3대 화가이다. 그는 위대한 색채파 화가이자 프레스코화와 유화에서의 착시로도 유명하다.

비토레 카르파초(Vittore Carpaccio, 1465-1526)는 〈우르술라 성녀의 전설〉 연작에서 보듯 이야기를 구현해내는 데 탁월한 베네치아 화파의 이탈리아 화가이다. 그는 회화 구도에 건축, 대체로 도시의 모습을 도입한 선구자이다.

172.

〈우르술라 성녀의 전설〉: 전설에 따르면, 우르술라는 3세기 혹은 4세기에 콘월에서 온 브르타뉴의 공주였

다. 그녀는 구혼자를 피해 삼 년간 순례를 떠나기도 했다. 그녀는 쾰른을 포위한 훈족에게 포로로 잡혔는데, 훈족 족장과 결혼하지 않을 것이며 신앙을 버리지 않겠다고 버티다가 순결을 지킨 그녀의 시녀들처럼 화살을 맞고 숨진 것으로 알려져 있다.

4세기, 어느 묘비에 'XI.M.V.', 즉 '열한 명의 순결을 지킨 순교자들'이란 약어가 새겨져 있었는데, 이 문구는 '일만 일천'이라 잘못 알려졌다. '일만일천 명의 순결을 지킨 자들'의 전설은 이렇게 탄생하게 되었다.

포르투니: 마리아노 포르투니 이 마드라조(Mariano Fortuny y Madrazo, 1871-1949)는 스페인의 화가이자 조각가, 의상 디자이너였다. 화가 집안에서 태어난 그는 베네치아에 직물공장을 세웠다. 그는 은과 금으로 날염하고 자수를 넣는 방식으로 그리스, 이집트, 콜럼버스 이전 시대의 예술, 르네상스에서 영감을 얻은 문양을 스스로 그렸다. 전방위 예술가였던 그는 사진가, 건축가, 조각가, 무대 디자이너기도 했다.

"베네치아의 천재는 카르파초의 그림에서 모티프를 취했다. 그는 콤파니에 델라 칼차의 어깨에서 모티프를 취해 수많은 파리의 여성들 어깨에 옮겨 놨다."—마르셀 프루스트, 『갇힌 여인』 중에서

'에투알호'에 오른 폴 세자르 엘뢰: 1895년, 로베르 드 몽테스키우는 프루스트를 폴 엘뢰에게 소개했다. 그 후, 프루스트는 엘뢰와 깊은 관계를 맺기 시작했다. 엘뢰는 그에게 엘스티르란 인물 창조에 적잖은 영향을 끼쳤다. 예컨대, 엘스티르는 그처럼 바다에 매료된 인물로 그려진다. 엘뢰는 요트 네 척을 가지고 있었는데, 그중 '에투알호'를 타고 1898년에서 1913년까지 항해하며 수많은 바다 풍경과 여성의 의상을 그렸다. '엘뢰풍'이란 말은 그렇게 만들어졌다. 그는 프루스트 임종 시 침대 위 그의 모습을 그림으로 남겼다.

173.

칼로, 두세, 셰뤼, 파캥: '칼로 쇠르(Callot Sœurs)'는 마리, 조제핀, 마르트, 레지나 칼로가 설립한 고급 의상점의 이름이다. 이 의상점은 1953년에 문을 닫는다.

자크 두세(Jacques Doucet)는 명망있는 디자이너였다. 그는 특히 라벨 오테로(La Belle Otéro), 리안 드 푸기(Liane de Pougy), 사라 베르나르의 의상을 담당했고, 폴 푸아레(Paul Poiret)를 제자로 양성했다. 그의 의상점은 1937년에 문을 닫는다.

루이즈 셰뤼(Louise Chéruit)는 칼로와 워스, 두세, 랑뱅(J. Lanvin)과 더불어 파리 고급 의상계를 주름잡던 다섯 명의 유명 디자이너 중 한 명이다. 셰뤼의 의상점은 1902년에서부터 1933년까지 운영되었다.

잔 파캥(Jeanne Paquin)은 국제적으로 명성을 얻은 초창기의 위대한 의상 디자이너 중 하나이다. 파캥 의상점은 1891년 설립되어, 1956년에 문을 닫았다.

176.
족제비 놀이: 이 놀이는 참가자들이 둥글게 원을 만들어 끝이 없는 밧줄에 반지('족제비')를 끼워 몰래 이동시키는 놀이이다. 원 가운데의 참가자 또한 '족제비'라 불리는데, 그는 누구의 손에 반지가 있는지 알아맞혀 그 반지를 붙잡아야만 한다. 동시에, 다른 참가자들은 "족제비가 달린다, 달린다 (…)"란 노래를 부른다. 술래는 또 다른 사람을 붙잡아 그를 술래로 만들어야 한다.

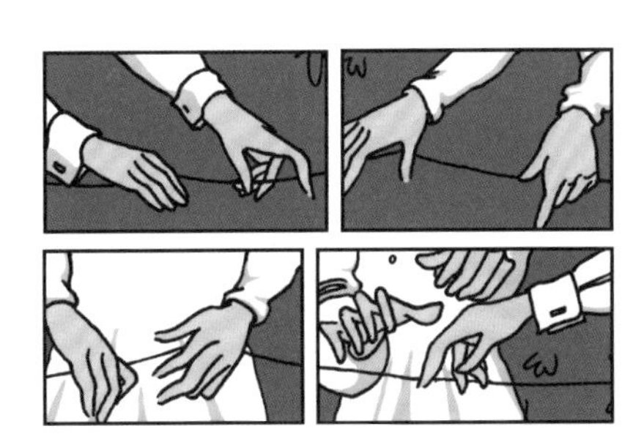
족 제 비 가 이리 로 지나 갔 어 요 부 인 족 제 비
가 이리 로 다시 지 나 갔 어 요 아 름 다 운 숲 속 의 족 제
비 가 이 리 로 족 제 비 가 저 리 로 다 시 지 나 갔 어 요

족제비(반지)는 참가자들이 "족제비가 이리로 지나갔고, 저리로 다시 지나갈 거다"라고 노래를 부르는 순간, 방향을 바꿔야 한다.

족제비 놀이는 화자가 알베르틴의 손을 잡을 기회를 준다. 처음엔, 그녀 곁에 다른 젊은 남성이 있었다. 따라서 화자가 그 남성의 자리를 차지하고 그녀의 옆에 서려면 먼저 술래가 되어야만 했다. 이리하여 그의 손이 줄 위로 미끄러지면서 알베르틴의 손을 어루만질 수 있었다.

화자는 아무런 동작도 취하지 않은 채로 한동안 멍하니 원 안에 서 있어서 모두 놀란다. 그 후 반지가 알베르틴 옆 사람 쪽으로 지나갔다. "그 즉시 나는 뛰어올라, 거칠게 그 사람의 손을 펼치고 반지를 붙잡았다. 남자는 원 가운데의 내 자리로 와야 했고, 나는 알베르틴 옆에 있는 그 남자의 자리를 차지했다." (p.178) 그 순간 화자는 알베르틴이 자기한테 살며시 윙크를 한 이유가 마치 자신이 반지를 가지고 있다는 듯 짐짓 꾸밈으로써 술래를 헷갈리게 하기 위한 행동이라고 생각한다. 화자에게 그 행동은 은밀한 합의이고, 그녀의 손가락이 화자의 손가락을 스치는 것은 그녀가 자신에게 사랑을 고백하는 방편이었다. 하지만 프루스트가 남녀 사이의 관계를 통해 끊임없이 보여주듯, 그것은 오해였다. 화자는 실제의 놀이를 망각한 셈이었는데, 오히려 윙크는 정반대로 그에게 반지를 재빨리 넘기고 싶다는 것을 의미하기 때문이었다. 화자가 모두의 웃음거리가 되고, 이에 알베르틴은 화가 났다. 앙드레가 알베르틴의 뒤를 이어 그에게 접근하게 된다.

알베르틴, 그대는 라우라 디안티, 엘레오노르 드 기옌, 그리고 샤토브리앙이 그토록 사랑한 기옌의 후손이 했던 갈래머리를 했군요.

177.
라우라 디안티(또는 에스토키아): 라우라 디안티(Laura Dianti)는 루크레치아 보르자가 죽은 후 알폰소 1세 데스테가 취한 세번째 부인이다. 전승에 의하면, 티치아노가 그린 〈거울을 보는 여인〉에서 긴 머리 타래를 어깨 위로 늘어뜨린 여인이 바로 그녀이다.

엘레오노르 드 기옌: 샤토브리앙은 델핀 드 퀴스틴과 사랑에 빠졌는데, 그녀는 스탈 부인의 친구이자 알리에노르 다키텐이란 이름으로 더욱 많이 알려진 엘레오노르 드 기옌(Éléonore de Guyenne)의 후손이다.

"벌집을 만드는 꿀벌들 중에는 생루이의 부인인 마르그리트 드 프로방스의 긴 머리카락을 물려받고 생루이와 피를 나눈 퀴스틴 후작부인이 있었다. (…)"—프랑수아르네 드 샤토브리앙의 『무덤너머의 회상』 중에서

180.
이인승 마차 '술통': '술통(tonneau)'이라는 작은 마차는 몸통이 둥글었는데, 이 때문에 술통이란 별명이 붙었고, 나중에 사각형 형태를 띠게 됐다. '술통' 마차는 앞쪽에 좌석 두 개, 뒤쪽에 좌석 두 개였는데, 이 뒷좌석 쪽으로 마차에 탑승했다. 바퀴는 넷이었다. 화자와 그의 친구들이 탔던 이인승 '술통' 마차는 절반짜리 '술통' 마차라고 할 수 있으며, 좀 더 작고 바퀴가 둘뿐이었다. 네 사람이 탑승할 수는 있지만 자리가 협소했고, 차라리 산책 중인 어린아이들을 태우기에 적합했다. 마차는 작은 말이나 포니가 끌었다.

186.
네레이데스: "내 여자 친구들이 보이질 않았다. 하지만 〔감미롭게 부서지는 파도 소리를 점점이 수놓는 바닷새들의 울음소리마냥 해수욕객과 아이들이 부르는 소리가 내 전망대까지 도달하는 한편 (…)〕 마치 감미로운 파도 속에서 뛰노는 네레이데스와 같은 아가씨들의 웃음소리가 내 귓전에 들려왔다."

그리스 신화에서 네레이데스는 바다의 의인화인 폰토스의 아들인 바다의 신 네레우스와 대지를 감싸는 물의 신 오케아노스의 딸인 도리스 사이에서 태어난 오십 명의 딸들이다. 대단한 미모를 가진 이 오십 명의 젊은 아가씨들은 바닷속 깊은 곳에 산다. 카시오페이아가 자신의 딸 안드로메다가 네레이데스보다도 훨씬 아름답다고 주장하자. 네레이데스는 포세이돈 신에게 복수해 달라고 간청한다.

인상파 화가들과 노르망디 해안

노르망디 인상주의의 선구자 격인 존 코트먼, 제임스 휘슬러, 윌리엄 터너 등과 같은 앵글로색슨 화가들 이후로, '하늘의 제왕' 외젠 부댕(Eugène Boudin)은 옹플뢰르 태생으로 르아브르에 거주하면서 센만(灣)을 가로지르며 해변 풍경을 즐겨 그리곤 했다. 나중에 그는 요한 바르톨트 용킨트(Johan Barthold Jongkind)와 야외 풍경화의 선구자인 젊은 클로드 모네를 끌어들여 노르망디 바닷가에서 함께 그림을 그렸다. 이들은 투탱 농가(혹은 훗날 없어지는 근처 성당 이름에서 딴 생시메옹 농가)에 기거한다.

그밖에, 못지않은 유명세를 누리거나 덜 유명한 수많은 화가들, 예컨대 뒤부르, 코로, 모로, 쿠르베, 칼스, 페크뤼, 르누프, 레핀, 공잘레스, 바지유, 이자베이, 도비니, 쇠라, 엘뢰, 블랑슈를 비롯한 여타의 화가들이 엘스티르처럼 "현실을 인과율에 따라 설명하지 않고 우리가 현실을 자각하는 순서에 따라"(p.97) 노르망디 해안의 빛을 포착하기 위해 이곳을 찾았다.

발벡

발벡은 마르셀 프루스트가 창안해낸 상상의 해안가 도시이다. 그는 이 도시를 자신이 그간 여행하거나 머물렀던 여러 휴양지, 특히 파리에서 이백이십 킬로미터 떨어진 코트플뢰리에 위치한 카부르와 트루빌에서 영감을 얻었다.

그랑토텔

발벡의 그랑토텔(Grand Hôtel)은 네오르네상스 양식으로 지은 카부르의 그랑토텔을 모델로 했다. 마르셀 프루스트는 건축가 비로와 모클레르가 안락한 현대식 건물로 리모델링한 해인 1907년부터 제일차 세계대전이 발발한 해인 1914년까지 매해 여름 이곳에 머물렀다. 호텔은 도시 쪽으론 카지노의 정원으로 이어지고, 바다 쪽으론 제방과 직접 맞닿아 있다.

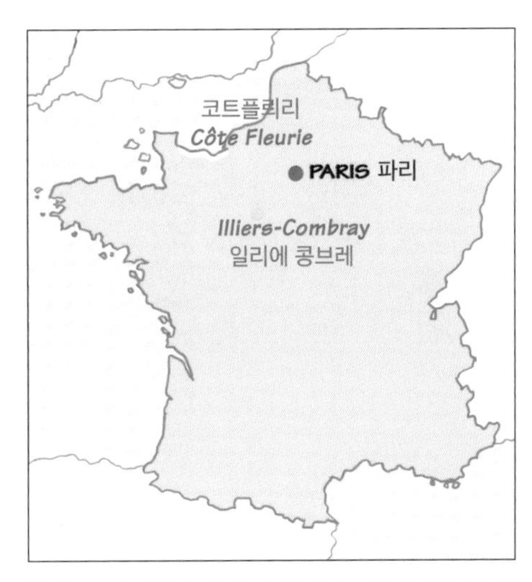
코트플뢰리
Côte Fleurie
PARIS 파리
Illiers-Combray
일리에 콩브레

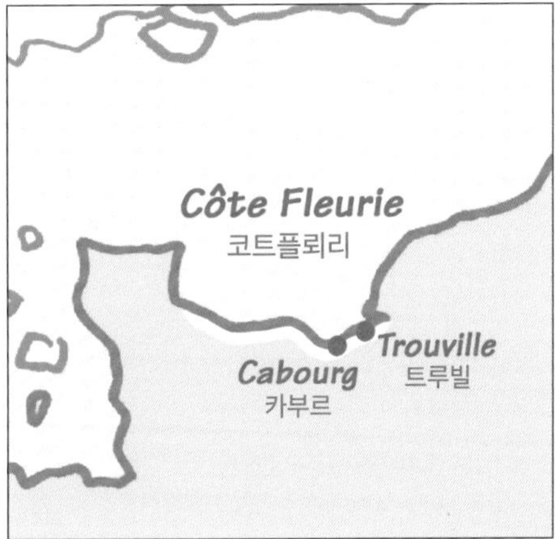
Côte Fleurie
코트플뢰리
Trouville
트루빌
Cabourg
카부르

역주

① ② ③ … 은 같은 페이지에서 역주가 두 개 이상일 때 그 순서를 가리킨다.
낱권에서와 달리 이 합본에서는 어휘풀이와 중복되는 내용의 역주를 생략했다.

스완 부인의 주변에서

3. 프랑스 귀족의 성 앞에는 '드(de)'가 붙는다.
4. ① 영국 런던 남서부에 위치한 근교 도시로, 리치몬드어폰템스 구의 행정 중심지이다.
   ② 영국 런던에 소재한 영국 왕실의 공식적인 주거지 중 한 곳이다.
6. ① 1870-1871년에 있었던 보불전쟁, 즉 프로이센과 프랑스 간의 전쟁을 가리킨다.
   ② 가상의 인물로, 작가가 러시아의 마지막 황제인 니콜라이 2세를 모델로 삼았다.
8. ① 이 말은 그로부터 오랜 시간이 지난 후 주인공-화자가 소설가가 되어 당시를 회고하는 말이다.
   ② 프랑스 파리 중심부에 있는, 몰리에르 희극을 주로 다뤘던 극장.
11. ① 아나톨 프랑스(Anatole France, 1844-1924)는 19세기 프랑스의 대문호이다.
    ② 프랑스 17세기에 널리 퍼졌던 기독교 교리인 얀세니즘의 신봉자를 가리킨다. 여기에서는 프랑스어 원문에 따라 '장세니스트'로 표기했다.
    ③ 고대 그리스의 소도시.
    ④ 17세기 프랑스의 작가 라파예트 부인이 쓴 동명의 서간체소설의 주인공이다.
    ⑤ 고대 그리스 문명 중 하나.
    ⑥ 고대 그리스에서 신탁이 행해지던 장소.
20. 러시아의 대표적인 쇠고기 요리.
22. 발벡(Balbec)은 실재하지 않는 가공의 도시로서, 이 소설의 화자에 의하면 노르망디 지방과 브르타뉴 지방의 경계에 위치한 해변가 휴양 도시로 설정되어 있다. 이 책의 후반부의 주무대이다.
23. 프랑스의 명요리사 카렘이 1814년에 러시아의 외교관 네셀로데를 위해 창안한 체스트넛 아이스크림 푸딩이다.
24. 소설 속 가상의 인물로, 스완과 친구 사이인 최고급 상류계에 속하는 후작이다.
26. 프루스트는 실제로 작품보다 저자를 우선시하던 당대의 문학비평계에 대항하여, 저자는 작품으로만 평가받아야 한다고 주장했다.
31. Water Closets(WC), 영어로 '화장실'을 뜻한다.
33. ① 신경증 환자(névropathe)를 뜻하는 프랑스어 단어는 '신경(névro)'과 (격한) '감정(pathe)'이 합쳐진 표현이다.
    ② '바르(barres)'는 두 편으로 나눠 행하는 프랑스의 전통놀이이다.
35. ① 설사를 유도하는 약.
    ② '올레(au lait)'는 프랑스어로 '우유로 만든'이란 뜻이다.
    ③ '올레(olé)'는 스페인어 감탄사이다.
38. 주인공-화자가 케이크를 프랑스어로 '가토(gâteux)'라고 부르는 것과 달리, 오데트는 영어 단어인 '케이크(cake)'를 사용한다.
39. ① '스튜디오(studio)'는 단칸 아파트를 의미한다. 오데트의 말과는 달리, 주인공-화자는 방이 여럿인 저택에 거주한다. 이 대목은 영어를 무차

별적으로 사용하는 오데트의 경박함을 드러내는 구절이다.

② '너스(nurse)'는 '간호사' 또는 '유모'의 뜻을 가진 영어 단어이다.

40. ① 나폴레옹이 1802년 제정한 훈장으로 정치, 경제, 사회 등의 분야에서 공적이 있는 사람에게 수여한다.

② 주인공-화자가 앞으로 사랑하게 될 여인으로, 이 책의 후반부에 등장하는 중요 인물이다.

③ '패스트(fast)'는 '빠른' 또는 '민첩한'의 뜻을 가진 영어 단어로, 오데트의 영어 사용 습관을 물려받은 딸의 면모를 보여준다.

41. 스리랑카 인구의 칠십 퍼센트를 차지하는 민족.

42. 19세기 말, 군장교인 드레퓌스가 유태인이란 이유 때문에 억울하게 간첩죄를 뒤집어쓴 사건으로, 이로 인해 수십 년간 프랑스의 국론이 양분되어 들끓는다.

51. 갑작스러운 근육 경직과 함께 몸을 움직일 수 없는 증상이다.

54. 브누아 콩스탕 코클랭(Benoît-Constant Coquelin, 1841-1909)은 당대 프랑스 최고의 배우이다.

56. ① 이폴리트 텐(Hippolyte Taine, 1828-1893)은 당대 프랑스 최고의 문명비평가였다. 그의 실증주의 비평은 후대에 커다란 영향을 미쳤다.

② 피에르 코숑(Pierre Cauchon, 1371-1442)은 프랑스 보베의 주교로서, 구국의 영웅 잔 다르크를 화형시키는 데 주도적 역할을 했던 인물이다. 그의 이름은 프랑스어의 비속어인 '돼지(cochon)'와 동음이의어이다.

57. 알프레드 드 뮈세(Alfred de Musset, 1810-1857)는 프랑스 초기 낭만주의를 주도했던 문인이다.

58. '로열티(royalties)'는 '왕실'을 뜻하는 영어 단어이다.

65. '트랙트(tract)'는 본래 종교·정치적 목적의 전단을 뜻하는 영어 단어이다.

66. 비스킷의 한 종류이다.

72. 결혼식 날 신부가 들고 있던 꽃다발을 던지는 전통에서 유래하는 표현으로, '결정적 한 방'을 뜻한다.

73. 라셸은 성서에서 야곱의 아내 라헬의 프랑스식 발음이다.

78. '파 드 카트르(pas de quatre)'는 발레에서 사인조로 추는 춤을 의미한다.

83. 사실상 우리말로 번역하기 불가능한 대목이다. 코타르 부인이 지적하듯 '국화(chrysanthème)'를 뜻하는 프랑스어는 남성형과 여성형 모두가 가능한 단어라서, 여성형 형용사인 'belles'는 '어여쁘다'로, 또 남성형 형용사인 'beaux'는 '아름답다'고 옮겼다.

88. ① 장 드 라 브뤼예르(Jean de La Bruyère, 1645-1696)은 17세기 프랑스의 모랄리스트이다. 그의 저서 『인간 성격론』으로 유명하다.

② 차후에 화자가 운명처럼 사랑하게 될 알베르틴에 대한 암시이다.

93. 오데트는 영어의 '드롭(drop)'에서 유래한 프랑스어인 'droper'를 활용해 말하고 있다.

고장의 이름: 고장

96. 이 책은 『세비녜 후작부인 서간집』이다.

97. 엘스티르(Elstir)는 소설 속의 가공의 인물로, 천재적인 인상파 화가로 소개되는 인물이다. 음악가 뱅퇴유, 작가 베르고트와 함께 화가 엘스티르는 주인공 마르셀이 흠모하는 대예술가 중의 한 사람이다. 작품에서 소개되는 그의 화풍은 특히 마르셀 프루스트의 소설 작법을 연상시킨다.

99. '베즐레(Vézelay)' '샤르트르(Chartres)' '부르주(Bourges)' '보베(Beauvais)' 등은 모두 유서 깊은 성당으로 이름난 프랑스의 도시들이다.

100. 시에나(Siena)는 이탈리아 토스카나 지방의 도시로, 고대 로마 유적과 여러 종교적 건축물로 유명하다.

102. 이 대목은 장차 『잃어버린 시간을 찾아서』에서

대단히 중요한 의미를 띠게 될 장면이다. 이 장면은 원작 소설 제4권 『소돔과 고모라』의 「심정의 간헐(Les Intermittences du cœur)」편에서, 마르셀로 하여금 이제는 세상을 떠난 할머니에 대한 쓰라린 죄책감과 함께 과거의 기억을 촉발하는 계기를 이루게 된다.

106. 2세기, 골(Gaule) 시대 프랑스의 리옹에서 순교한 성녀이다.

108. 이제 곧 밝혀지겠지만, 마르셀의 할머니와 친구 사이인 빌파리지 후작부인은 캉브르메르 부인으로 대표되는 지방 호족과는 격이 다른, 게르망트 가문 출신의 최상류층 귀족 부인이다.

113. 이 구절을 읽는 독자들은 이 익명의 소설가가 마르셀 프루스트보다 한 세대 앞서 활동했던 자연주의 계열의 소설가임을 알 수 있다. 이를테면 에밀 졸라를 암시한다고도 볼 수 있는데, 왜냐하면 졸라는 소설가로서 사회 계층 의식에 남달랐고, 소설 작법에서도 종족, 환경, 시대란 세 기준을 표방한 바 있기 때문이다.

116. 메리메(Mérimée)와 스탕달(Stendhal)은 잘 알려져 있다시피 모두 19세기 초반에 활동했던 프랑스의 소설가들이다. 우리는 빌파리지 부인이 대문호 스탕달보다 '재주가 많은' 메리메를 더 높이 평가한다는 이 구절을 통해서 부인의 편협한 문학적 취향을 느낄 수 있다.

118. 만화본 1권 『스완네 집 쪽으로-콩브레』의 pp.68-70을 참조할 것.

124. ① 원문은 "Dis donc, Apraham, Chai fu Chakop"라고 씌어져 있다. 뜻은 "이 봐, 아브라함, 내가 야곱을 봤어(Dis donc, Abraham, j'ai vu Jacob)"이다. 블로크는 일부러 유태인들의 억양을 과장되게 발음함으로써 그들을 조롱하고 있다.
② 파리의 대표적인 유태인 거리로 간주된다.

125. ① 유태인 문제는 『잃어버린 시간을 찾아서』 전편에 걸쳐 지속적으로 언급되는 중요한 테마 중 하나이다. 지금의 경우, 반유태 감정이 거의 노골적으로 텍스트 표면에 드러나 있다.
② 존 러스킨의 저서 『베네치아의 돌(The Stones of Venice)』을 가리키며, 영어식 표기인 베니스를 '베나이스'로 잘못 발음한 것이다.

133. ① 앙드레 르 노트르(André Le Nôtre, 1613-1700)는 17세기 프랑스에서 활동했던 정원 설계사이다. 베르사유궁 정원을 비롯하여 여러 정원을 설계한 그는 '프랑스식 정원'의 선구자로 평가되는 인물이다.
② 니콜라 푸생(Nicolas Poussin, 1594-1665)은 17세기 프랑스에서 활동했던 위대한 화가이다.

134. 차후에 밝혀지는 사실이지만, 샤를뤼스는 동성애자이다. 그가 동성애자란 사실을 아직 모르는 마르셀에게 샤를뤼스의 말이나 행동은 기이하게만 받아들여질 따름이다.

146. 신분이 고귀한 생루가 사랑하는 라셸을 가리킨다. 이들의 사랑은 생루가 재차 스완의 전철을 밟는 셈이라고 볼 수 있다.

147. 포르투갈에서 생산되는, 식전에 마시는 고급술의 일종으로, 맛이 달착지근하다.

156. 로마 신화에 나오는 달과 사냥의 여신이다.

158. ① 부르주아 출신인 베르뒤랭 부부는 고급 사교계를 흉내낸 저급한 사교계를 운영했다. 고급 사교계 인사인 스완은 결혼하기 전 베르뒤랭네 사교계를 출입하는 화류계 여자 오데트 드 크레시를 만나려고 이곳을 드나들었다. 소설의 지금 시점에서 볼 때, 화가 엘스티르는 천재적인 예술가로 평가를 받고 있지만, 당시에는 바로 이 베르뒤랭네 사교계에 기생하는 얼치기 화가였다.
② '비슈(biche)'는 프랑스어로 암사슴이란 뜻이다. 여기 그려지는 회상 장면은 만화본 4권 『스완네 집 쪽으로-스완의 사랑 I』의 p.42를 참조할 것.
③ 17세기 네덜란드 화가 렘브란트가 그린 그림.

159. 19세기 프랑스의 대표적인 사회주의자이다. 생루는 귀족 출신이면서도 사회주의에 관심이 많은 인물이다. 이 책의 pp.123-124를 참조할 것.

162. '트램'이나 '타코'는 모두 기차를 뜻하는 속어들이다.

164. 19세기 이탈리아의 작곡가 마스카니(P. Mascagni)가 베르가(G. Verga)의 원작을 토대로 팔 일만에 완성한 통속 오페라이다. 알베르틴은 지금 종교적 배경하에 사랑의 아픔을 담고 있는 이 오페라를 연상하고 있다.

169. 원작 소설의 후반부에서 마르셀은 알베르틴이 앙드레와 동성애 관계를 맺고 있다는 것을 뒤늦

게 알게 된다. 소설의 화자는, 이 구절이 독자들에게 은연중에 이중적으로 읽히도록 하고 있다.

173. ① 프랑스 샹파뉴 지방의 주도(州都)인 랭스에 있는 성당으로, 프랑스의 대표적인 고딕식 성당으로 꼽힌다. 전통적으로 프랑스 국왕들의 대관식이 거행되던 곳이다.
② 19세기 말, 제2제정 시기에 오스만 남작의 파리 개조 사업 당시 지어진 성당이다.

175. ① 고대 그리스의 대표적인 비극작가 중 한 사람으로, 비극 「오이디푸스 왕」이 특히 유명하다.
② 「아탈리」는 라신의 작품으로 잔인한 유태 여왕 아탈리의 비극적 운명을 그린 성서적 내용의 희곡이다. 특히 여왕 아탈리가 죽은 것으로 알았던 자기의 친손자 조아스가 살아 있다는 사실을 꿈을 통해 계시받는 장면이 유명하다.

177. 샤토브리앙(F. R. Chateaubriand)은 19세기 초 프랑스 문학에 낭만주의적인 감수성을 본격적으로 마련한 문학가이다. 그의 작품은 우수, 이국 취미, 기독교, 중세적 테마 등을 다룸으로써 프랑스 낭만주의 문학에 선도적 역할을 했다.

179. 만화본 1권 『스완네 집 쪽으로-콩브레』의 pp.47-48을 참조할 것.

183. 만화본 1권 『스완네 집 쪽으로-콩브레』의 pp.34-35을 참조할 것.

역자해설

관계들의 집합체

이 책은 마르셀 프루스트(Marcel Proust, 1871-1922)의 『잃어버린 시간을 찾아서(À la recherche du temps perdu)』의 만화본 합본 제2권으로, 원작 소설의 두번째 권인 『활짝 핀 아가씨들의 그늘에서』 전체를 포괄한다. 만화본 시리즈 낱권의 순서로는 7, 8, 2, 3권에 해당한다. 예정된 일정보다 만화화 속도가 무척이나 늦어지는 바람에 독자로서 느끼는 불만이 적지 않지만(이제 원작 소설의 칠분의 이만이 만화화되었을 뿐이다), 그럼에도 두꺼운 합본을 두 권이나 확보함으로써 그간 헝클어진 채 발간되어 파편화된 원작 소설의 기본 포석을 온전히 조망할 수 있게 되었다.

『활짝 핀 아가씨들의 그늘에서』(1919)는 마르셀 프루스트가 생전에 발간한 두번째 권으로, 지금이라면 너무나 당연한 결과일 테지만, 당시 프랑스의 가장 공신력있는 문학상인 공쿠르상을 수상함으로써 장안을 떠들썩하게 만들었다. (그의 소설이 단지 사교계 생활에 함몰된 부유한 '댄디'의 작품일 따름이란 세상의 편견을 깨뜨리기가 그만큼 힘들었다는 반증이기도 하다.) 그 결과, 가히 목숨을 걸고(이 말은 소금도 과장이 아닌데, 실제로 그는 『잃어버린 시간을 찾아서』의 교정을 보다가 죽었다) 집필해 나가던 프루스트는 이 대작의 마지막 세 권의 출간을 미처 보지 못한 것이다. 솔직히 털어놓자면, 엄청날 정도로 퇴고하고 가필하는 습관을 가졌던 그가 세상을 떠났기에 망정이지, 만일 그렇지 않았더라면 『잃어버린 시간을 찾아서』가 지금의 모습과 얼마나 달라져 있을지 짐작조차 하기 힘들다. 올해가 마르셀 프루스트 사후 꼭 백 년이 되는 해인 만큼, 독자들이 그의 작품과 삶에 얽힌 여러 일화를 접할 기회가 있으리라 생각한다.

일곱 권으로 이뤄진 『잃어버린 시간을 찾아서』의 각 권들을 아주 간략하게 소개하면 이렇다. 우선, 첫째 권인 『스완네 집 쪽으로』는 마르셀이 아직 과거의 기억을 온전히 되살려내지는 못한 유년기의 콩브레 시절을 선보이고, 뒤이어 이 대하소설 전체의 실마리를 풀어낼 기적과도 같은 마들렌 과자의 일화가 소개된다. 그렇게 이 소설은 대단원의 막을 올리는 것이다. 왜냐하면, 마들렌 과자로 인해 잃어버린 줄 알았던 과거의 모든 기억들이 고스란히 되살아나기 때문이다. 또 이미 콩브레 시절의 서술에서 이 소설의 핵을 이루는 두 갈래의 산책로, 즉 '스완네 집 쪽'(사랑과 예술의 길)과 '게르망트 쪽'(사교계의 길)이 주어지기 때문이다. 이렇게 볼 때, 첫째 권인 『스완네 집 쪽으로』는 마지막 권인 『되찾은 시간』과 호응하며 소설의 기본 얼개를 지탱하는, 매우 중요한 전략적 위치를 점한다. 두번째 권인 『활짝 핀 아가씨들의 그늘에서』는 마르셀이 그토록 열망하던 스완 씨 집에 어떻게 침투를 하고 또 여름 휴양지인 발벡에서 어떻게 활짝 핀 아가씨들(특히, 알베르틴)과 교제하는지를 보여준다. 세번째 권인 『게르망트 쪽』은 본격적으로 마르셀의 사교행각이 펼쳐진다. 물론 개인적인 생각이긴 하지만, 우리가 흔히 일컫는 '소설적 재미'가 가장 많이 느껴지는 부분이기도 하다. 사교계 인사들의 거짓과 위선을 파헤치는, 그야말로 전대미문의 관찰과 깊숙한 성찰이 펼쳐지는 인간 현상학이랄 수 있다. 이어지는 네번째, 다섯번째, 여섯번째 권인 『소돔과 고모라』 『갇힌 여인』 『사라진 알베르틴』은 병리학적 연구를 연상케 하는 변태적인 성, 그리고 병적인 소유욕이 보태진 사랑의 한 형태에 관한 가차 없는 탐구라고 볼 수 있다. 여기에서는 두번째 권에서 소개되는 알베르틴이 전면에 등장하여 이야기를 이끌어 나간다. 이 소설 중에서 가장 무거운 분위기를 자아내는 부분이며, 소설미학적인 관점에서 볼 때 여타의 다른 부분들에 비해 완성도가 떨어지는 부분이기도 하다〔전기(傳記)에 따르면, 뜻하지 않게 발발한 제일차세계대전 동안 소설가가 증보한 부분이라고 한다〕. 전술한 대로, 마지막 권인 『되찾은 시간』은 이 모든 것을 포괄하는 이 대하소설의 마무리 부분이다. 즉, '감각 체험'이라 불리는 기적과 같은 과거의 회상들이 뜻하는 바를 조명하고, 작가 특유의 예술관, 문학관이 펼쳐진다.

이번 권인 『활짝 핀 아가씨들의 그늘에서』는 첫번째 권인 『스완네 집 쪽으로』에 뒤이어 소설의 전반적인 관점에서 볼 때 포석 단계에 놓인 권이다. 우리의 주인공이자 화자인 마르셀이 청소년기를 채 벗어나지 못했고, 또 예술적인 면에서나 애정적인 면에서 이제 첫걸음을 떼는 셈이기 때문이다. 물론 마르셀이 지적으로 무척이나 조숙하고 또 서술의 주체가 이미 중년의 나이에 접어든 소설가인 점을 감안할 때, 이 대하소설은 초반에서부터 비할 데 없이 치밀하고 정치한 심리묘사를 선보이고 있기는 하다. 그렇게 마르셀이 앞으로 얼마나 많은 우여곡절을 거쳐, 성숙한 작가로 성장하는지 지켜보는 게 이 소설의 묘미라고 할 수 있다.

『활짝 핀 아가씨들의 그늘에서』는 두 부분(「스완 부인의 주변에서」와 「고장의 이름: 고장」)으로 나뉜다. 전반부에선 마르셀이 스완 부부에게 접근하여, 그들의 딸인 질베르트에게서 첫사랑의 감정을 경험하고, 또 후반부에선 발벡의 젊은 아가씨들에게 마음을 빼앗긴다. 이와 더불어, 마르셀이 앞으로 걷게 될 예술적 여정, 즉 음악, 미술, 문학, 연극 등을 자신의 것으로 섭렵해 나가기 위한 초석을 다지는 시기로 그려지기도 한다. 좀 더 구체적으론, 음악 방면에서는 이미 첫째 권의 제2부인 「스완의 사랑」에서 처음 모습을 드러냈던 뱅퇴유의 소악절이 스완에게 어떠한 정서적 중요성을 지니는지가 자세하게 소개되는가 하면, 여기에 그치지 않고 앞으로 마르셀이 겪게 될 사랑의 '운명적' 면모를 암시하는 역할을 수행하기도 한다. 또한 장차 소설가가 될 마르셀이 베르고트에게서 무엇을 배우고 어떠한 문학의 길을 따르는지 관심을 기울일 필요도 있다. 미술 방면의 멘토인 엘스티르의 손길에서 풍경 또는 대상의 면면이 새롭게 태어나 욕망에 눈이 멀었던 마르셀 앞에 다시금 펼쳐지는 것을 보면, 언어를 통해 사물의 의미와 본질을 포착하려고 했던 김춘수의 「꽃」이 떠오르기도 한다. 무엇보다 엘스티르의 화풍이라고 할 수 있는 인상주의는 대상을 객관적으로 묘사하기보다 화가의 시야에 보이는 대로 재현하는 것이 특징인데, 이러한 화풍은 소설의 서술 방식에도 그대로 적용될 수 있다. 마르셀이 묘사하는 대상은 파편적이고 편파적이며 때론 모순적으로 보이기도 하지만, 최종적으론 인상주의 그림에서처럼 대상의 진면목을 유감없이 드러내곤 한다. 이처럼 우리의 불완전한 감각을 불완전하게 재현하는 것이야말로 최고의 재현방식이 아닐까? 그리고 후반부의 주 무대인 발벡이 바닷가 휴양도시이기도 하지만, 미술의 대가 엘스티르가 전면에 드러나는 권이라서 독자들은 만화본 작가의 가장 화사하고 현란한 그림 솜씨를 만끽할 수 있다.

한편, 엘스티르는 마르셀에게 미술의 진수를 전수해 줄 멘토로서 소개될 뿐 아니라, 그가 『스완네 집 쪽으로』에서 베르뒤랭 부부의 얼치기 사교계의 일원이었던 비슈로 밝혀지게 된다. 이는 아마도 당시 프랑스 사회가 붕괴되는 중에 겪게 될 사회적 변모의 씁쓸한 일면을 암시하기 위한 것이 아닐까 추측된다. 마르셀이 스완네에서 친교를 맺게 될 문학의 멘토 베르고트는 빼어난 문학가이면서도 무시 못 할 사교계 인사이기도 하다는 점 역시 이 소설이 전후좌우로 얼마나 다양한 연관의 실핏줄을 뻗고 있는지 보여준다.

마르셀이 첫사랑 질베르트와의 거칠 것 없는 연애 감정을 키우고, 이 권의 후반부에 등장하는 '활짝 핀 아가씨들'에게 그 감정을 하나하나 개별화하는데, 그 광경은 가히 연애의 현상학이라 부를 만하다. 한편 질베르트를 뜨겁게 사랑하는 것 못지않게 그녀의 어머니인 스완 부인에게도 연정을 품는데, 이는 첫째 권인 『스완네 집 쪽으로』에서 게르망트 부인에게 품었던 연정의 연장선에 위치하며, 이 소설 전반에 걸쳐 확연하게 자리잡고 있는 어머니 계열의 여인들에 대한 연모란 주제를 보여준다. 이 관계를 오이디푸스 콤플렉스의 시각에서 살펴볼 수도 있다. 그러나 뭐니 뭐니 해도, 이 권에서 가장 중요한 관전 포인트는 원작 소설 전체가 지향하듯, 지난날 겪었던 '시행착오'일 것이다. 과거의 '시행착오'를 현재의 교정된 시선이 아닌, 과거 모습 그대로 변형 없이 독자들에게 소개하고 있다는 점이야말로 소설가 마르셀 프루스트가 발휘하는 가장 커다란 매력이다. 그러한 맥락에서 『잃어버린 시간을 찾아서』는 어쩌면 우리의 삶이 그러하듯, 무수히 많은 관계들이 얽히고설켜 있는 집합체인 셈이다.

2022년 8월
정재곤

감사의 말

프랑스 한림원
그 종신 비서인 엘렌 카레르 당코스 여사

마르셀 프루스트 및 콩브레 동호회
그 의장인 제롬 바스티아넬리 씨

나탈리 모리아크 디에르 여사

니콜 독생 여사

스테판 외에(Stéphane Heuet)는 1957년 프랑스 브르타뉴 지방의
브레스트에서 태어났다. 어린 시절을 고향에서 보낸 후, 군 계통의
중학교를 나녔다. 칠 년 동안 해군으로 복무한 후, 십오 년 동안 광고회사의
예술담당 책임자로 일했다. 여러 편의 광고용 만화영화와 텔레비전용
만화자막을 제작했다. 프루스트의『잃어버린 시간을 찾아서』에 매료되어,
이를 만화화하는 작업에 전념하고 있다.

정재곤(鄭在坤)은 서울대 인문대학원 불문학과를 졸업하고, 프랑스 파리
8대학에서 마르셀 프루스트의 소설에 대한 정신분석비평으로 박사학위를
받았다. 역서로『가난한 사람들을 위한 은행가』『자유를 생각한다』
『가족의 비밀』『앙리 카르티에 브레송』『정신과 의사의 콩트』『앙리
카르티에 브레송과의 대화』 등이, 저서로『나를 엿보다』가 있다. 프루스트
소설의 수사학적 면모를 파헤치는 논문「프루스트의 알려지지 않은
문채(文彩)」를 프랑스 문학 전문지『리테라튀르(Littérature)』에 게재했다.
이후 로렌 대학에서 심리학 석사학위를 받고, 프랑스 정부 공인 심리전문가
자격증(다문화심리학)을 취득했다.

'잃어버린 시간을 찾아서' 만화본 시리즈

1권 스완네 집 쪽으로-콩브레
4권 스완네 집 쪽으로-스완의 사랑 I
5권 스완네 집 쪽으로-스완의 사랑 II
6권 스완네 집 쪽으로-고장의 이름: 이름
합본 스완네 집 쪽으로

7권 활짝 핀 아가씨들의 그늘에서-스완 부인의 주변에서 I
8권 활짝 핀 아가씨들의 그늘에서-스완 부인의 주변에서 II
2권 활짝 핀 아가씨들의 그늘에서-고장의 이름: 고장 I
3권 활짝 핀 아가씨들의 그늘에서-고장의 이름: 고장 II
합본 활짝 핀 아가씨들의 그늘에서

「고장의 이름: 고장」의 본문을 선별하는 데 도움을 준
스타니슬라스 브레제에게 특별히 감사의 말을 전합니다.

시리즈 기획: 그레구아르 스갱

마르셀 프루스트
잃어버린 시간을 찾아서
활짝 핀 아가씨들의 그늘에서

각색 및 그림 스테판 외에 번역 정재곤

초판1쇄 발행 2022년 11월 15일
발행인 李起雄 발행처 悅話堂
경기도 파주시 광인사길 25 파주출판도시
전화 031-955-7000 팩스 031-955-7010
www.youlhwadang.co.kr yhdp@youlhwadang.co.kr
등록번호 제10-74호 등록일자 1971년 7월 2일
인쇄 제책 (주)상지사피앤비

ISBN 978-89-301-0745-7 03860

Originally published in French under the following title:
À la recherche du temps perdu, by Marcel Proust, volumes 7, 8, 2 and 3,
adapted by Stéphane Heuet